好女孩

The Mothers

[美] 布莉·贝内特 ——————— 著　李晨 ——————— 译

湖南文艺出版社
HUNAN LITERATURE AND ART PUBLISHING HOUSE　博集天卷
CS-BOOKY

献给妈妈、爸爸、布里安娜和雅娜

1

第一次听说的时候，没有人相信是真的，大家心里都清楚，教友间散播的流言蜚语有时可以很夸张。

就像那次，牧师秘书贝蒂撞见教堂接待员第一约翰和别的女人吃早午餐，她看见他在餐桌上对那女人大献殷勤，于是大家全都以为他背着妻子在外面乱搞。那女人年轻，打扮时尚，走起路来屁股一扭一扭的，尽管对着一个已婚四十载的老男人，她无须扭动身体的任何部位。男人对妻子一次不忠也许情有可原，可是和年轻女子坐在路边咖啡馆吃着黄油牛角面包谈情说爱？那就完全是另外一回事了。不过，就在我们打算纠正第一约翰的时候，他和妻子带着那位年轻女子一同出现在了上室教堂，原来这个走路扭屁股的年轻女孩是他远在沃思堡的侄孙女，仅此而已。

第一次听说的时候，我们都以为是那类无中生有的秘密，尽管不得不承认，这次感觉有些异样，味道也不同。所有好的秘密在被说出去之前都有自己的味道，如果放到嘴中稍加品味，我们都有可能发现这个秘密的青涩酸味——未及成熟就被过早采摘，偷偷拿走，流传开来。可是我们并没有察觉。我们相互分享着这个尚未成熟的酸涩秘密，这个在春天就开始萌芽的秘密：纳迪娅·特纳被牧师的儿子搞大了肚子，后来到城里的诊所堕胎。

那年她十七岁。她和当海军的父亲住在一起，她的母亲于六个月前自杀了，自那之后，她变成了声名狼藉的野孩子——年轻、恐惧，试图用自己的美貌掩饰内心的不安。她长得漂亮，甚至可以称得上是美人，琥珀色皮肤，长发如丝，有一双棕、灰、金混合的迷人眼眸。和大多数女孩一样，她深知漂亮的脸蛋既能吸引众人的目光，也能掩藏真实的自己；和大多数女孩一样，她还没有学会辨别二者的界限。我们听过与她有关的所有流言蜚语：她越过美国边境，去蒂华纳的俱乐部跳舞；她拿着装满伏特加的矿泉水瓶，在欧申赛德中学的校园里招摇；每个星期六，她都跑到基地和海军士兵们打一整天台球，晚上脚踩高跟鞋，趴在某个男人的雾窗前缠绵。也许，这都只是谣言。不过有一点我们现在知道是真的：她上高中的时候和卢克·谢泼德搞到了床上，到了春天，她怀上了卢克的孩子，宝宝在她的肚子里慢慢长大。

卢克·谢泼德在胖查理海鲜小屋做服务生，这家餐厅以新鲜食物、现场音乐以及适合家人欢聚的环境闻名。至少《圣地亚哥联合论坛报》的广告上是这么写的，你要是愿意傻乎乎地相信也行。如果你在欧申赛德生活得够久，就会知道餐厅承诺的新鲜食物其实都是放在加热灯下的隔夜的鱼和薯条，至于现场音乐，表演者通常是一帮在嘴上戳别针，穿破洞牛仔裤的流里流气的小青年。纳迪娅·特纳也知道胖查理的真实情况和报纸广告上宣传的不符，比如，这里卖的奶酪玉米片是最佳佐酒伴侣，主厨兜售的大麻是北部边境地区最好的货色。她还知道，每次长时间工作后，餐厅里的三个黑人服务员总是将挂在酒吧上方的黄色救生圈骂作奴隶船。胖查理这些不可告人的秘密全是卢克告诉她的。

"鱼条呢？"她问。

"屎一样黏软。"

"海鲜意大利面呢？"

"碰都别碰。"

"意大利面能差到哪儿去？"

"你知道他们用什么做那破玩意吗？塞进方饺里的鱼都是在外面放了好久的不新鲜的鱼。"

"好吧，那面包呢？"

"你要是没吃完，他们会端给下一桌顾客食用。别的男人用整天摸蛋的手碰过的面包，你再放进嘴里。"

她母亲自杀的那个冬天，是卢克救下了点蟹肉条（其实是猪油炸的假蟹肉）吃的纳迪娅。只要一放学，她就会消失无踪，她搭上巴士，车开到哪儿就在哪儿下车。有时一路往东坐到彭德尔顿营，看场电影，或者到星星保龄球馆打场保龄球，也许和海军打盘台球。年轻人是最孤独寂寞的物种，她总能找到一群缄默、尴尬、穿着大靴子的光头青年。到了夜晚，她通常会找个男人接吻，一直吻到想哭。其他时候，她会一路向北，路过上室教堂，一直走到海岸线尽头。南边有更多更美的海滩，有的海滩的沙子和躺在上面的人的皮肤一样白皙，有的海滩旁边建有木栈道和过山车，有的海滩则是海景屋的后花园。她到不了西边。西边是大海。

她搭上巴士，远离过去的生活，以前放学后，她会和朋友在停车场转悠，等司机来接，爬上天台看橄榄球队训练，坐大篷车去In-N-Out①快餐店。她和同伴在乔乔果汁店前消磨时间，在篝火前跳舞，胆子大的时候她还会爬上码头，她总爱装出一副天不怕地不怕的样子。过去一个人独处的时光竟如此罕见，想到这儿她有些错愕。过去的每一天仿佛接力棒一样，从一个人手中传到另一个人手中，微积分老师传给西班牙语老师，传给化学老师，传给朋友，最后回家传给父母。然后有一天，妈妈的手消失了，她坠入谷底，狠狠地摔在地上。

现在她无法忍受和任何人待在一起——她的老师，用包容的笑

---

① In-N-Out汉堡是美国西海岸的连锁快餐店。

容原谅她晚交作业；她的朋友，午餐时只要她一坐下，就会停止开玩笑，仿佛他们的快乐对她来说是冒犯一样。在AP①政府课上，托马斯先生分配合作搭档，她的朋友迅速配对，留下她和班上另外一个安静的、独来独往的女孩搭档——奥布里·埃文斯，她会在午餐时间参加基督教俱乐部的例会，她这么做不是为了丰富大学申请简历（因为托马斯先生问有谁递交了申请的时候，她没有举手），而是因为，她觉得只要把课余时间花在策划罐头食品的募捐活动上，上帝就会眷顾她。奥布里·埃文斯手上戴了一枚纯金无花纹戒指，她说话的时候总爱转动手上的戒指，她总是独自一人到上室教堂做礼拜，或许这个虔诚可怜的孩子正努力带领他们走向光明。第一次合作后，奥布里靠近她，压低声音。

"我只想说很遗憾，"她说，"我们一直都在为你祈祷。"

她看上去一脸真诚，可那有什么用？母亲的葬礼过后，纳迪娅就没再去过教堂。取而代之的是，她开始乘坐各种巴士。一天下午，她在市中心的汉基帕基俱乐部门前下车。她本以为一定会有人拦住她——背着双肩包的她看上去更像个小孩了——可当她快速溜进去的时候，坐在门边凳子上忙着看手机屏幕的保镖几乎连头都没抬。星期二下午三点，脱衣舞俱乐部死一般沉寂，空荡荡的银色桌子在舞台灯光下显得昏暗呆滞。窗前拉出的黑影挡住了外面的阳

---

① 指Advanced Placement，美国大学先修课程。

光；在这种人为制造的黑暗中，满身肥肉的白人男子戴着压低的棒球帽，面朝舞台坐在那里。聚光灯下，一个身材走样的白人女孩在台上跳舞，两个乳房像钟摆一样来回摇晃。

在俱乐部的黑暗中，你可以独自面对内心的悲伤。她的父亲完全将自己沉溺在上室教堂里。星期日的两场礼拜仪式他都去参加，还有星期三晚上的《圣经》研读、星期四晚上的唱诗班排练，即便他不唱歌，即便排练活动不对外开放，大家都不忍心将他拒之门外。父亲将悲痛寄托在教堂的长椅上，而她却将悲伤隐匿在没人看得见的地方。酒保看到她的假身份证，耸耸肩，随后给她混了一杯酒，她坐在黑暗的角落里，啜饮朗姆可乐，看着疲惫不堪的女人在舞台上旋转。只有年纪大一些的女人，她们的身材因年龄变大而变形走样，她们脑子里想的全是购物清单和托儿所；而身材姣好的年轻女孩受到的则是另一番待遇——俱乐部一般会把她们留到周末或晚上表演。母亲要是知道她大白天出现在脱衣舞俱乐部里，一定会吓得魂飞魄散。纳迪娅坐在俱乐部里，慢慢啜饮稀释过的酒。这是她第三次来俱乐部了，一个年长的黑人从她身旁拉出一把椅子。他穿着背带裤，里面衬着红色格子花呢衬衫，头上戴了一顶印有"太平洋海岸鱼饵和渔具"的帽子，旁边露出几根白发。

"你喝什么呢？"他问。

"你又喝什么呢？"她问。

他大笑："不成。这是给成年人喝的。不是给像你这样的小女孩喝的。我给你点个甜饮料。你喜欢喝甜的吧,宝贝?你看起来像是喜欢甜的。"

他笑笑,将手滑过她的大腿。他那又长又黑的指甲贴在她的牛仔裤上。就在她想要挣脱之际,一个穿着闪亮洋红色胸罩和丁字裤的四十几岁的黑人女子出现在桌旁。她腹部浅棕色的条纹好似老虎纹。

"别招她,莱斯特,"女人转身对纳迪娅说,"过来,我帮你醒醒酒。"

"喊,茜茜,我只是和她说说话而已。"老男人说。

"得了吧,"茜茜说,"你手表的岁数都比这女孩大。"

她将纳迪娅领到酒吧后面,把杯中剩下的酒倒入水池,招手让她跟到外面来。汉基帕基在深灰色天空的映衬下显得格外压抑。屋外另一头,两个白人女孩正在抽烟,看到茜茜和纳迪娅走出来,朝她挥了挥手。茜茜漫不经心地回应着,点燃香烟。

"你长了一张漂亮脸蛋,"茜茜说,"眼睛本来就这样?混血?"

"不是,"她说,"我的意思是,我眼睛就长这样,我不是混血。"

"我看着倒挺像混血。"茜茜吐了一大口烟,"离家出走了?喂,别那么看着我。我又不举报你。你这样的女孩我见多了,都想着挣点钱。虽然不合法,不过伯尼无所谓。伯尼会让你上台试试,

看看你都能做什么。甭想着受不受欢迎。跟那帮金发婊子争小费已
经够难了——回头让她们见识见识你这小弹屁股。"

"我不想跳舞。"纳迪娅说。

"嗯，我不知道你在找什么，不过这儿可没你想要的东西。"
茜茜靠近她，"知道你的眼神出卖了你吗？我一眼就看穿了。表面
上什么也没有，内心却透着一股子悲伤。"她把手伸进兜里，拿出
一把皱皱巴巴的东西，"这儿不适合你。去胖查理给自己买点吃
的。去吧。"

纳迪娅有些犹豫，茜茜把钱塞到她手中。或许她真可以这么
做，假装自己离家出走，或许从某种程度来说，她已经离家出走
了。父亲从不过问她去了哪儿。她晚上回到家就只能看见他坐在昏
暗的客厅里，在躺椅上看电视。每次看到她打开大门，父亲总是露
出诧异的表情，好像根本没注意到她离开过一样。

纳迪娅坐在胖查理最里面的隔间翻看菜单，这时卢克·谢泼德
从厨房走出来，屁股上挂着一条白色围裙，身上穿着胖查理的黑色
制服，宽厚的胸肌从T恤中呼之欲出。他还是纳迪娅记忆中在星期日
学校里的英俊模样，只不过现在长成了男人：古铜色的皮肤，宽大
的肩膀，棱角分明的下颚留着短胡子。他现在有些跛脚，重心稍稍
倾向左脚，走起路来一瘸一拐的，那不协调的步调和压痛感反而让
她更心动。她母亲死于一个月前，任何表面流露出痛苦的人都会吸

引她，因为这是她无法企及的。她甚至没有在葬礼上掉眼泪。设宴时，一群宾客过来夸她做得有多么好，父亲也将胳膊绕在她的肩膀上。做礼拜的时候，父亲坐在长椅上蜷缩着身体，无声地颤抖着肩膀，泪水不住地往下掉，以男人特有的方式哭泣，这也是她生平第一次觉得或许自己比父亲坚强。

内伤就该留在心底。那种无处隐藏的外伤一定很奇怪。卢克一瘸一拐地朝她的隔间走来，她正摆弄着菜单。她，以及上室教堂的每个人，都去看了他去年充满希望的大二季后赛。一个常规回攻，无效拦截，他的腿折了，骨头直接刺穿皮肤。解说员说，他能恢复正常走路都算幸运，更不用说再参加比赛了。圣地亚哥州立大学撤销他的奖学金时，没有人感到惊讶。卢克出院后，她没有再见过他。在她的印象里，他还躺在病床上，周围满是宠溺他的护士，他那条绑着绷带的腿悬吊在空中。

"你在这儿做什么？"她问。

"我在这儿工作，"他说，随后大笑，笑声听起来十分生硬，好像椅子突然被抽出时刮到地板的声音，"你怎么样？"

他没有看她，继续整理菜单，她知道他一定听说了她妈妈的事情。

"我饿了。"她说。

"这就是你的感受？饿了？"

"我能点个蟹肉条吗？"

"最好别。"他握住她的手指，滑向压膜菜单上的玉米片，"这个。试试这个。"

他像教她认字一样轻轻握住她的手，在陌生文字间移动。他总能让她感到无比年轻，比如两天后，她又坐到他负责点单的座位上，想要点一杯玛格丽特鸡尾酒。他大笑，举起面前的假身份证。

"得了吧，"他说，"你也就十二岁吧？"

她眯起眼睛。"去你妈的，"她说，"我都十七了。"

她的语气透着明显的骄傲，卢克又笑了。即使是十八岁，在他看来也还是小——到八月底她才满十八岁。她还在上高中。他已经二十一岁了，在上大学，是一所真正的大学，不是那种毕业后找工作前谁都能混上几个月的社区大学。她已经申请了五所大学，正在等消息，她向卢克问了一些关于大学生活的问题，比如：大学浴室是否像她想象中那样恶心？人们想要亲密空间时会不会真的把袜子挂在门把手上？他给她讲了内衣慈善跑和泡沫派对，如何最大限度地提高膳食安排，以及如何为争取额外的考试时间装作有学习障碍。他知道很多事情，他了解女孩，特别是大学女孩，她们上课时穿高跟鞋，不穿球鞋；她们提手提包，不背双肩包；她们去高通公司或加州信托银行参加夏日实习，而不是在码头制作果汁。她想象自己在大学里，是那些成熟女孩中的一员，卢克开车来看她，又或者如果她在其他州上学，卢克在春假期间坐飞机来看她。卢克要是知道她把他拼凑进自己的生活，一定会嘲笑她。他经常取笑她，比如，她在胖查理写作业的时候。

"我×，"他说，翻看她的微积分书，"你是个书呆子啊。"

她不是，真的不是，只不过学习对她来说轻而易举。（纳迪娅在考试前只复习一晚便能得优，当她把成绩单拿回家时，母亲总会戏弄她："那感觉一定不错。"）她以为自己在高等班上课这件事会吓走卢克，可他却十分欣赏她的聪明。他会对走过的服务员说：看见坐在这儿的女孩了吗，她未来会成为第一位黑人女总统，等着瞧吧。人们会对每一位稍有天赋的黑人女孩说这样的话。不过，她喜欢听卢克吹嘘，更喜欢他取笑她的学习。他对待她的方式不同于学校其他人，那些人不是刻意避开她，就是说话时小心翼翼，仿佛稍稍厉声一点她就会崩溃似的。

一个星期二的晚上，卢克开车送她回家，她邀他进屋。父亲周末外出去好男人集中营了，他们到家时屋内又暗又静。她想给卢克倒杯酒——电影里的女人都是这么做的，递给男人一个四方玻璃杯，倒入专供男人喝的深色酒——月光酒在玻璃酒柜上，杯中酒空了，卢克将她压在墙上，亲吻她。她没有告诉过他这是她的第一次，但他知道。在床上，他三次与她确认是否要停下来。每次她都说不。性也许会让她受伤，但是她想让自己受伤。她想让卢克成为她外在的伤。

到了春天，卢克什么时候下班，什么时候能到停车场的荒僻角落里见他，在哪儿能与他独处，她都一清二楚。她知道他哪天休息，知道哪些夜晚能听到他的车开到她家街上，他蹑手蹑脚地走过父亲紧闭的卧室。她知道他上班迟到的那些日子，还有在父亲下班前让他溜进屋里的那些日子。她知道卢克如何利用胖查理的小码T恤挣更多的小费。他趴在她的床边，为漫长的工作轮班一筹莫展、沉默寡言，她也闭口不谈，帮他脱下紧身T恤，用手抚摸他那宽厚的肩膀。她知道他站了一整天，脚有多么疼，尽管他从不承认。在他入睡后，她盯着他膝盖上深色的伤疤发呆。骨头，和世上其他东西一样，在受伤前都是无比强壮的。

她还知道午餐和欢乐时光中间那段时间，胖查理餐厅如死一般沉寂，所以在得知测孕结果为阳性后，她便搭乘巴士跑去告诉卢克。

"×。"是他说的第一句话。

然后，"你确定？"

然后，"你真的确定？"

然后，"×。"

在空无一人的胖查理餐厅，纳迪娅将薯条蘸进番茄酱碗中许久，薯条变得湿软。她当然确定了。她要是不确定，肯定不会过来烦他。有好几天，她希望自己能流血，祈祷哪怕是一滴血，或者一丝血迹，可是什么也没有，她只看到内裤上的白色分泌物。所以那天早晨，她乘坐巴士前往城外的免费孕产中心，孕产中心设在购物街内一排灰色建筑中间。在大厅里，接待员几乎被一整排假植物挡住了身影，纳迪娅被安排到候诊室等待。她加入一群黑人女孩当中，坐下的时候几乎没有人抬头看她，坐在她旁边的是个吹着紫色泡泡糖的胖女孩，另一边是一个穿背带短裤拿苹果手机玩俄罗斯方块的女孩。一位胖乎乎的叫多洛雷丝的白人咨询师将纳迪娅带到后面，她们挤在一间狭窄的隔间里，隔间小到她们不得不膝盖顶着膝盖对坐。

"嗯，你为什么会觉得自己怀孕了？"多洛雷丝问。

她穿了一件灰色的起球的毛衣，说起话来像幼儿园老师，面露笑容，语气温和，语调抑扬顿挫。她一定觉得纳迪娅是个白痴——又一个不知道坚持用避孕套的黑人傻女孩。其实他们用了避孕套，至少大多数时候用了，纳迪娅觉得自己很傻：那么享受大多数时候他们安全的性行为。她应该是那个明智的人。她应该知道，只要走错一步，就有可能将自己的大好前途全部断送。她见过怀孕的女孩。她见过她们穿着无袖上衣和运动衫遮住自己的肚子。她从未见过那些搞大女孩肚子的男孩——他们的名字像谜一样被隐藏起来，仿佛虚无缥缈的谣言本身——可是，她们那又圆又大的肚子让她无法视而不见。在所有人当中，她应该比谁都清楚。她就是母亲偷食禁果酿成的错误。

在隔间里，卢克趴在桌子上，抻拉手指，就像他比赛时在球场边线做的动作一样。她还是新生时就总去看卢克打球，然而她的注意力从不在球队表现上。她总是忍不住想，那双手去抚摸她会是什么感觉？

"我以为你饿了。"他说。

她将另一根薯条扔上去。她一整天没吃任何东西——嘴里很咸，就像吐之前的感觉一样。她脱下人字拖，盘起赤脚放在大腿上。

"我特别不舒服。"

"想来点别的吗？"

"我不知道。"

他从桌上撑起身子："我给你找点别的……"

"我不能要它。"她说。

卢克半截身子刚起来，顿时停住。

"什么？"他说。

"我不能要孩子，"她说，"我他妈不能当别人的母亲，我得去上大学，我爸会……"

她无法将自己的内心想法大声说出来——堕胎这两个字让她感到丑陋、没有人性——卢克懂的，不是吗？她收到密歇根大学的录取邮件后，第一个就告诉了他——她还没有说完，他就给了她一个大大的拥抱，力气大到差点将她的胳膊折断。他知道她不能错过这个机会，她离开家的唯一机会，离开她那个缄默的父亲。她将邮件给父亲看的时候，父亲的眼角没有露出一丝笑容，不过她知道，如果她走了，没有她在眼前时刻提醒父亲他已经失去的爱，父亲会更开心。她不能让这个孩子将她的生活禁锢在这个地方，这个她有机会逃离的地方。

也许卢克明白，但他没有说。一开始他一言不发，陷在隔间里，他的身体突然变得迟缓、沉重。那一刻，他看上去比她成熟，满脸胡楂，疲惫、憔悴。他捧起她的赤脚，抱在自己的腿上。

"行，"他说，声音变得温柔，"行。告诉我怎么做。"

他没有试图改变她的想法。她很感激，虽然她心里有那么一丝希望，希望他会做出一些老派的浪漫举动，比如求她嫁给他。她肯定不会答应，但如果他做了，那感觉应该不错。相反，他问她需要多少钱。她觉得自己很蠢——她一点也没有想过手术费这种现实问题——他答应她会筹到钱。第二天，他将信封交给她，她叫他不要到诊所等她。他揉揉她的后背。

"你确定？"他说。

"确定，"她说，"做完来接我就行。"

有人等候会让她感觉更糟糕。脆弱。卢克见过一丝不挂的她——他进入过她的身体——然而，不知为什么，让他见到自己的恐惧，这种程度的亲近令她无法忍受。

预约手术那日清晨，纳迪娅搭乘巴士前往市区的堕胎诊所。她曾坐车路过这里无数次——一栋不起眼的棕色建筑，隐藏在美国银行大楼的影子中——她从没想过里面是什么样子。巴士一路朝海滩方向驶去，她望向窗外，想象着诊所的白色无菌墙，手术盘上锋利的器具，穿着宽松毛衣的胖接待员将哭哭啼啼的女孩轰进候诊室。事实上，诊所大厅宽敞明亮，墙被刷成了奶油色系，那些颜色被赋予灰褐色或赭石色这类高端的名字，橡木桌上摆放着一摞杂志，蓝色花瓶里装满了贝壳。在离大门最远处的一把椅子上，纳迪娅假装阅读《国家地理》杂志。在她旁边，一个红发女孩嘴里嘟囔着，正绞尽脑汁思考拼字游戏；她的男朋友瘫坐在一旁，盯着手机。他是屋里唯一一个男人，也许那个红发女孩觉得自己高人一等——拥有更多的爱——因为她有男朋友的陪伴，即便他看上去不怎么像一个好男友，即便他根本没有与她交谈或是握着她的手，如果卢克在，一定会那样做。房间另一边，一个黑人女孩穿着紧身黄裙，用牛仔衣的袖子抹鼻涕。坐在女孩身旁的母亲是一个胖女人，胳膊上刺有紫色玫瑰，双手交叉抱在胸前。她看上去很生气，又或许只是担心。女孩看起来有十四岁，她啜泣的声音越大，周围人越努力不去看她。

纳迪娅想过给卢克发短信。我到了。我没事。可是他刚刚开工，也许他那边已经忙得焦头烂额了。她慢慢翻看杂志，视线从书页移到金发接待员身上，接待员戴着听诊器，脸上露出微笑。她望向屋外来往的车辆，望向身旁装满贝壳的蓝色花瓶。母亲一向痛恨海滩——到处都是脏乱的沙子和烟头——但她喜欢贝壳，所以无论什么时候去海边，她总要花上一整个下午在沙滩上漫步，弯着腰在潮湿的沙子中挖贝壳。

"贝壳能让我平静。"有一次她说。她将纳迪娅紧紧抱在腿上，小心翼翼地捡起贝壳，把里面擦亮。贝壳在她的手中散发出薰衣草紫和绿色的光芒。

"特纳?"

走廊里，一位留着花白色长发绺的黑人护士念出手中金属记事板上的名字。纳迪娅拿好钱包，她能感觉到护士匆匆扫了她一眼，护士的眼睛瞟过她的红上衣、紧身牛仔裤、黑色浅口高跟鞋。

"你应该穿宽松一点的衣服。"护士说。

"我挺舒服的。"纳迪娅说。她感觉自己又回到了十三岁，正站在副校长办公室里，因衣着不合格而接受副校长的训斥。

"运动裤，"护士说，"打电话的时候应该有人告诉过你。"

"他们说了。"

护士摇摇头，扭头望向大厅。不同于大厅里那些穿着粉色手术服和橡胶鞋叽叽喳喳说个不停的白人护士，她仿佛对此早已麻木。无论是穿着奇装异服出言不逊的女孩，还是独自一人坐在候诊室、身旁无人陪伴的女孩，对她来说仿佛早已见怪不怪。不，这样的女孩就算成绩再好，相貌再出众，也没有什么特别之处。她只是又一个遇到了麻烦的黑人女孩，一个试图摆脱困境的女孩。

在超声波室里，技师问纳迪娅想不想看屏幕。你随意，他说，但对某些女人来说是一个了结。她告诉他不用。她曾听说过，她们中学有一个大约十六岁的女孩，生产后便将孩子丢弃在了沙滩上。那女孩跑回去告诉警察她发现了一个弃婴，结果被捕了，警察认出她就是孩子的母亲。可他是怎么知道的呢，纳迪娅一直想不通。或许，他通过巡逻车的泛光灯，发现了她大腿上的血迹；或许，他嗅到她乳头渗出的奶水味；或许，与这些都没有关系。或许是她将孩子递给警察时流露出的小心翼翼的样子，或许是警察掸掉孩子毛发上的沙子时，她眼神中流露出的关切；或许是当警察往后走时，他发现了她那无法与孩子割舍的如缕缕金线般的母爱。一定是什么出卖了女孩，纳迪娅不能犯同样的错误。转身就跑。她不能犹豫，不能让自己去爱这个孩子，也不能与他建立感情。

"直接做吧。"她说。

"如果是多胞胎呢？"技师问，准备将仪器放到她身上，"比如，双胞胎、三胞胎……"

"我为什么要知道那个？"

他耸耸肩："有些女人想知道。"

她已经知道了太多关于这个孩子的信息，比如他是个男孩。现在辨别还太早，但是她能感觉到身体的异样，有些地方是她，有些地方不是她。是一个男孩。这个男孩会继承卢克的厚鬈发和小笑眼。不行，她不能这样想。她不能因为卢克而允许自己去爱那个孩子。技师拿着感应器在她涂满蓝色凝胶的腹部打旋时，她将头转向了另一边。

过了一会儿，技师停下来，将感应器停在她的肚脐上。

"啊。"他说。

"怎么了？"她说，"什么事？"

也许她根本没有怀孕。这种事情有可能发生，不是吗？也许检验出错了，也许宝宝感应到了他并不受欢迎，也许他自己放弃了。她忍不住了——将头转向显示屏。屏幕上满是白色楔形条纹，在中间位置，有一个椭圆形黑洞，里面有一个白色斑点。

"你的子宫是一个完美的球形。"技师说。

"那又怎样？什么意思？"

"我不知道，"他说，"也许，你是个超级英雄。"

他咯咯笑了起来，感应器在凝胶周围旋转。她不知道要在超声波扫描图里看些什么东西——斜倾的额头，又或者是，肚子的轮廓。反正不是眼前这个豆子形状的白色东西，小到她用拇指就能盖住。这么大一个小白点怎么可能是条小生命？如此小的一个东西就能让她失去一切？

她回到候诊区的时候，那个穿牛仔外套的女孩正在啜泣。没有人看她，连那个胖女人都没有看她，胖女人现在往旁边挪了一个位置。纳迪娅错了——这个女人不可能是女孩的母亲。母亲看到孩子哭泣一定会上前安慰，而不是坐得更远。如果是母亲，一定会抱着她，让她的泪水浸入自己的身体，一定会在护士再次喊女孩的名字前，轻轻安慰女儿。而这个女人却走过来，掐了一下女孩的大腿。

"你叫啊，"她说，"你不是想长大吗？呵呵，现在你长
大了。"

手术只需十分钟就能完成，那个留着长发绺的护士告诉她。连
一集电视剧的时间都不到。

在冰冷的手术室里，纳迪娅盯着面前的显示屏，屏幕上闪过世
界各地的海滩。头顶的播放器放着冥想音乐——古典吉他伴随波浪
涌动的声音——她知道，此时她应该想象自己正躺在热带小岛上，
趴在白色的沙子里。然而，当护士将麻醉面罩放到她的脸上让她数
到一百时，她脑中唯一一闪过的画面是那个将小孩遗弃到沙滩上的女
孩。也许沙滩是一个弃婴的好地方。将孩子放到沙子中，希望有人
找到他——在月光中散步的老夫妇、将手电筒的光打在啤酒箱上的
巡逻警察。如果他们没有发现，如果没人撞见，这孩子就要回到他
最初的家，就像她肚里的海洋一样。海水冲到岸上，将孩子揽入臂
中，哄他入睡。

手术结束后，卢克没有来找她。

她给他拨完电话后，时间过去了一小时，休息室里只剩下她一
个女孩在等人，她蜷缩在加厚的粉色躺椅上，肚子上捂了一块保暖
贴。整整一小时，她凝视着屋内的黑暗，看不清其他人的面容，但
是可以想象，她们的脸色一定同她的一样惨白。也许那个穿黄裙子

的女孩正趴在椅子的扶手上哭泣。也许那个红发女孩继续玩起她的拼字游戏。也许她以前做过这手术，也许她已经有孩子了，只是不能再要。如果有了孩子，这件事会不会变得容易些，礼貌地拒绝第二个，因为你已经满员了？

这时候其他人已经陆续离开，她拿出电话，第三次打给卢克，那位留长发绺的护士拖过一把金属椅来，还拿来一盘脆饼和一盒苹果汁。

"肚子会绞痛一阵，"护士说，"拿热的东西捂一捂疼痛就会消失。家里有热力贴吗？"

"没有。"

"给自己弄一条热毛巾。那样也管用。"

纳迪娅希望换个护士。她看见其他护士在屋子里进进出出，不停地安抚女病人，她们面露笑容，紧握病人的手。可是面前这位留长发绺的护士只是在她面前晃晃盘子。

"我不饿。"纳迪娅说。

"你得吃东西。你不吃东西我不能让你走。"

纳迪娅叹了口气，拿起一块脆饼。卢克在哪儿？她懒得应付这个护士，懒得看她那皱巴巴的皮肤和逼视的目光。她想躺在自己的床上，将身体裹在被子里，靠在卢克怀里。他一定会给她做汤，用笔记本电脑给她放电影，直到她入睡。他一定会亲吻她，对她说她有多勇敢。护士一会儿站直，一会儿双腿交叉。

"你朋友回信息了吗？"她问。

"还没，他会来的。"纳迪娅说。

"你联系下别人？"

"不需要找别人，他会来。"

"他不会来了，宝贝，"护士说，"你有没有其他可以联系的人？"

纳迪娅抬起头错愕地看了一眼护士，她竟然如此笃定卢克不会出现，更让她惊讶的是护士竟然用了宝贝这个词。护士好像也吓了一跳，没想到自己竟脱口而出宝贝这样柔软的称呼。就像手术后神志不清的纳迪娅一样，她看着护士模糊的脸，叫了一声："妈妈？"护士心头一软差点答应。

2

如果纳迪娅·特纳问过我们，我们一定会提醒她离他远点。

你知道别人都怎么说牧师的孩子。在星期日学校里，他们在圣殿追跑打闹、大喊大叫，用蜡笔在教堂长椅上涂画；在初中校园里，牧师的儿子掀女孩的裙子，追着女孩满校园跑，而牧师的女儿在嘴唇上涂的鲜艳口红则让她看起来像个妓女；到了高中，牧师的儿子在教堂停车场抽大麻烟卷，牧师的女儿躲在厕所隔间与教会执事的儿子打情骂俏，默默脱下母亲坚持让她穿的长筒袜，母亲之所以这样要求，是因为好女孩不该在教堂里裸露双腿。

卢克·谢泼德，桀骜不驯，一头厚鬈发，橄榄球运动员式的宽厚肩膀，笑起来眼睛眯成一条线。唉，我们中的任何一个人都能告诉她要远离他。她不会听劝，这是当然的。一群教堂修女懂什么？睡觉时他握住她的手，拥抱时他撩弄她的头发，她告诉他测孕结果时，他将她的赤脚捧在大腿上，这些她们都不知道。一个男人整夜与你十指相扣，在你难过时抱住你的脚，不管怎样，或多或少，这个男人肯定是爱你的。再说了，一帮老女人又懂什么？

我们会告诉她，我们所有人的年龄加起来比她大上好几个世纪。如果把我们的岁数叠加起来，早在大萧条前、内战前，甚至有美国以前，我们就已经出生了。在那些岁月里，我们了解男人。哦，姑娘啊，我们也懂一点爱情。封存在空罐中的蜂蜜，残留在口中的甜美，足以掩饰那<u>丝丝</u>渴望。我们用舌尖舔着牙齿，竭尽所能去品味那一点点温存，在我们所有人的生命里，再也不用忍受饥饿。

就在纳迪娅·特纳预约手术的十年前，我们已初次拜访过市中心的堕胎诊所。哦，不是你想象中的那样。诊所建成之时，一想到莎拉思忖起生小孩的问题，无论她要或不要，我们都会忍不住大笑。此外，那时我们已为人母——有些人是在情感上为人母，有些人是真的怀了孕。我们哄孙儿入睡，教邻居的小孩弹钢琴，为生病和不能出家门的孩子烤馅饼。我们都已为人母，我们是上室教堂的母亲，每当教堂前有抗议活动，我们也会加入。不同于那些动不动就小题大做的教堂——看到R级电影就揎拳捋袖；买一堆饶舌音乐的CD，只为将其销毁；或是给萨克拉门托写信，以确保国家禁书单永不见天日——事实上，教堂只举行过一次抗议活动，还是在二十世纪七十年代，那次抗议是因为有人在海边建了脱衣舞俱乐部。脱衣舞俱乐部离海滩只有几分钟距离，经常有小孩在那片海滩游泳和玩耍。下一个又会是什么，在码头边开妓院？要不干脆把整个海港都变成红灯区算了？尽管如此，汉基帕基俱乐部还是开张了。毋庸置疑，它的存在对整个社区来说是一个祸根，但每个人都认为，后来新建成的堕胎诊所比这个更糟糕。无奈，时代使然。在市中心开堕胎诊所就像开甜甜圈店一样简单。

抗议那日清晨，教堂会众聚集在未建成的诊所前。第二约翰开着教堂货车载上那些没有车的人，修女威利斯组织星期日学校的学生帮忙画抗议标志，就连平日懒得参与上室教堂任何活动的玛格达莱娜·普赖斯也收到了指令，要求她从钢琴椅上站起来走到街上参与抗议活动，用她的话说，去看看他们都在搞什么。所有人围着牧师、牧师夫人和他们的儿子，绕成一圈——牧师为无辜生灵祈祷之际，他的儿子却在一旁将脏土块踢到人行道上。

抗议只持续了三天。（并不是因为我们动摇了信念，而是因为积极分子的加入，是那类丧心病狂的白人，他们终有一日会因向诊所投放炸弹或捅伤医生而被报道。）整整三天，每天早晨六点，罗伯特·特纳负责开车将一批标语牌从教堂运到市中心。他和妻子不是那种参加抗议的人，他对牧师说，不过他至少能帮忙运一些标语，开开卡车什么的。

十年前，没有人知道他，后来人们才认识这个有卡车的男人，他这辆黑色雪佛兰小型卡车后来变成了上室教堂的专用车，人们常常见到罗伯特开着这辆卡车从教堂出发，他的一条胳膊搭在窗外，卡车平板上满载着食物篮、捐赠的衣物或金属椅。当然，有卡车的不止他一人，但他是唯一一个任何时候都愿意把自己的卡车借出去的人。他用手机记录日程，无论上室教堂的任何人在任何时候打来电话，他都会仔细安排，并用一根小高尔夫铅笔做记录。有时，他开玩笑说他应该把卡车放到电话答录机里应答，反正找卡车的人比找他的多。这是句玩笑话，不过他还是禁不住去想它的真实性，人们邀请他参加野餐和聚餐是不是只因为他有卡车，他们真正想邀请的是不是那辆卡车，人们只想用卡车拉音响，拉桌子，拉折叠椅，与此同时又不介意他一同跟来。不然他每个礼拜日走进上室教堂时，又怎会受到如此热情的问候？招待员拍拍他的后背，迎客桌前的女士冲他微笑，就连牧师也曾提起：罗伯特如此尽职尽责，进不了长老会才怪呢。

罗伯特认为，卡车为他扭转了局面。还有他的女儿。人们对单身父亲总是温和相待，特别是对独自抚养女儿的单身父亲。不管怎样，大家都会关心罗伯特·特纳，即便他的妻子没有经历那场悲剧，即便她只是拿起行囊离家出走，其实对某些人来说，她的死与离家出走并无两样。

那晚，父亲将卡车停在车库，纳迪娅缩在床上，用手抓住痉挛的腹部。"肚子会绞痛一阵，"留长发绺的护士告诉她，"大概会疼上几个小时。如果疼得厉害，打这个急诊电话。"护士没有解释一般绞痛和严重绞痛的区别，但她递给纳迪娅一个白色袋子，袋口像午餐袋那样卷起来："止疼用的。每四小时吃两粒。"诊所志愿者提出开车送纳迪娅回家，纳迪娅钻进白人女孩那辆脏兮兮的日产森特拉，瞥了一眼站在车窗外目送她们离去的护士。这名志愿者留着一头金发，二十来岁，态度很真诚，一路上都在小心翼翼地与她聊天，来回更换广播电台。她说她是加州州立大学圣马科斯分校的大三学生，在诊所做志愿者是为了她女权主义专业的研究。她看起来就像是那种会主修类似女权主义的专业的女孩，仍然渴望受到重视。她问纳迪娅有没有考大学的计划，听到纳迪娅的回答她显得很惊讶。"哦，密歇根是一所好学校。"她说，仿佛纳迪娅不知道似的。

这一切发生在两个小时前。纳迪娅紧闭双眼，寒气与热气在腹中交织翻滚。她想再吃一粒药，她知道应该过一会儿再吃。这时，她听到车库门轰隆隆的声音，她匆忙将橙色药瓶塞进白色口袋，然后将所有东西一股脑地放入床头柜的抽屉里。任何异于寻常的事物都会引起父亲的注意，那个没有任何文字说明的袋子也一样。自从发现自己怀孕后，她一直坚信父亲会注意到她的变化。以前，如果在学校不开心，只要她一钻进车里，母亲就能看出端倪。发生了什么事？纳迪娅甚至还未打招呼，母亲就会先开口问她。父亲从不像母亲这样敏锐，但是怀孕这等大事可不像在学校不开心那样简单，他应该会注意到她的慌张，他本该注意到。让她欣慰的是，到目前为止他还没有发现，令她恐惧的是，回家的时候你变成了另一个人，那么大的东西居然能在你的体内生长，更可怕的是，竟没有人发现。

父亲敲了三下，轻轻推开卧室门。他今天穿了那套卡其色制服，胸前别着一排勋章，那套制服十分合身，他确实天生就适合穿这类坚挺的衣服。以前，每当朋友们听到她父亲是一名海军时，都会表现得十分惊讶。他不同于朋友们从小在城里看见的那些男人，那些男人自大、身材健美，喜欢在君豪电影院前闲逛，并与路过的姑娘调情。也许父亲年轻时也这样，不过她想象不出来。他安静、拘谨，个头高大，身材结实，看上去永远绷着一根弦，好似蹲在身旁的警犬一样，耳朵总是警惕地竖起来。他靠在门口，弯腰将脚上黑色亮靴的鞋带解开。

"你脸色很难看，"他说，"生病了吗？"

"只是有点痉挛。"她说。

"哦，你的……"他指向自己的胃部，"需要点什么吗？"

"不用，"她说，"等等。一会儿能用一下你的卡车吗？"

"做什么？"

"开一下。"

"你要去哪儿，我是说。"

"你不能这样。"

"哪样？"

"问我去哪儿。我马上十八了。"

"我不能问你要开着我的卡车去哪儿？"

"你觉得我能开着它去哪儿？"她说，"边境？"

父亲从不关心她去哪儿，除非她向他借那辆宝贝卡车。他夜晚会开着卡车在马路上转悠，不断地将红色天鹅绒方棉蘸入蜡桶中，直到汽车漆变得像玻璃一样锃亮。只要上室教堂有人打电话求助，他就会立刻跑到门口，冲向卡车，仿佛这辆车是他的独生子一样渴望着他的爱。父亲叹了一口气，用手捋捋白发，她每两星期会帮父亲剪一次头发，母亲以前就这样做——父亲坐在后院，在脖子上搭一条毛巾，母亲用手比画着修剪头发。只有剪头发的时候，她才能感受到与父亲的亲密。

"市中心，行吗？"她说，"我可以借用一下你的卡车吗？拜托！"

又一阵绞痛袭来，她将身体蜷着，盖紧毯子。父亲在门口徘徊了好一阵，最后终于将钥匙放到梳妆台上。

"我可以给你倒点茶，"他说，"应该能……你的阿姨们，她们会喝，你知道，每次……"

"把钥匙留下就行了。"她说。

　　纳迪娅收到密歇根大学录取通知书的第二天，卢克带她到波浪水上乐园玩，他们玩了滑塔的内管滑梯和激流冲浪，玩到全身湿透，筋疲力尽。一开始，她担心卢克提议去水上乐园是觉得她幼稚。后来她发现他和她玩得一样开心，他们在泳池里相互撩水时他会大声叫喊，他还会拽着她坐下一轮滑梯，水珠挂在他胸前，湿漉漉的鬓角在阳光下闪耀。后来，他们坐在乐比蒂热带雨林外的餐桌前吃玉米热狗和吉事果，那块地方的漂浮滑板不适合小孩玩耍。她舔掉手指上的肉桂糖，沉浸在明媚的阳光里，幸福甜蜜，这样的幸福在以前或许再平凡不过，现在却十分脆弱，若她起身太快，幸福仿佛就会从她肩上滑落，摔得粉碎。

　　她没有指望卢克给她礼物，父亲也几乎没有为她庆祝。她给父亲看邮件的时候，他说了声"瞧瞧"，随后给她一个侧拥。那天晚上在厨房里，他从她身边经过时眼睛注视着她，那眼神好像在看一件曾经非常喜爱现在却厌烦了的家具。她努力说服自己父亲并不是针对她，这些日子，他对任何事情都提不起兴趣。尽管如此，她在浴室刷牙的时候还是掉下了眼泪。第二天早晨，她醒来，看到床头柜上放着一张祝贺卡片，里面夹了一张二十美元现金。对不起，父亲写道，我正在努力。努力什么？努力爱她吗？

　　她将腿伸到卢克大腿上，他一边吃玉米热狗，一边揉抚她脚踝光滑的皮肤。他从没见过这样的她，卷曲的湿发，不施粉黛。他坐在桌子另一头对着她痴笑，抚摸她的脚踝，那一刻她觉得自己很漂亮，她猜想这温柔的爱抚是不是另有他意，他是不是有那么一丁点爱上她了。离开前，她想与他拍张合影，却被他用手挡住了手机。他想隐藏他们的恋情。

"不是秘而不宣，"他说，"只是保持私密。"

"那是一回事。"她说。

"不是。我只是觉得应该低调些。仅此而已。"

"为什么？"

"我是指，年龄。"

"我马上十八了。"

"马上，不是已经。"

"我不会给你找麻烦的。你不知道吗？"

"不仅如此，"他说，"你不懂。你不是牧师的孩子。整个教堂时时刻刻都在干涉我的生活。他们也会干涉你的生活。咱们要聪明点，仅此而已。"

也许是有区别。出于羞耻，你隐藏一段秘密恋情，出于任何其他原因，你将恋情保持私密。所有恋爱关系，从某种角度来说都是私密的，只要你开心，为什么要让别人知道？所以她学会了如何保持私密。在公共场合，她甚至不去牵他的手，她也不在网上发他们的合影。她每天放学后甚至不再去胖查理，就是为了不让他的同事起疑。但是自从卢克将她一个人留在堕胎诊所后，她便忘记了保持私密这回事，她开着父亲的卡车来到胖查理。她知道他星期四晚上下班，她到胖查理后没有看到他。在吧台前，她向佩佩打招呼，佩佩是一个梳灰色马尾辫、身材魁梧的墨西哥酒保。他正在用一块棕布擦拭酒杯，听到声音便抬起头。

"把你那假玩意收起来，"他说，"你知道我不会给你提供服务。"

"卢克在哪儿？"她问。

"我知道才见鬼呢。"

"他马上下班吗？"

"我不管他的排班。"

"那你见过他吗？"

"你没事吧？"

"你之前见过他吗？"

"干吗不给他打电话？"

"他不接，"她说，"我有点担心。"

就这样消失不见，不接电话，承诺去某个地方却不见身影，这不是卢克的作风。特别是像今天这样，当她需要他的时候，而他又知道她需要他。她担心他遇到了不测，更糟糕的是，也许什么也没有发生。也许把她抛弃在诊所仅仅是他自己的选择？不，他绝不会那样做，但是她想起他在水上乐园的样子，一把挡住她的手机，就在她感到安全和爱的短暂时刻，卢克离开了。

佩佩叹了口气，将玻璃杯放在吧台上。他有四个女儿，卢克曾经告诉过她，她猜也许就是因为这个原因佩佩才总是拒绝她的假身份证，总是将调戏她的男人轰走，总是问她怎么回家。

"听着，孩子，"他说，"你知道谢泼德。也许他只是想和兄弟们出去玩玩。我相信他明天会给你回电话的。回家吧，好吗？"

最后，她在一个派对上找到了卢克。

不是什么随便的派对，是高中派对，尽管科迪·理查森听到自己的派对被这么叫肯定会觉得受到了冒犯。毕竟他十年前就毕业了，但他的派对一直都是高中派对，纳迪娅和欧申赛德中学的其他学生一样，在他家参加了无数个周末派对。他有一头浅黄色头发，玩滑板，对纳迪娅来说，就是那种与她毫无共同之处的白人男孩。不管怎样，她一般都很讨厌白人男孩的派对——不断循环的铁克诺电子舞曲，令人窒息的Abercrombie&Fitch古龙水，糟糕的舞姿，她之所以去科迪·理查森的派对是因为所有人都去。每个周末，她都会挤进他的海边小屋，在那里你无须担心父母提早回城或者警察查封派对。房子的平面图就像一张布满她青春期各种第一次的地图：阳台是她第一次伴着海边空气吸大麻的地方；厨房角落是她和第一个男朋友分手的地方；浴室前的过道是母亲下葬后的那个周末她喝醉酒哭泣的地方。

自那之后，她再也没去过科迪的派对。感觉那栋黄色的房子已经不再适合她的年龄，她答应自己，只要一毕业，绝不再回去。她一直都很讨厌看到那么多人络绎不绝地参加他的派对，只要一迈进他家大门，仿佛每个人都困在了时光里。在这之前，她开车路过卢克父母家的时候看到车道上没有他的卡车，科迪家便是她唯一能想到的卢克会去的地方。不知怎的，冥冥之中她知道他会在科迪家。她走过昏暗的海滩，能够感觉到他的存在，她既思念他又感到气愤。她顺着脚印走到海边的房子，心里一直想着是否会找到卢克的脚印，将自己的脚丫踩进他的脚印里。

铁克诺电子舞曲的绿色光束射过敞开的大门，她小心翼翼地踏上高低不平的木台阶。低音炮隆隆作响，声音穿过洒上酒后发黏的木地板，她在门口停了一下，让眼睛适应屋内的昏暗。如果不是卢克走路的姿势，她应该不会一眼就注意到他。她穿过一帮"群魔乱舞"的白人孩子，走过摆满半瓶酒的厨房，还有啤酒台球赛后留下的两堆三角形杯阵，她一眼就逮到了正穿过阴暗房间的卢克的身影。他走路有些跛，虽然不明显，大多数人根本不会注意到，但对她来说那如同他的声音一样熟悉。他看上去喝醉了，一品脱①几乎空了瓶的占边威士忌在他手中摇晃。就在她走近的时候，他晃了一下，仿佛看到她就足以让他失去平衡似的。

"纳迪娅，"他说，"你在这儿做什么？"

---

① 美国和英国的液体容量单位，常用于啤酒或牛奶。在英国，一品脱等于0.568升，而在美国，一品脱等于0.473升。

"你在这儿干什么呢？"她说，"我他妈给你打了一百遍电话。"

"你不应该在这儿。你应该在床上或者……"

"你干吗去了？"她说，"我等了好几个小时。"

"发生了点烂事，行吗？我知道你自己能回家。"

他说话的时候一直盯着地面，她知道他在撒谎。

"你把我丢在那儿。"她说。

他终于抬起头看她，让她吃惊的是，他看起来和往常一样。一个人若被发现撒谎，第一次被你看清真面目，那人的表现不是应该异于平常吗？

"听着，这事原本是你情我愿，"他说，"这种烂事根本不该发生。我已经把钱给你了。你还要我怎样？"

他从她身边擦过，穿过人群，一瘸一拐地冲向门口。她早该知道。他把那个装有六百美元的信封交给她时，她就该知道，他负责出钱，剩下的由她一人承担。他已经把钱塞给她了，现在对他来说，她是一个已经处理完的麻烦。从某种程度上说，她早就知道，至少猜到了，但她想相信卢克，相信爱情，相信那些没有离去的人。她挤进厨房，走过一群正在玩翻杯子游戏的喝得醉醺醺的高中生，从台子上拿起一瓶豪帅龙舌兰酒。那个留长发绺的护士告诉她四十八小时内不能喝酒——稀释血液，加重流血——不过她还是给自己倒了一杯龙舌兰。她感到一只手搂在她的腰上，她转过身，看到德文·杰克逊正站在她身后，指尖夹着一根大麻。她还是新生的时候两人一起闲荡过一次，自那之后她没再与他说过话。他看上去还是老样子，几乎没有变化，又高又瘦，长长的睫毛，唯一不同的是，现在他的身上刺满了文身。就连脖子上都刺满了文身，喉咙上是一朵伸展的百合花。

"上帝啊，"她说，"你文身了。"

他大笑："你他妈跑哪儿去了？"

哪儿也没去。又哪儿都去了。他把大麻递给她，她觉得自己又回到了十五岁，和男孩坐在摩天轮上吸大麻，升到最高点时，男孩为她手交，车厢轻轻摇晃，如哄他们入睡一般轻柔。她最后听到的关于他的消息是，德文在做模特，大多数时候给同性恋网站做。两年前，一个朋友发给她一个链接，照片中德文躺在白单子上舒展着身体，身上除了一条内裤什么也没穿，离他裆部不远处是一个金发男子的脸。

"我听说你现在很有名。"她说，递过大麻。

她不是有意喝醉的。她又给自己倒了一杯酒，只因德文问她为什么空着杯子，怎么着，她现在是修女还是什么？她往柠檬水中倒了一小杯龙舌兰酒，接着又倒了一杯，再一杯，她由着德文将她拉到舞池。不是因为她想跳舞，而是因为跳舞是亲密接触的借口，与德文的身体来回碰撞摩擦，无须任何语言。屋里很热，她将一只胳膊绕在他的腰上，碰到湿软的T恤，她觉得特别恶心，但是酒精让她感到舒服。血液可能正随着她的舞步稀释，喝醉的感觉真好啊，是那么放松、温暖、感人。

德文去亲她的脖子，双手掐在她的屁股上。

"你太他妈棒了。"他说，在她耳边低语情话，呼出炽热的气息。

他对着她扭摆，使劲咬嘴唇，像那些想要表现性感却用力过猛的人一样。她咯咯直笑。他也跟着大笑，又掐了她一下。

"怎么了？"他说。

"我以为你现在喜欢男孩。"她说。

"谁他妈跟你说的？"

"大家。"

"这感觉像是我喜欢男孩吗？"

他将她的手放在勃起部位，纳迪娅从他手中扭开手腕，推开他。她感觉自己被困住了，突然间她感到窒息。眼前一片模糊，她扶着墙，推开迎头撞上来的人，狂躁的节奏从音响中喷射出来，穿过湿黏的空气直至后门。阳台另一头，科迪·理查森靠在木栏杆上。他长高了，更瘦了，那一头脏兮兮的金发比以前更加蓬松，格子上衣搭在瘦削的肩膀上。他笑笑，唇环闪闪发光，她走向他，抓住栏杆。

"你不觉得奇怪吗？"他说。

"什么？"

手指越过她的肩膀指向远处。越过海边别墅的薰衣草房顶，她可以看到圣奥诺弗雷核电站，校车上的孩子们去野外郊游时经过那里，曾把那两个白色穹顶称为"乳房"。

"随时随地——砰。"科迪睁大眼睛，双手夯开，"就像这样。我说的是，只要一个猛击，我们所有人都会被炸飞。"

纳迪娅将手放在栏杆上，闭上眼睛。

"我就想哪天能那么死掉。"她说。

"真的吗？"

"砰。"

她是这样想象的：

她的母亲在小镇周围开车，丈夫的军用手枪在她大腿上。一道弧线，又一道弧线，晨光像女婴的睡袍一样粉嫩。她感到眩晕无力，头脑或许又异常清醒，比任何时候都清醒。她第一个念头就是开到海边，因为那是一个死去的好地方。足够温暖。死去的地方理应温暖，因为来世要承受的寒冷已足够多。此时，冲浪者已回到岸边，死亡不应再有人知晓，就像哼一首小曲，只有自己可以听到。

所以，她继续往前开，在距离上室教堂半英里①的小山上，车身被树枝挡住。她关掉引擎，拿起枪。她从未射死过任何东西，但她

---

① 英美制长度单位，1英里合1.6093公里。

见过动物死去，猪号叫着流尽鲜血，母亲将鸡脖子扭断后，鸡扑腾至死。你可以混日子，也可以一死了之。慢慢死去也许看起来更温和，但突然死亡更厚道，甚至算得上仁慈。

她应该对自己仁慈一些，就这一次。

父亲问她的时候，纳迪娅告诉他，她没有看见那棵树。在黑暗中几乎不可能看见房前那棵树，所以她做了一个急转弯。不到凌晨四点，他们一起站在车道上，父亲穿着绿色的格子浴袍和拖鞋，她靠在车门边，将鞋拿在手里。她本想偷偷溜回家，结果父亲听见碰撞声后立即冲到了外面。现在，他蹲在凹损的保险杠前，摸着凹凸不平的金属。

"你前车灯为什么没开？"他说。

"开着呢！"她说，"我只是……低头去关它，再一抬头就看见了那棵树。"

她有些摇晃。父亲皱起眉头，挺直身体。

"你喝醉了？"他说。

"没有。"她说。

"我站在这儿都能闻出来。"

"没有……"

"然后你开车回的家？"

他走近她，这突然一动吓得她手里的东西散落一地，钱包、鞋、钥匙，哗啦啦全部掉在了车道上。就在他想再逼近一步时，她伸出胳膊。他停下来，狠狠咬牙，她辨别不出他是想要扇她还是拥抱她。二者都痛，他的愤怒，以及他的爱，他们一同站在黑漆漆的车道上，她的手感受到他快速跳动的心。

3

我们祈祷。

遵照保罗的指示，虽说不是无止无休地祈祷，也差不多如此
了。每个星期三和星期日，我们聚集在祈祷室，脱下外衣，将鞋放
在门外，穿着袜子在室内活动，滑着步子前进，我们像少女一样在
打过蜡的地板上嬉闹。屋子中间，我们坐在白色椅子上，其中一个
人走到门边的木箱前，箱子里装满了祈祷者的请愿卡，那人将手伸
进箱子。随后我们开始祈祷：为厄尔·弗农祈祷，他希望吸毒成瘾
的女儿赶快回家；为辛迪·哈里斯的丈夫祈祷，她的丈夫想要离开
她，因为他逮到她给老板发下流照片；为特蕾西·罗宾森祈祷，她
又开始酗酒，全是烈性酒；为索尔·杨祈祷，他正在帮患老年痴呆
的妻子度过生命最后的时光。我们诵读请愿卡，我们祈祷，祈祷新
工作，祈祷新房子，祈祷新丈夫，祈祷更健康，祈祷孩子更乖巧，

祈祷更多信仰，祈祷更多耐心，祈祷更少诱惑。

我们不认为自己是"祈祷勇士"。这个词肯定是男人想出来的，他们觉得任何困难都是一场战争，可是祈祷比战斗来得更精细，特别是代祷者。不仅仅是意念，还要扛起别人身上的重担，而这个"别人"常常是陌生人。你闭上双眼，聆听人们的请求，钻进别人的身体。你变成特蕾西·罗宾森，渴望威士忌。你变成辛迪·哈里斯的丈夫，搜查妻子的电话。你变成厄尔·弗农，为吸毒成瘾的女儿清洗打结的脏发。

除非你变成他们，哪怕有一秒没做到，都只是徒有虚名，祈祷者什么也不是。

这也是为什么我们没花多久就搞清了罗伯特·特纳的卡车发生了什么。礼拜日，原本正常打蜡发亮的卡车，拖着凹陷的前保险杠和撞碎的前车灯，缓缓驶入上室教堂的停车场。我们在大厅听到年轻人嘲笑纳迪娅·特纳，议论她如何在某个海边派对喝得烂醉如泥。于是，我们再次变回年轻人，事实上，我们变成了她。整晚跳舞，手里拿着一瓶伏特加，踉跄着走出大门。在车道间交织变道，莽撞驾车回家。金属嘎吱作响。怎么可能，罗伯特闻到酒味一定会打她，或者也许会拥抱她。她何德何能拥有这两样。

卡车是那个夏天第一个不祥征兆，可是我们中没有人往这方面想过。那时，撞坏的卡车对我们来说只意味着一件事。

"瞧瞧她都做了什么。"

"谁做了什么？"

"那个特纳家的姑娘。"

"哪个是她？"

"你知道那个。"

"小麦色皮肤的黑人女孩，眼神清澈。"

"哦，那个姑娘啊？"

"还能有哪个特纳姑娘？"

"她看起来——"

"绝对是。"

"感觉她把自己吐了出来。"

"你们都看见了他的——"

"嗯。"

"你觉得修理要花多少钱？"

"她干吗那么做？"

"她可真野。"

"可怜的罗伯特。"

"不是一般的野。"

我们只为罗伯特·特纳感到难过。他经历了太多不幸。半年前，他妻子偷了他的枪，将自己的脑袋打爆了。太阳刚刚升起，她将蓝色雄鹰车停在后街，枪声响起的一刹那，车被震得左摇右晃，一小时后，一位慢跑者发现了她。罗伯特将那辆雄鹰车从警察局开回家，车座头枕上仍浸有他妻子的血渍。谁也不知道那辆车发生了什么。谣言不绝于耳，人们都在猜测，在清理妻子的遗物后，他便将它们用车拉走，通通丢入圣路易斯雷河，包括她的随身小本、图书馆逾期未还的图书，以及几年前他在墨西哥为她买的红宝石发卡。但是像罗伯特这样感性的男人，也许早已将汽车零件一个个卖掉，有时我们不禁会想，从面前开过的车里会不会有埃莉斯·特纳的消声器，旁边车道上闪着的是不是她的转向灯。

一切的一切，再加上现在鲁莽轻率的女儿。难怪罗伯特看上去如此忧心忡忡。

那晚，我们在门外的木盒里找到一张有他署名的祈祷卡。卡片中间写着为她祈祷，所有字母都是小写。我们无从知晓他指的是哪个她，是他死去的妻子，还是那个鲁莽轻率的女儿，所以我们为两个人一起做了祷告。你要知道，祈祷不仅仅是意念。为死去的人祈祷。无法进入身体，你只能试图寻找他们的灵魂，可是谁愿意去寻找埃莉斯·特纳的下落呢？无论她的灵魂藏在何处。

那晚离开祈祷室时，我们察觉到了上室教堂的某些东西发生了转变。很难解释具体是什么，只是感觉有些东西不一样了。不对劲。我们对上室教堂的墙壁了如指掌，如同我们对自家墙壁一样熟悉。我们轻轻走向过道，唱诗班正在排练，我们注意到，在角落放乐器的壁橱前，一幅油画遭到了损坏，女厕所的牌子也摆歪了。我们花了数十年去研究喷泉上方屋顶上那个像大象耳朵一样的斑点。

我们知道埃莉斯·特纳自杀前一晚跪在圣殿地毯上的确切位置。
（我们中更有灵性的人甚至发誓依旧可以看到她膝盖锯齿状的曲
线。）有时我们开玩笑说，等我们死后，所有人都会成为这些墙的
一部分，像墙纸一样被平平整整地按在上面。在圣殿的彩色玻璃窗
附近，或者星期日学校教室的角落里，再或者被贴在祈祷室的屋顶
上，每个星期二和星期日，我们都聚在这里进行调解。

我们并不知道那辆撞坏的卡车将纳迪娅·特纳的未来与我们的
未来绑在一起，打成了结。这些年，我们看着她来来去去，每一次
都将这个结系得更紧。

星期日晚上，特纳家迎来一位贵客。

纳迪娅的大多数周末都在床上度过，不是因为肚子还在痛，只
是她没有其他地方可去。她现在不怀孕了，但她把父亲的卡车撞坏
了。要是好几个星期才修好该怎么办？他怎么受得了，没有卡车分
散注意力，没有跑腿的差事，只有工作和家？她的父亲唯一爱做的
事情，却被她毁掉了。更糟糕的是，父亲没有吼她。她反倒希望父
亲生气时能勃然大怒，那样会更简单、更干脆。相反，他却将愤怒
留在心底，在厨房里，他静静地在她周围移动，或者干脆避开她。
她感觉自己消失在了寂静中，直到空气里突然传来两声高音，那声
音轻到让她以为自己在做梦。随后，她听到三下敲门声，她突然感
到一阵刺痛。卢克。她跳起来，用手迅速将头发梳成一个马尾，把

内衣带塞进紧身短衣里，调整了一下短裤。她光着脚走过冰冷的瓷砖地，打开门。

"哦，"她说，"嘿。"

牧师谢泼德笑呵呵地站在门阶上。她从没见过他穿得这么休闲，不是教堂长袍，也不是三件式套装，他穿了一件polo衫，一条牛仔裤，一双黑色运动鞋，鞋底经过特殊处理，卢克说因为他膝盖不好。她总是将牧师想象成一个穿毛衣戴眼镜的无趣老男人，事实上，牧师谢泼德看起来更像是她会甜言蜜语讨好的在俱乐部外站岗的保镖，他高大健硕，一头红褐色的头发几乎顶到了门框。礼拜日的早晨，他显得更高大一些，他披着黑色长袍穿过祭坛，余音绕梁。此刻穿着polo衫的他，站在她家门前台阶上，看起来更放松。甚至可以说友善。他冲她笑笑，有那么一秒钟她看到了卢克，卢克若隐若现的脸庞，像是穿过碎玻璃的点点光亮。

"亲爱的，你好，"牧师说，"你爸爸在家吗？"

"在院子里。"

她向后退了几步，以便让他进屋。他站在门口，观察客厅，她想知道他怎样看她的家。他可能拜访过太多家庭，只要一踏进屋内，就能立刻洞悉一切。有些房子充满疾病，有些充满罪孽，有些充满悲痛。她的家呢？也许空空如也。沉寂、整洁的房间，整个家像一个永远无法结痂的伤疤。她带牧师到后院，父亲正在混凝土板上做卧推，他把杠铃放在架子上。

"牧师。"他拿起美国海军陆战队的灰色T恤擦脸，"不知道您前来造访。"

她关上纱门，回到门厅。她转身的时候觉得牧师正盯着她看，有那么一秒钟，她怀疑牧师是否早已知晓。也许他的职业赋予了他非凡的学识，他可以看见她肩膀上的东西，那沉重的秘密。即便他没有神圣的力量，或许也能察觉到。或许他能感受到他们之间曾经的联系，她转身的一瞬间，他伸手触摸到了那分崩离析的边缘。

她踮着脚从大厅走进浴室，趴在马桶盖上，透过破碎的窗户听他们说话。

"我正好在这附近，"牧师说，"早些时候看见你的卡车了。一切都好吗？"

"没什么大事，"她父亲说，"车身要稍微修理一下。野餐的事情不好意思……我知道我说过会帮忙运那些椅子……"

"我们会想办法的。"牧师停顿了一下，"大家都说是你女儿撞的。"

她趴在马桶盖上，用力抓紧膝盖。

"咱们年轻时也这么疯狂吗？"她父亲说。

"比这更疯狂，也许。她没事吧？"

"她是个聪明的女孩，"她父亲说，"比我聪明太多，这是肯定的。马上就要去上大学了。她本该比谁都清楚。这才是让我担心的。"

“你知道这些孩子，他们就是想不断打破底线。觉得自己无所不能。”

“她以前不这样，”她父亲说，“也许是这样。也许我根本不了解她。埃莉斯总是在她身边……她们很亲密，我很难介入，以前也从没想过要介入。母亲是自私的。你知道吗？一开始她都不让我抱纳迪娅。后来还是医生勒令她休息，她才肯让我抱。你永远也无法介入母亲和孩子之间。我不知道，牧师。我想好好抚养她。也许我根本不知道怎么做。”

她悄悄回到客厅。她不想再听了。她痛恨听到父亲为她的错误而自责，尽管如此，她知道，自己心里还是在怪他。毕竟，努力振作起来的人一直是她。修女们带着食物前来拜访时，去应门的都是她，父亲则消失在卧室的黑暗中。她一直吃修女们带来的食物，到后来快要吃吐了，她能够准确尝出哪份是谁做的。修女海蒂带来的通心粉和奶酪太过油腻，平底锅一角浮着厚重的黄油。修女阿格尼丝骨瘦如柴，做的是苹果派，上面的格子线条笔直，像用尺子画的一样。有好几个星期，纳迪娅吃的都是捐来的食物，每一口都伴随着悲伤的酸楚，直到有一天，她开始厌烦这些老女人的造访，她们友善的笑容下隐藏了一颗好事之心。一天，她将盘子留在前门台阶上，没去理会门铃。她开着父亲的卡车前往杂货店。晚餐，她做了烘肉卷。她做的肉卷像砖头一样干硬，在平底锅上留下一层烤煳的棕色凝胶状物质，尽管如此，父亲还是照样吃了。

牧师离开后，她把母亲的理发器拿到客厅，父亲正在看一部牛仔电影。虽然这是他们的日常时间，她以为父亲可能没有注意到她，但他安静地站在那里，走进后院。他们可以用这种方式交谈，没有任何对视，理发器发出嗡嗡的声音。

"牧师问起了你。"她父亲说。

天空散发出蒙蒙的光亮，如薰衣草色的丝绸在她头顶泛起涟漪。她拿着理发器在他头上修剪，一撮撮灰白色的头发掉落到他的肩膀上。

"哦。"她说。

"牧师夫人需要一个助理，"他说，"只是这个夏天。虽说不是什么好工作，但有钱，而且你能学到点不错的技能。"

"我不能去那儿工作。"她说。

"为什么不能？"

"就是不能，"她说，"我会去找别的工作。"

"这工作不错……"

"我不管，我会去找别的工作……"

"你能用这笔钱支付我修卡车的费用，再用剩下的钱付书费和学费。"他说，"这是一份不错的工作，对你也有好处。在上室教堂花一些时间，对你会有帮助。上帝会……你必须相信他，知道吗？你相信他，在他的眼皮底下，他会像照顾我一样照顾你。"

他听上去像在努力说服自己这是一个不错的主意。仿佛她在教堂待够了时间就能将圣灵之气吸入骨髓似的。她叹了口气，撩起肩上的头发。父亲又怎会知道什么对她好？说到底，他又了解她什么？

　　她去工作的第一个早晨，父亲开着临时代用车驶上上室教堂所在的小山，她无精打采地靠在车窗上。教堂，棕褐色的外观，高耸的尖顶，在山上灌木丛中露出身影，处在乡下最容易起火的位置。外地人从来不敢冒险到如此遥远的北方。所有到海滨城市的人都想享受波光粼粼的海水和清爽的徐徐海风，这也是为什么人们会选择待在城里，在码头的木栈道上漫步，渔夫懒洋洋地坐在金属椅上，岸边矗立着一根根柱子，孩子们蹦蹦跳跳地提着红桶到DQ冰激凌店。海滩北面是绵延数英里被山艾丛覆盖的海岸线，山艾在森林大火高发季极易引火。春天，大家很少会想到火灾，父亲开车的时候，她盯着窗外烧焦的林地，目光掠过一株株黑色的残枝。虽然上室教堂位于火灾多发区，一阵强风就能把燃屑吹到教堂脚下，但是到目前为止，教堂从未起过火。这是神的庇佑，教堂会众经常说，上帝太眷顾上室教堂了，上帝庇佑着他们免受火焰的伤害。

　　这是人们讲给自己听的故事。母亲给她讲过许多遍她自己的故事，向她讲述上帝如何将她引领到上室教堂。她那时是一位年轻母亲，一位刚到加利福尼亚州的孤独寂寞的军嫂。她甚至连高中毕业证都没有，只能在市中心的戴斯酒店清洁房间。母亲的上司是一位黑人女性，上司告诉母亲，她能拥有这份工作是多么幸运。

"以前它是我们谋生的手段，"她说，"现在呢？他们只想雇那些墨西哥人。一丁点英语也不会说，十分廉价。在私底下非法支付他们工资。你说西班牙语吗？"

"不会。"她母亲说。

"没关系。你会学的。"

久而久之，她学会了一些基本表达，比如你好吗，或者能递给我那个吗，以及所有脏话。有时候，若不能送纳迪娅去育儿中心，她就会带着纳迪娅一同工作，其他女同事柔声细语地哄逗她，她们在阳台哄她入睡时会唱西班牙摇篮曲，在阳台上能将整个海滩的风景尽收眼底。她母亲几乎听不懂那些歌，但她从《奥普拉脱口秀》上听说，让婴儿接触不同种类的语言非常有利于婴儿的大脑开发。她后来会说，正因如此纳迪娅才这么聪明。上幼儿园前她就读完了第一本书，这让许多家长困惑不解，一位母亲认为她只是把故事背下来了，甚至自己去买了本书测试她。纳迪娅的母亲记得那些墨西哥女人簇拥着她，让她完全浸泡在西班牙语中，她的大脑不停地吸收各种单词，被填得满满的。

她学到的零零碎碎的西班牙语只能帮她这么多。她的丈夫被派到了波斯湾，尽管她在欧申赛德住了一年，却没有交到任何真正的朋友。于是，寂寞的她希望在教堂找到归属感。她不确定该从哪里开始寻找。除了天主教堂，人们还会忠贞地用圣人的名字为它们命名，大多数圣地亚哥的教堂名都与航海有关，比如，海岸线浸信会或海滨社区教堂。那样的名字让她想到教堂会众穿着游泳短裤拥进教堂在长椅上坐下的情景，牧师胳膊下夹着冲浪板爬上圣坛。她试过各各他堂和以马内利教会，但感觉都不对劲。以马内利教会里有一位女牧师是哈佛毕业的，在布道时这件事她提了不下三遍。各各他堂呢，她身后的一个女人灵魂附体，几乎把所有人的脑袋都敲了一遍。许多年来，她从一个教堂跳到另一个教堂，不是太小就是太大，要不就是太现代或太传统。后来，一天下午，她正在清理一间屋子的垃圾桶，一张上室教堂的布告飘到她的脚上。

"它是我的金发姑娘①教堂，"她以前经常告诉纳迪娅，"我走进去的一刹那就知道了。它的一切都无可挑剔。"

每个礼拜日的早晨，上室教堂挤满了喧哗的人，西装革履的男士用力相拥，女士们行贴面吻之礼，随后她们会互约早午餐，从《圣经》里拿出便笺潦草写下约会日期，刚会走路的小孩绕着贴有临时游戏标签的花盆玩耍，修女们戴着插有羽毛的鲜艳帽子昂首阔步。纳迪娅初次来到上室教堂时，躲在母亲身后观察，那时她只有母亲膝盖那么高，当她们从她身边走过时，帽子上的羽毛一上一下地飘动，她感到困惑不解。她们将白色手套拉到手肘位置，走起路来小铃鼓发出叮叮当当的响声，她不知道这响声是否与年纪有关，如果有一天她变得满脸皱纹、白发苍苍，走路的时候是不是也会发

---

① Goldilocks，金发姑娘，源于童话故事《金发姑娘和三只熊》。

出这悦耳的声音呢。这问题把母亲逗得哈哈大笑。

"哦，你的身体是会发出一些响声。"她说，一只手握住纳迪娅的手。

那个礼拜日父亲第一次没有陪在她们身边。礼拜仪式结束后，母亲在队列里与牧师握手，对于父亲的缺席，向牧师表示了歉意。

"我丈夫刚从国外回来，"她这样解释，"而且他对教堂的事情不是很感兴趣。"

纳迪娅的父亲在一星期前就回家了。那时她四岁，对父亲几乎没有什么印象，不过那个年纪的她已经懂得承认这一点并不怎么光彩。在期盼他回家的最后几个月里，母亲将纳迪娅抱在腿上，拿出一本相册，慢慢翻看父亲怀抱她的照片，那时她还是个小婴儿。有一张照片里，她像小猫一样蜷在他的怀中，那时父亲很年轻，身材魁梧，穿了一身海军蓝色制服，对着相机微笑。他鼻子旁边有一颗痣，黑色柔软的短发像母亲化妆刷上的毛。她仔细研究他的脸，寻找与她的相似之处。人们总说她和母亲是一个模子刻出来的。

一开始在他身边时她有些小心翼翼，甚至害羞。在机场大厅外，他蹲下来去抱她，她往后退了几步，被眼前这个身着迷彩服手提超大军用行李包的男人吓了一跳，他的脸被沙漠的阳光晒得黝黑。之前研究父亲照片所付出的努力并没有让她做好准备去迎接现实里的他，无论是他的体格还是气味。他皱了皱眉。

"她不记得我了？"他对母亲说。

"嗯，你离开时她还只是个小婴儿。"母亲往前推了她一下，"去吧，抱抱爸爸。去吧。"

她向前走了几步，父亲一把将她拉入怀里拥抱。他的胸脯十分坚硬。她冲他笑笑，尽管父亲的拥抱有些疼。开车回家的路上，父亲将她抱在腿上，母亲则抱怨说她应该坐在车座上。

"她应该多熟悉我。"他说。

"只是需要一些时间，罗伯特。"母亲说。

"我不在乎，"他说，"我不在乎花多长时间。她肯定会喜欢我的。"

现在，父亲停在十字路口，再往前开就要驶上那条通往教堂的路了。自从母亲的葬礼结束，她再也没有走过这条路。这条路在她的记忆中很模糊，她感觉自己在上演一出完全没有经过排练的戏，突然间需要知道所有台词。她必须在礼拜上发言吗？别人想听她说什么呢？是想听她某一天还有母亲，一天后就没有了吗？还是想听她说母亲唯一的悲剧就是她？在灵车后座上，她发现连裤袜跳丝了，于是一言不发地抠它，直到小跳丝变成大洞才作罢。

"我希望你认真对待，"她父亲说，"谢泼德夫人为你做了件好事。"

也许吧，她不明白牧师夫人为什么要帮她。自从撞见上七年级的纳迪娅在教堂后面亲吻迪肯·卢的侄子后，卢克的母亲一直都很讨厌她。他曾是她喜欢的类型：瘦高，爱穿比自己实际尺寸大三号的T恤，留着一头之字形的玉米辫，她跟在他身后，在教堂一侧的墙上，她压在他身上，喘息着亲吻对方。在这之前她从未亲吻过男孩，所以她狠狠地亲了他。同年早些时候，她和一个男孩约会了三个星期，不过他们只亲吻过一次，还是在一圈朋友的怂恿下，不过那次并不算真的接吻。这次是真的亲吻。他将手伸进她的上衣，伸进少女胸罩里揉抚她的胸，她感到身体涌入一股炽热的暖流，他突然将她推开，她以为他感觉到了，他的反应就像摸到了什么滚烫的东西一样。她顺着他的目光发现牧师夫人站在那里。她一把抓过纳迪娅，将她拉到教堂后面，教育她的同时不停地摇晃她的手腕。

"我这辈子都没见过这种事！在教堂后面如此胡作非为！"谢泼德夫人又使劲摇了摇她的手腕，她的脸靠近她，"你不知道好女孩不会那么做吗？你不知道吗？"

她仍然记得牧师夫人的脸突然向她逼近的样子。她的眼睛一只棕色，一只蓝色，那一刻，变得失焦模糊。她拽着纳迪娅回到修女威利斯的课上。在星期日学校剩下的时间里，修女威利斯让纳迪娅独自坐在教室后面，她必须抄写一百遍我的身体是上帝的圣殿才能下课。在开车回家的路上，母亲没有说什么，但是当车开进车库后，她安静地关掉引擎，坐在车里，手仍握着方向盘。

"我的妈妈试图让我与男孩子保持距离，"她说，"显然没奏效，所以我不会告诉你同样的话。你要聪明些，必须要小心。男孩啊，这辈子都可以粗心大意。而你无论现在还是将来都必须要小心。这是你唯一的选择，真的。你前途无量。不要为任何人放弃你的未来。"

"可那只是接吻啊。"纳迪娅说。

"不要越过这条线，"母亲说，"不要重蹈我的覆辙。只有这件事会让你爸伤心透顶。"

她的父亲是一名海军，坚忍克己，勇猛强悍，胸肌坚硬厚实，甚至连拥抱都让人感到疼痛。她从未想过自己有能力让别人伤心，更别说是伤父亲的心。母亲怀她的时候只有十七岁。以她自己的经历来说，母亲肯定知道这给她的父母带来了多大伤害。如果怀孕是纳迪娅能做的最具伤害的事情，那么对母亲来说，她的不期而至又给母亲造成了多大的伤害呢？母亲若告诉纳迪娅生小孩是她今生最糟糕的一件事，那么母亲的生活究竟被她摧毁成了何种面目？

纳迪娅给卢克讲过那个接吻的故事，他听后将脸埋在枕头里大笑不止。

"一点也不好笑。"她说。

"哟，好了好了，"他说，"都那么久的事了。你干吗觉得她讨厌你啊？你从没和她说过话。"

"从她看我的样子能感觉到。"

"她看谁都那样。她就那么看人。"

他在床上转过身，将脸埋在她的脖子里，她却将他的手放在自己的内裤上。她从不在他家待很久。一开始很刺激，在牧师家里，不过后来，刺激感慢慢在恐慌的情绪中消失，她总会想象门外的脚步声，钥匙叮叮当当的声音，车开进车道的声音；卢克的母亲将一丝不挂的她拽下床，不停地摇晃她的手腕。卢克觉得她这样疑神疑鬼很可笑，其实她不想给他母亲又一个讨厌她的理由。她希望有一天卢克会带她回家，正大光明地请她吃晚饭，而不是趁他父母出去的时候将她悄悄带进卧室。他会把她作为女朋友介绍给父母，他的母亲会搂着她的肩膀领她入座。

她父亲将银灰色的雪佛兰迈锐宝转弯开进停车场，缓缓驶向教堂大门。她的胃里一阵翻江倒海。

"我可以去找别的工作，"她说，"只要你给我点时间……"

"去吧，"她父亲说，将门锁打开，"你可不想迟到。"

她从未在非周末的时间来过上室教堂，她用力推开沉重的双开门，有一种非法闯入某地的感觉。平时礼拜日早晨熙熙攘攘的教堂现在包裹在安静的氛围中，大厅异常昏暗，铺着蓝色地毯的前厅里空无一人。她甚至有些失望，这座空无一人的建筑看起来是那么质朴无华，就像有一次在迪士尼乐园，飞越太空山开到一半突然停在了途中，于是灯全亮了，那一刻她意识到自己不过是处在一个灰色大仓库里，设备在轨道上缓慢滑动，这个轨道只有在特殊灯光的映衬下才会令人兴奋。她顺着黑暗的走廊走到教堂后面，走过星期日学校的教室，从幼儿园到八年级这段时间，她都会来这里报到，以履行自己的职责，她走过唱诗班排练室，走过牧师办公室，最后来到大厅尽头牧师夫人的办公室。她面前的这间屋子威严气派，红木家具在阳光下熠熠生辉，每个角落都放了一盆小型棕榈树。谢泼德夫人靠在桌子上，双手交叉抱在胸前。她个子很高，至少有一米八，身穿红西服套裙和一双与之相配的高跟鞋，她高出纳迪娅一大截。

"嗯，进来吧，"她说，"别光站在那儿。"

她看上去总是一副令人生畏的样子，若不是因为她高大的个头，或是头衔，或是她讲话时像美洲豹跟踪猎物般慢慢踱步的样子，那就一定是因为她那双奇怪的眼睛。一只棕色，一只蓝色，那只蓝眼睛透着一股冷酷，在教堂大厅里，每次牧师夫人从她身边走过时，纳迪娅都会不自觉地将目光移到地上。

"你多大了，亲爱的？"谢泼德夫人问。

"十七岁。"纳迪娅轻声说。

"十七岁。"谢泼德夫人停顿了一下，朝门口望去，仿佛在期待走过来的是另一个更优秀的女孩，"秋天你要去哪儿上学？"

"密歇根，"她说，觉得这样回答有些突兀，所以补充了一句，"夫人。"

"学什么？"

"我还不知道。但我想去法学院。"

"嗯，像你这样的女大学生一定很聪明。你在办公室工作过？"

"没有，夫人。"

"以前工作过。对吗？"

"当然。"

"做什么？"

"我在商场里做过收银员。还在乔乔果汁店工作过。"

"乔乔果汁店。"谢泼德夫人皱了一下嘴，"嗯，听着。我没用过助理，也没有这个需要。但我丈夫似乎认为我能帮上点忙。那咱们就给你找点事做吧，好吗？"

她派纳迪娅去牧师办公室帮她倒杯咖啡。走过大厅时，纳迪娅望向窗外的停车场。在教堂前面的草坪上，小孩们正在玩抓人游戏。她猜是夏令营，她停下脚步眯起眼睛看，在一片混乱中，她发现了奥布里·埃文斯。是啊，奥布里当然会在教堂过暑假，她当然没什么更好的事情可做。她戴了一顶傻乎乎的狩猎帽，穿着一条肥大的工装短裤，迈着大步慢慢跑向孩子们，她稍一靠近，孩子们立即四散跑开。她故意放掉大多数孩子，最后抓住一个跑得慢的，一把将他抱起来，孩子大声尖叫，在空中不停地踢腿。如果有前世，纳迪娅也许会喜欢她。在夏日早晨玩耍，抱起被她抓住的孩子，孩子的脸上挂着感恩的笑容。

在上室教堂工作的前几个星期，纳迪娅和父亲的生活开始变得有规律：早早起床，安静地吃饭，钻进临时代用车里。他去上班时也会顺道送她。开车的途中，父亲会抱怨方向盘用得不顺手，抱怨他有多讨厌坐在这种底盘低的车里，不过她知道，父亲不过是想念自己的卡车而已，因为车在厂里维修时，他无法为上室教堂服务。下班后，他在厨房里徘徊，轻拍着衣服口袋，仿佛走进了一个陌生人的家里，不知道自己该做些什么。应该把鞋脱在门口吗？浴室在哪儿？最后，他只能跑到后院去举杠铃，像服刑的犯人那样消磨时间。

工作时，纳迪娅完成了谢泼德夫人交给她的任务：为妇女辅助会的午宴联系服务生，审读教堂的公报，安排在儿童医院募捐玩具的日期，复印夏令营注册表。她尽力将每一件事做得完美，因为当她犯错时，谢泼德夫人会给她脸色看——眯起眼，噘起嘴，似笑非笑，好像在说，看看我都要忍受些什么啊。

"亲爱的，这个你得再做一遍。"她会说，并招手让纳迪娅过来。或者，"嘿，现在啊，专心点。我们雇你来不就是让你干这个吗？"

说实话，纳迪娅不知道牧师和他的妻子为什么要雇用她。他们可怜她，她知道，但谁不可怜她呢？在她母亲的葬礼中，坐在教堂的前排长椅上，她能感觉到人们向她投来的怜悯的眼神，此外还有无声的愤怒，出于礼貌谁也没有将这股愤怒之情表达出来，尽管如此，她还是能感觉到脖颈后方这股热火。"谁有资格谴责？只有上帝。"牧师开始念悼词。可事实上，他引用这段《圣经》的意思就是让教堂会众谴责她的母亲，他认为母亲做的事情应该受到谴责。在宴会上，修女威利斯将她揽入怀中，说："我怎么都不能相信她竟然那样对你。"好像母亲开枪打的人是纳迪娅，而不是她自己。

那之后的每个礼拜日早晨，父亲都坚持敲她的门，而纳迪娅总是躺在床上，将头扭到一边，假装睡着。他不会强迫她一起去教堂。他没有强迫她做过任何事。光是问她就已经耗费了他足够多的能量。有时她觉得应该陪他去，如果这么做能让他高兴。可是她想到修女威利斯在她耳边低语时的样子，不禁倒吸一口凉气。教堂那些人有什么资格批评她母亲？谁也不知道她为什么想死。最糟糕的是，上室教堂的指责也开始让纳迪娅不禁评判起母亲来。有时，当修女威利斯的声音出现在她的脑中，她就会萌生这样的想法：我也不敢相信她竟然这样对我。

在上室教堂里，纳迪娅努力不去想那场葬礼。相反，她将注意力集中在那些分配给她的琐碎工作上。所有任务都非常细小琐碎，谢泼德夫人总是一副疾言厉色的样子，做事有条不紊，她属于宁愿亲力亲为也不愿教你如何做的那种人。（她之所以更倾向于授人以鱼，不仅因为她认为自己能抓到更好的鱼，还因为这种受鱼者与饥饿之间唯一一道屏障的角色能让她感到自己的重要性。）纳迪娅讨厌花大把时间研究谢泼德夫人，也讨厌揣摩她的需求。早晨，纳迪娅站在衣柜前挑出一套符合老女人喜好的衣服。不能穿牛仔裤，不能穿短裤，不能穿无袖上衣。只能穿宽松裤、衬衫和端庄的连衣裙。作为一个生活在加利福尼亚州的少女，她的衣服不是露腿就是露肩膀，纳迪娅没有几件衣服能达到谢泼德夫人的要求。但她还没拿到工资，也无法开口向父亲要钱，一星期里有几个晚上，她弯腰趴在浴室的池子上，用湿手巾擦拭腋窝处的防臭剂。即使谢泼德夫人注意到了纳迪娅在重复穿同一件衣服，她也没说任何话。大多数时候，她根本不会注意到纳迪娅。苛责或者漠视，纳迪娅说不好哪个更糟。她看到牧师夫人看奥布里·埃文斯时的眼神十分温柔，好像稍稍严厉一点就会让她崩溃似的。是什么让她如此特别？

一天早晨，纳迪娅在卫生间外撞见了奥布里，两个女孩看到对方时都吓了一跳。"嘿，"奥布里说，"你在这里做什么？"她仍戴着那顶狩猎帽，穿着那条肥大的工装短裤，这身打扮让她看起来像个邮递员。

"工作，"纳迪娅说，"为谢泼德夫人工作。基本上，我就是她的使唤丫头。"

"哦。"奥布里笑笑，她看起来像一只趴在膝盖上的惊弓之鸟。任何一点动静都会让她诚惶诚恐，吓到拍拍翅膀飞回树上躲起来。她脚上那双黄色的人字拖上有几朵向日葵，好像在她脚趾间盛开一样。看着她走路时鞋上的花朵不停地呼扇，纳迪娅真想把它们扯下来。她怎么会喜欢如此幼稚的东西？她想象奥布里·埃文斯在鞋店里，走过一排排朴素的黑色凉鞋，偏偏从架子上取下那双向日葵拖鞋。好像她认为自己配得上这花朵的每一次绽放似的。

一天下午，在夏令营学员回家后，谢泼德夫人给了奥布里一个拥抱，然后将她带到办公室里喝茶。坐在那里是什么感觉？不是将信封放在桌子上，也不是在门口探出脑袋问问题，而是坐在那里。粉色的窗帘看上去会不会更偏紫色？桌子上卢克的照片之所以被摆成那个角度，是不是为了坐在沙发上也能看到他的笑容？纳迪娅试图将注意力转回正在整理的信封上，可是为时已晚。思绪如潮水般涌来。卢克，那个坐在父母中间的前排长椅上扯领带的男孩，那个在星期日学校坐在她前面的男孩，她的心思完全不在《圣经》上，她仔细地观察他，记下他鬈发上每一个弯的样子。卢克练完橄榄球后会穿上防滑球鞋迈着大步到处走，或者穿过教堂停车场大声播放音乐，吵得老家伙们连忙用手捂住耳朵。她的胃一阵翻江倒海，好像一次跨两级台阶似的。悲痛不仅是一个简单的词，从失去的那一刻起，悲痛就与你如影随形。你永远不知道它什么时候会再弹回来。

　　那天晚上入睡前，纳迪娅打开床头柜，摸索着找出婴儿脚——在她知道验孕结果呈阳性后，一份来自免费孕产中心的礼物——如果可以这么叫它。咨询师多洛雷丝交给她一个塑料袋，里面装满了小册子，比如《关爱你未出生的孩子》《堕胎行业的秘密》《那个药会要了你的命吗？》。在其中一个名为《真爱值得等待》的手册下面，咨询师夹了一张紫色的"珍贵的成长记录"卡片，上面按周详尽解释了婴儿发展的每个阶段。卡片上附了一个徽章，一双金色的小脚，多洛雷丝告诉她，这双小脚的形状和尺寸与她八周大的孩子的脚一样。

离开诊所前，纳迪娅在卫生间里默默呕吐。随后，她把小册子丢进了垃圾桶，她将所有资料一张张塞进缝隙中，最后一张是一个附有宝宝小脚徽章的卡片。她从没见过这种东西，一双脱离了躯体的脚，也许正因为它的奇怪，才让她决定留下这个小徽章。或许那时她已经知道自己会堕胎。她感觉陷入了两难的选择，当她没能扔掉徽章时，她知道自己不会生下这个孩子，唯一能留下的东西只有这个徽章。她将徽章藏在了抽屉的最里面，藏在旧笔记本、发绳和一个父亲多年前买给她的空首饰盒后面。每晚睡觉前，她都会从抽屉里翻出它，将它握在手心里，抚摸那仍在黑暗中闪闪发光的金脚丫。

晚春时节，整个欧申赛德都笼罩在雾霭中，当地人称之为灰色五月。当灰蒙蒙的天空持续到夏天时，这个称呼就变成了阴霾的六月。不见天日的七月。雾八月。那年春天的雾气格外厚重，到了中午，海滩上仍然空无一人，冲浪者看不到三米开外的景象，便遗弃了这片海滩。这里积聚了太多滚滚浓雾，上室教堂的女士们不得不在去教堂的路上戴上帽子和围巾以保护她们的发型。随雾气而来的还有传闻：牧师夫人新雇了一位助理，名字叫纳迪娅·特纳。

拉特里丝·谢泼德在这之前从未有过助理，所有人都怀疑这助理能否干得长久。她个子很高，要求多，不是那种只会安静地坐在前排保持微笑的温顺妻子。每当长者或丈夫暗示她管的事情太多时，她就会说她来这里的使命不是干坐着，而是为大家服务。她致力于帮助流浪者、儿童、因残疾或患病而无法出门的人，帮助吸毒者康复以及帮助妇女工作，她亲自主持为受到虐待的妇女提供庇护所的工作。她早已习惯生活中的混乱——在上室教堂跑来跑去，从一个会转战到另一个会，把捐献给流浪者的衣物塞进后备厢里，开车跑上高速路将玩具送到儿童医院。她到受虐妇女的庇护所，到少管所，到任何一个需要她的地方，最后，她回到家为丈夫做晚饭。可是，她从未用过助理，而且也并不想要。

"我就是不喜欢她的样子。"一天早晨，她对丈夫说。

"很多人的样子你都不喜欢。"他说。

"那我错了吗？"

"那不是炒人的理由。"

约翰坐在桌子后面，抿了一口咖啡，拉特里丝叹气，又为自己倒了一杯咖啡。透过窗户，她可以看到滚滚浓雾扑向教堂的停车场。她算是受够了。她来自佐治亚州的梅肯。她知道雨水，知道潮湿，但她讨厌这种夹在两者间的奇怪天气。特别是与佐治亚州的春天相比——每当杜鹃花、桃花和木兰花盛开之时，正是烧烤的好季节，可以坐在保时捷里敞开车窗，尽情感受春天的温度。可是在这里，她连路都看不清。这破天气让她本就郁闷的心情又蒙上了一层阴郁。

　　"亲爱的，我们都喜欢特纳教友，"她说，"但我不需要一个不知检点又什么都不懂的女孩整个夏天都跟着我！"

　　"拉特里丝，经文里面说得好：好的牧羊人会让九十九只……"

　　"哦，我知道经文里说了什么。你可别想像对教会那些女人一样给我讲道。"

　　约翰摘下眼镜，每次他想强调什么的时候总会这么做。也许焦点模糊后，有些事情更容易开口。

　　"我们欠她的。"他说。

　　她不屑地冷笑一下，转身到窗前。她拒绝亏欠任何人，更别说是一个她鼎力相助的女孩。她是唯一一个迅速做出反应的人。那天早晨，儿子消沉地坐在餐桌前，用手托着脑袋，她的丈夫在厨房里来回踱步。儿子的静止不动与丈夫的无休止移动都让她感到恼怒。她还没有睡醒，更别提从头上取下卷发器。她听到女孩怀孕的消息时，甚至还未喝早晨的醒觉咖啡。

　　"你怎么能找一个连上室教堂都不去的女孩？"她终于开口问。

　　"妈妈……"

　　"别叫我妈妈。你怎么知道是你的？谁知道她和多少男孩搞过？"

　　"是我的，"他说，"我知道。"

　　"一个高中女生，"她说，"她到十八了吗？"

"马上。"他轻声说。

"我们花了这么多心思教育你，"约翰说，"你从小到大我们都在给你灌输经文，告诉你人生的原罪，你竟然跑到外面做这么愚蠢的事？"

丈夫对着卢克大吼，这场景她见过太多次。他和朋友用偷来的车去兜风，在电影院换影厅蹭看电影，偷偷把装着啤酒的可乐瓶带到海滩上，在禁止吸烟的托德兄弟公园里吸食大麻，挑衅海军士兵打架。他不是坏孩子，但是他放荡不羁。黑人男孩没有放荡不羁的资本，她试图告诉过他。放荡不羁的白人男孩能成为政治家、银行家，而放荡不羁的黑人男孩只有死路一条。她对卢克说过多少次要小心？可他还是和一个未成年少女鬼混……罗伯特会怎么想？他会生气，那是一定的，至于有多生气？会气到把卢克拽到警察局吗？

"她想打掉。"卢克说。

他看上去很挫败，拂掉眼角的泪水。她好几年没见过他哭了。她的儿子，像所有男孩一样，早已长大，离开妈妈的羽翼。她看着卢克飞快地长大，看着他夏天练习举重在肩膀上留下的伸展纹，看着他变得越来越像一个成熟的男人，越来越不像她的儿子。他现在完全变了个人，他变得难以捉摸，只要她一进屋，他就不再讲电话。上小学的时候，他在客厅的地毯上和朋友摔跤，而到了中学，她看到他将朋友狠狠地推到墙上，一幅画从钩子上掉了下来。最让她介怀的是，当她大嚷着让他停下来时，他的脸上竟露出惊讶的表情，仿佛粗暴是理所应当的，如果说这不对，反而会让他惊讶。

女儿长大后会变得和母亲更加亲密，慢慢地她会像齐刷刷的缝纫打版图一样与母亲一条心。儿子则会彻头彻尾变成另外一个物种。所以即便她不愿意看到儿子哭，但能借这个机会再次照顾他，也让她感到心满意足。她把他搂到肩膀上，轻抚他的头发。

"不哭了，"她说，"妈妈会处理的。"

她从银行取出六百美元，把钱放进信封，让卢克交给那女孩。那天晚上约翰彻夜未眠，在床上辗转反侧，在卧室里来回踱步。

"我们不应该这么做，"他说，"我良心上过不去。"

拉特里丝并不认为应该为此感到愧疚。他们没有强迫女孩去做任何她不想做的事情。女孩若自己不想要孩子，便会想方设法不要。善良的做法，也就是基督徒的做法，是帮助她。现在，女孩可以去上大学，从此远离他们的生活。虽然不是最完美的解决方案，但谢天谢地，这件事还没有到不可挽救的地步。

尽管如此，约翰还是很难过，罗伯特·特纳礼拜日在教堂里出现时，他那辆撞坏的卡车仿佛已经是一个征兆，一个长期审判的开始。约翰出于怜悯，没有与拉特里丝商量就跑到罗伯特家为那女孩提供了一份工作。现在，整个夏天，那女孩都会在她手下工作，只因约翰想为一份莫须有的悲伤赎罪。

"我什么都不欠她，"她说，"我早就还清了。"

4

在埃莉斯·特纳的葬礼上，大家早早来到教堂，纷纷入座。

我们听说过残忍的死亡方式。萨米·沃特金斯在酒吧外被人捅死，他的尸体蜷缩着夹在两个垃圾桶间。摩西·布鲁尔被棒打致死，尸体于托德兄弟公园被发现。十四岁的凯拉·迪安被墨西哥黑帮一枪打死，只因为她穿着男朋友那件亮蓝色的外套。整整一个星期，她所在的高中陷入了黑人与墨西哥人之间的混战，直到警察带着防暴装备来到学校，警长的直升机在头顶不断盘旋，这场风波才算平息。一直以来，上室教堂都保持着一种沉着冷静的氛围，谢泼德牧师说着一些没有实际意义的空话。因为一件夹克丢掉了性命。一个在阿尔贝托外面等待墨西哥鱼肉卷的孩子，一个因为寒冷借了件夹克穿的孩子，一个母亲挑剔她回家时没有带吃的而且要生病的孩子。在凯拉·迪安的葬礼上，上室教堂里的人围在痛哭的母亲身边，扶着她，一言不发，在残忍的死亡方式面前，任何语言都显得那样苍白无力。温柔的死亡方式可以用语言掩盖：上帝召唤你归家或我们会在荣光中重逢，而残忍的死亡方式则像卡在齿缝中的软骨一样。

我们都知道残忍的死亡方式，不同的是埃莉斯·特纳的死亡方式是自己选择的。不是吃一把安眠药睡过去，也不是在封闭的车库里骑摩托车，而是往脑袋里送了一颗子弹。她怎能用如此暴力的方式毁灭自己？我们挤在教堂长椅上，不知道会发生什么。牧师会说些什么？不是平常在葬礼上念的悼词，那些在这里不适用。我们无法与她在荣光中重逢，什么样的荣光会去等待一个将子弹送进自己脑袋里的女人？没有人召唤她回归上帝那里，是她自己主动选择的离开。想象一下，许多人被剥夺了选择的权利，而她却胆敢自己选择。我们都在努力经营自己命定的残酷人生，她怎敢选择这种残忍的死亡方式？

我们永远无法理解，尽管我们应该去理解。毕竟，我们是最后一群看到埃莉斯·特纳活着的人。她自杀的那个早晨，我们早早来到上室教堂祈祷。一开始，我们从圣所门中窥视，只看见一个裹着羽绒服的人倒在圣坛前，看上去不是在祈祷就是在睡觉。也许是流浪汉。有时，我们会在早晨被这些睡在长椅间的人绊倒。

"好了，"贝蒂说，"你该走了。我们不会告诉别人我们见过你，但你现在得走了。"

没有回应。也许是一个喝醉的流浪汉。上帝啊，我们拿他们没办法。喝晕的醉汉误将贡品篮当作厕所，在四周留下一堆破啤酒瓶，孩子们若没注意到就会扎到脚。

"好了，"海蒂说，"你怎么还不起来？我们可不想叫警察。"

我们破天荒头一回凑上前，注意到在毛领子下面，一头长长的黑发从细长的黄色脖子上披散下来。如果说是流浪汉，那脖子看起来太过干净，说是男人，又太过纤细。阿格尼丝碰了一下陌生女子的后背。

"埃莉斯！你在这儿做什么？"

"我……我昨晚来的，然后……"弗洛拉把她拉起来，埃莉斯看起来一副失魂落魄的样子。

"孩子，已经是早晨了，"阿格尼丝说，"该回家看看孩子去了。"

"我的孩子？"

"是的，宝贝。你怎么在这儿睡了一晚上？"

"罗伯特该担心坏了，"海蒂说，"回家吧。去吧。"

那一刻，看着埃莉斯穿过晨雾走向车里，我们放声大笑。对，等下次玩宾果游戏时，我们会把这件事讲给姑娘们听。埃莉斯·特纳像流浪汉一样睡在教堂里。她们肯定会笑个不停。不管怎样，在我们看来，她的样子总是有一点奇怪，魂不守舍的，她的思绪仿佛一个连着长线的气球，有时会忘记收回。

　　许多年里，我们都会谈论起那最后一次对话。埃莉斯走到车前曾有过犹豫，停顿的时间在我们每个人的记忆里都不太一样；贝蒂说时间很长，弗洛拉说是一瞬间。我们是不是本该想到埃莉斯将车开走后会一枪杀了自己？有没有什么方法可以预知？埃莉斯·特纳是个美人。她有一个孩子，一个在政府有稳定工作的丈夫。她一开始为白人刷厕所，后来到发廊做美发。一位漂亮的黑人女性活得像白人女性一样优雅。她还有什么不满？

　　那年夏天，纳迪娅·特纳像鬼魂一样缠上了我们。

　　她长得太像她母亲了，上室教堂的人有一种重新见到埃莉斯的感觉。好像她那无法安息的灵魂一直在最后被目击出现的地方游荡，所有人都认为她的灵魂没有得到安息。这个女孩的美丽与阴郁笼罩着整个教堂，她几乎没有注意到众人注视的目光，直到有一天晚上，第二约翰提出开教堂的卡车送她下班回家。他把车停在街上，过了一会儿，他们的目光在后视镜中相对。

　　"你长得太像你妈妈了，"他说，"看你时有一种不寒而栗的感觉。"

　　他将目光移开，有些不好意思，像说错了话一样。那天吃晚饭时，她同父亲提起他的话，父亲抬头看了看，仿佛这样才能想起她的脸。

　　"确实像。"他终于开口，手里切着肉。每次她试图提起母亲时，他的下巴都会变成一个样。也许这就是为什么他总跑到上室教堂，为什么他无法待在她身边。也许他痛恨看见她，她只会让他不断想起自己失去的一切。

母亲去世的前一晚，纳迪娅发现母亲出神地盯着厨房窗外，双臂浸泡在肥皂水里，她太过专注，甚至没有注意到水槽里的水快要溢出来。纳迪娅过去关水时，她笑了一下。

"瞧瞧我，"她说，"又在梦游了。"

那一刻她在想什么？死前最后几小时的思绪应该充满戏剧性还是意味深长？她们最后的对话不是应该十分感性吗，尽管那一刻她还没有那个念头。可是最后的片刻并没有任何不同寻常的地方。她也笑了，轻轻走过母亲身边，来到冰箱前。第二天早晨，她醒来看见父亲坐在她的床边，双手掩面，他异常安静却难掩悲痛，她甚至没有感觉到父亲坐在了她的床垫上。

她仍在搜寻自己本可以注意到的蛛丝马迹，她回想母亲是否有任何奇怪的行为或话语。至少找出这些疑点后，母亲的死才说得通。然而，她想不出任何母亲想要自杀的迹象。这个人的身体是你此生的第一个居所，如果你连这个人都不了解，又能了解谁？

她很孤独。她怎能变成另外一个样子？每天早晨，父亲将她送到上室教堂，每天下午，她坐在教堂的台阶上等父亲来接。下班后，她待在床上打发时间，一集接一集地看《法律与秩序》，待第二天早晨醒来，开始新一轮周而复始的日常。有时她觉得自己可以这样消磨时间，日复一日，直到秋天。热风会来，她可以随风飘走，飘向新学校，飘向另一个州，在那里她可以开始新生活。有时候，她感到无比痛苦，她想过给朋友打电话。可是对她们说什么？她本来有妈妈，现在没有了，她本来怀孕了，现在没有了。她原本以为，随着时间的流逝，她与朋友之间的距离会渐渐缩短，但是她们之间的鸿沟越来越大，她没有伪装的力气。所以她继续孤身一人，整个早晨独自在牧师夫人的办公室里工作，中午没精打采地走到外面，坐在教堂的台阶上吃午餐。一天下午，她正在揪花生酱三明治吃，这时奥布里·埃文斯朝她走来。这个女孩面带笑容，手里拿着一个和她的太阳裙相配的蓝色午餐袋。无须多想，纳迪娅知道她不可能像其他人一样拿棕色的袋子。

"我能坐这儿吗？"她问。

纳迪娅耸耸肩。她不愿意邀请这个女孩和她一起吃午饭，但她也没有办法拒绝她。奥布里在刺眼的阳光下眯起眼睛，弯腰坐在台阶上。随后她打开午餐袋，拿出几个塑料小饭盒，小心翼翼地将它们放在一旁的台阶上排好顺序。纳迪娅目不转睛地盯着一个个小盒子，里面分别装着通心粉、奶酪、几片牛肉和土豆沙拉。

"确定那是你的午餐？"她说。当然是了。奥布里·埃文斯的父母当然会为她精心准备一顿丰盛的午餐，因为上帝不允许，否则她本应吃一些像三明治这样的普通食物。

奥布里耸耸肩："要来点吗？"

　　纳迪娅犹豫了一下，伸手掰了一小块布朗尼。她慢慢咀嚼，出乎意料地美味。

　　"哇，"她说，"是你妈做的吗？"

　　奥布里小心翼翼地拉上午餐袋。"我不和我妈住在一起。"她说。

　　"那是你爸做的？"

　　"不是，"她说，"我和莫住在一起，我姐。还有凯茜。"

　　"凯茜是谁？"

　　"莫的女朋友。她很会做饭。"

　　"你姐是同性恋？"

　　"那又怎样？"奥布里说，"没什么大不了的。"

　　不过她的语气中明显带刺，纳迪娅知道事实并非如此。她还记得几年前，教堂会众坚信修女贾尼丝的女儿变成了同性恋，只因她上初中后开始打橄榄球。有好几个星期，老家伙们窃窃私语，说任何女孩都不应该打橄榄球，就是不对，直到复活节的礼拜日她和一个腼腆的男孩手拉着手出现在大家面前，那些闲话才停止。在上室教堂里，有个同性恋姐姐绝对是一件大事，她奇怪为什么她从没听过奥布里的闲话。也许因为奥布里不想让别人知道，纳迪娅忍不住去想，她感到意外。她想象中奥布里的人生是——一个全职母亲，一个宠爱她的父亲——这样的生活现在却在黑暗中瓦解。奥布里为什么和姐姐住在一起，为什么不是父母？他们遇到意外了吗？她突然感到与这个同样没有和母亲住在一起的女孩产生了一种亲密感。一个也有秘密的女孩。奥布里歪了一下装布朗尼的盒子，纳迪娅又默不作声地掰了一块。

　　她以前认识的奥布里·埃文斯是这个样子：

　　一个奇怪的女孩，礼拜日的早晨，她会出现在上室教堂里，手里只拿一只小手提包在大厅内徘徊，除此之外她没有带任何东西，甚至连一本《圣经》也没有。在牧师还未开始询问谁需要祈祷时，她就开始哭泣，她站起来走向圣坛时哭得更凶。她十七岁时得到了救赎，自那以后，她每个星期都会来教堂参加礼拜，并自愿提供志愿者服务，为儿童服务，为无家可归者服务，为丧亲委员会服务。婴儿、流浪汉、悲痛之人。至于她从哪儿来，纳迪娅知道的可能的线索也只是大多数人都知道的事情：奥布里突然出现在上室教堂，不到一年的时间，她就像找到了归宿一样。

　　现在，两个女孩每天下午都会坐在教堂的台阶上吃午餐。每天纳迪娅都会对奥布里产生一些新认识，比如她第一次来上室教堂，是因为她在电视上看到了这座教堂。那时，她刚搬到加利福尼亚州，整天坐在电视机前看新闻播报大火的蔓延趋势。她以前从没听说过火灾季节，她去过各种地方，所以她以为自己已历尽世事沧桑。她在波特兰的潮湿中生活过两年，在那里，她每天都要把被雨水浸湿的袜子拧干。她在冰天雪地的密尔沃基生活过三年，又在闷热的塔拉哈西生活过一年。她去过干燥的凤凰城，也去过寒冷的波士顿。她感觉自己去过所有地方，但是又哪儿也没去过，那感觉就像是飞过数以万计的飞机场，却从未涉足机场以外的地方。

"你为什么搬这么多次家？"纳迪娅问，"和部队有关？"

她一辈子都生活在欧申赛德，不像学校里那些军人的孩子，他们跟随当海军的家长从一个海军基地搬到另一个海军基地，最后在彭德尔顿营安顿下来。她从没在加利福尼亚州以外的地方生活过，从没有过激动人心的旅行，从没离开过这个国家。她的人生如此贫瘠、单调、枯燥乏味，她只能安慰自己一定会苦尽甘来。

"不，"奥布里说，"只是因为我妈认识了新男人。男人搬到哪儿，我们就跟到哪儿。"

她跟随妈妈陪着不同的男朋友，从一个州搬到另一个州。奥布里的妈妈爱上辛辛那提的机械师，爱上杰克逊的杂货铺经理，爱上达拉斯的卡车司机。她没有结过婚，即使她渴望婚姻。在丹佛，她和一个叫保罗的警察在一起三年。一年圣诞节，他送给她一个天鹅绒的小盒子，她打开盒子的时候手是颤抖的。结果只是一条手链，她后来在浴室里大哭，尽管如此，直到现在她还是将它戴在手腕上。奥布里从没提起过父亲。她说过一两次母亲的故事，但仅是一些好几年前发生的事情，纳迪娅开始怀疑她母亲是否还健在。

"她是不是……我的意思是，你妈是不是……"纳迪娅说到一半就住口了。她几乎不了解这个女孩。纳迪娅无法开口问她，她的母亲是不是也死了。奥布里一下就明白了，迅速摇头。

"不，不，不是那样，"她说，"我只是……我们合不来，仅此而已。"

可以那么做吗？因为偶尔吵架就离开自己的母亲？谁不和母亲吵架？奥布里没有再多说，她的沉默反而使纳迪娅更加好奇。她想象她那疯狂恋爱的母亲追随着各种男人，从一个州到另一个州；想象当每一段爱情结束时，这位母亲如何咒骂、哭泣着将衣服一件件扔进行李箱；想象奥布里和姐姐一定知道，一段恋情结束时，她们也必须离开。

"你小时候，"纳迪娅有一次问，"什么样？"

她坐在奥布里的吉普车副驾驶座位上，将赤脚放在仪表盘上取暖。In-N-Out快餐店的汽车点餐通道上排着长龙队伍，她们的车停在里面一动不动，排在她们后面的棕色小货车里载了一群推推搡搡的小孩。早些时候，奥布里建议去别的地方吃午餐，比如德尔塔可①或小卡尔汉堡店，甚至是胖查理。卢克·谢泼德在那里工作，没准他能认出她们是从教堂来的，还能给她们打个折。不过纳迪娅摇头拒绝，她说她讨厌吃海鲜。

"我以前什么样？"奥布里笑笑，手指在方向盘上不停地跳

---

① 塔可，一种墨西哥风味的玉米饼。

动。她总是这样，将问题重复一遍，一副接受工作面试时需要争分夺秒的样子。

"嗯，你知道的，小孩子嘛。我当时是个小屁孩。没人搭理我。没想到，对不对？"

她大笑，奥布里也跟着大笑起来。这是她的另一个习惯，别人先笑，她再笑。

"我……我不知道。我玩橄榄球。我有很多朋友。"奥布里耸耸肩，"我最好的朋友有个蹦床。我们能在上面蹦好几个小时。我妈总不让我玩，她说我会把脖子弄折。所以我总骗她。"

"淘气鬼。"

"有一次，"奥布里说，"我们超级饿，然后买了个卖剩下的玉米面包吃。那面包特别脆，我们一边跳一边吃，面包屑满天飞，我们大笑不止。"

她微微一笑，似乎还在为孩童时期的叛逆感到骄傲，但这个笑容没有延伸到眼角。这是她总做的另一件事：笑不由衷。

火灾季节开始时，奥布里已经在加利福尼亚州住了三个月。她不知道野火可以在日历里变成家常便饭，像下雪或下雨一样普通。她姐姐告诉她不用担心野火，至少在欧申赛德不用担心。沿着海岸线，你和所有人一样安全。不过她还是会关注当地新闻，记者在现场咳嗽，火焰从他们身后蹿起，直升机掠过一片烧焦的平地，就是那时，她第一次看到上室教堂。教堂被用作临时撤离场所，记者采访了身材魁梧的黑人牧师——约翰·谢泼德。

"我们很高兴能帮上忙。"他说。他的声音深沉、洪亮，是那种可以录有声读物的声音。"我们感激上帝给予我们这样的机会，让我们能够回报社会。如果你被迫从家中撤离，那么请来上室教堂吧，让这里成为你的家。"

后来，她告诉纳迪娅，她意识到是牧师的祷告吸引了她。那时，她总是居无定所——其实她整个人生都处于居无定所的状态——即使到了现在，她仍然觉得自己是莫和凯茜家的客人。她每次洗完衣服都会将它们叠好放回行李箱，她不敢把衣服装进抽屉里。可是，没有人让她离开欧申赛德，所以某个礼拜日，她来到了上室教堂，之后的事就是这样了。

那一年的火灾季节在纳迪娅的印象中最为严重，当地报纸用鲜明的字体将十月称为"大火围城"，尽管后来火灾高峰期已过，整个加利福尼亚州南部还是在那年冬天发生了十五次森林火灾。如果你处在必须撤离的范围内，你会收到警长打来的自动语音电话，可她母亲总是说，真等接到他们的电话再撤离就晚了。警长办公室的电话只给你留十五分钟的预警时间，所以那年秋天，她的母亲早早就将应急包裹收拾好放在前门。

"你觉得很傻，"她对纳迪娅说，"可是你得时刻做好准备。即便是那些你看不到的事情。"

她从小在得克萨斯州长大，处在龙卷风和飓风区域中间，所以她知道如何做好灾难应急准备。她曾经对纳迪娅说：我可不像你们这些在加利福尼亚州长大的女孩，你们平日里绝对不会想到还有地震这回事，除非真有那么一天，这个世界开始在你们脚下震颤。

那年冬天，她母亲的死可以说是一次地震，将她从睡梦中震醒。但是早些时候，九月份，纳迪娅看见母亲将衣服、水壶以及相册通通打包。随后她们出门前往教堂，一个女孩正在教堂里哭泣，她穿了一件腰部过于紧的淡蓝色连衣裙，紧绷的样子好像她最近刚刚变胖了一样。她将一头鬈发梳成马尾，穿了一双脚趾处磨损的帆布鞋。她的穿衣风格就像那些从没来过教堂的人一样，那些人凭着想象将自己打扮成来教堂时应有的模样。几个月后，无论纳迪娅何时在学校见到奥布里，这个女孩都沉浸在悲痛中，纳迪娅羡慕这个女孩能如此轻易地将悲伤表露在外，也羡慕她能让教堂如此彻底地接受她。跪在圣坛前寻求帮助就行了？仅此而已？还是必须邀请所有人去碰触你埋藏在心底的悲伤，只有这样才能得到救赎？

后来，天色渐晚，两个女孩在纳迪娅家后院一个破旧不堪的吊床上轻轻摇荡。她父亲没有再用过这个吊床，她不记得上一次见到父亲在这里彻底放松是什么时候了。奥布里刚跟着纳迪娅走进后院，一眼就看到了这个吊床，她迫不及待地躺在上面。"这感觉太加利福尼亚了。"她这么说，于是那个星期每天晚上，她们都躺在吊床里聊天，直到太阳在天际消失。

纳迪娅透过纱门扫了一眼父亲。那个星期，父亲每天晚上都会为她们做晚饭，父亲并没有抱怨要为奥布里多准备一份饭。他似乎很愿意做这件事，几乎是这样的。他露出笑容，努力用开玩笑的语气讲述他的一天，如果没有奥布里的到访，也许就只有他和女儿两个人，他们自顾自地将食物塞满嘴里，一言不发。也许他很高兴家里又热闹起来，也许奥布里有某种特殊的魔力，让他愿意敞开心扉。

在她对面，奥布里舔舔拇指上的冰激凌，转而问纳迪娅她父亲是怎样的一个人。

"什么意思？"纳迪娅说，"你知道他什么样啊。你不是总见他。"

"我是说他这个人。他很友善，可是话不多。"

"也许吧。我不知道。真的。他喜欢自己待着。怎么了？你爸爸什么样？"

"我不知道。我很小的时候他就走了。"

"好吧。那你妈呢？"

奥布里吮吸拇指："我们很久没说话了。"

"很久是多久？"

"将近一年。"

纳迪娅已经习惯了她们之间的对话节奏、开场与结束，收放自如，所以她点点头，装作听懂的样子，每当朋友们抱怨母亲的时候，她都会装出深有感触的样子，这一生都如是。每当朋友们慷慨激昂地斥责母亲反对她们的工作或者男朋友时，她都会同她们一起翻白眼，总是表示有同感，总是保持微笑，尽管她对朋友的抱怨感到厌恶。她对奥布里的了解则更少。她很好奇，做离开的那个人是一种什么感觉？

如果你从海边开车一路向东，路过冲浪棚、饵料店、冰激凌店、冲浪者和海港边的安保邮轮，你会来到后门。彭德尔顿营的大门由武装海军守卫，营地外的社区不好也不坏。你可以通过这些环境判断出来：栅栏相对较高，但是房子的窗户没有安装金属护栏；必胜客的玻璃是防弹的，生意却开到很晚；警察仍然会巡逻，巡逻次数多过那些治安好的社区，也多过那些治安差到连警察都已放弃整治的地区。在这个不好也不坏的社区里，奥布里和姐姐以及姐姐的女朋友住在一栋白色小房子里。房子本身很简朴，而奥布里的卧室却出奇地华丽。墙上喷的是灰绿色的油漆，上面带有灰色花纹，白色圣诞灯布满了整个屋顶。灰色的窗帘荡起涟漪，蕾丝边像新娘的头纱一样从床上垂下来。纳迪娅第一次进屋参观时走得很慢，她将双手背在后面，唯恐碰到任何物件，像是参观博物馆一样。

"我刚搬进来时总失眠，"奥布里说，指向挂在屋顶的捕梦网，"凯茜认为这个也许有帮助。"

凯茜身材修长，像一只猫似的，她留着一头脏兮兮的金色长发，说话时总喜欢弄乱头发，像是要特意证明她一点也不在意发型似的。她在市区的浮桥酒吧做酒保，喜欢和人们分享平日里遇到的事情。一个讨厌干杯的男人。一个怕腌菜怕到死的女人。

"你知道吗，就是人家往三明治里放的那种大块腌菜？吓死她。如果你拿一块放到她边上，就算腌菜还在坛子里，她也会尖叫着跑开。疯狂吧，是不是？"

凯茜的哥哥以前在彭德尔顿营站岗，兄妹二人八年前曾经到西部旅游。那时她疯狂地爱上了一个直女，为了忘掉她，凯茜跑到加利福尼亚州疗伤。从田纳西州开长途车的路上，她在一个卡车站摘下这个捕梦网，理由很简单，她想要。现在这个捕梦网几近悲伤地悬挂在卧室里。奥布里说，她搬进来后，姐姐帮她装饰了这间屋子。

"莫认为我们应该一起做点什么，"她说，"我们有好几年没见面了。"

"为什么没见面？"纳迪娅说。

"她去上大学了。"

"然后就没再回来？"

奥布里慢悠悠地将重心从一只脚换到另一只脚上："嗯，她不喜欢保罗。"

"他怎么了？"

"他打我妈妈。"她说。

"哦。"纳迪娅在书架前停下来,"他打你吗?"

"有时候。"

纳迪娅无法想象被成年人打是什么样子。尽管她小时候不听话,父亲总是把她领到母亲那里,让母亲来说教,好像这种处罚就该在女人之间解决。

"嗯,你妈妈怎么说?"她说。

"她还和他在一起。"奥布里耸耸肩,从床上跳起来,"走。咱们到外面去。"

纳迪娅终于明白了,她明白了奥布里为什么离家出走,明白了她妈妈为什么没有阻拦她,明白了她姐姐为什么帮她装了一间跟迪士尼电影里一样的卧室,也明白了为什么谢泼德太太那么怜爱她。从某方面来说,纳迪娅甚至觉得自己是幸运的。至少母亲只是生病,至少她只是伤害自己,至少母亲从没让任何男人打自己的孩子。她母亲去世了,可相比之下,母亲虽然在世,却为一个殴打她的男人放弃你是不是更糟?

七月四日这一天,纳迪娅坐在奥布里家的门廊上看邻居在街上放烟花。这座城市正在市中心的码头举办烟花表演,不过只有这一天放烟花合法,这是凯茜说的。她不敢相信加利福尼亚州竟有这种严格的烟花法律,所以在看到那些人把烟花从墨西哥的蒂华纳偷运到社区时,她大声叫好。伤害到谁了?又不是说这世上没人放炸弹。她抿了一口啤酒,一只胳膊搂着莫妮克,莫妮克看着街道上的邻居不停地摇头。

"有人会把手炸飞，"她说，"我就是知道。"

她还没有做母亲，可是她有做母亲的天赋，将所有最坏的可能都想在前面。她在斯克里普斯仁慈医院做创伤护士，所以每天看到的都是最坏的事情。不过即使没当护士，她也是那种爱担心的人。她下班回家后，总是喜欢问他们有没有吃饭。她提醒奥布里吃维生素，追在后面让她带外套，市中心冷，哦，别那么看着我，你知道你一会儿会冷的。一个男子站在马路中央粗声抗议，一辆车在广告牌前突然急转弯，差一点撞到他。莫妮克又摇摇头。

"宝贝，穿得够暖吗？"她说。

奥布里和纳迪娅盖着毛毯坐在那里。她轻轻翻了个白眼。

"莫，我不是小孩了。"她说。

"你是我的宝贝。"她姐姐说。

凯茜大笑，奥布里又翻了个白眼，不过她看上去并不沮丧，一点也不。那是一种假装厌烦的表情，实际上这个人永远也不会让你感到厌烦。有时纳迪娅有些嫉妒奥布里，尽管她为这种想法感到惭愧。奥布里也失去了母亲，但是她拥有姐姐的爱，姐姐女朋友的爱，甚至牧师夫人的爱，三个女人对她的关心全部是自发的。两个女孩都被遗弃在沙滩上。只有奥布里被找到。只有奥布里被选中。

莫妮克和凯茜的眼神中流露出对奥布里的爱，纳迪娅心里知道虽然这爱不是给她的，但她还是不自觉地靠近，握紧双手伸向温暖。在街上，邻居挤作一团，用西班牙式英语给路人指路。十几岁的少女聚在一起，将小孩放在草坪上，穿着法兰绒衬衣的老男人指挥交通，玩滑板的男孩四处张望有没有警察出现。停在街道边的汽车里传出声音巨大的雷鬼音乐和饶舌音乐。很快，烟花会将整个码头照亮，可是纳迪娅哪儿也不想去，她只想待在这里，待在这间屋子里，在这里，每个人都受欢迎，她喜欢和这家人待在一起，虽然任何人都可以离开，却没有人这么做。烟花将天空点亮，第一簇烟花闪烁的时候，她跳了起来，欣喜又有些惊讶。

拉特里丝·谢泼德有一双幽灵眼。

一只棕色，一只蓝色，祖父曾经告诉她，她可以同时看到天堂和人间。母亲第一次抱她时吓了一跳，肯定有问题，也许那只蓝色眼睛瞎了，像得了某种病一样透明，医生说现在下结论未免言之过早。"给宝宝一些时间，让眼睛去适应这个世界，"他说，"留心一下。如果出现斜视或模糊，可能就要担心了。"所以在她生命的第一年里，母亲的脸总是离她几英寸①近，观察她的眼睛。或许这也是为什么她总觉得自己的眼睛有问题，尽管她可以清楚地看见。棕色眼睛在蓝色眼睛边上看起来非常丑，蓝色眼睛在棕色眼睛边上也如此，她知道最好保持一致，尽量让自己简单。到了二年级，她已

---

① 英美制长度单位，一英寸约为2.54厘米。

经开始永无止境地长高；在学校集体照里，她站在队列的第一个；午餐时间，她独自一人在操场上吃饭，其他女孩莫名其妙地唱着给她编的顺口溜：

拉特里丝，大野兽，
她会将你变成大餐，
两只怪眼睛，两只大笨脚。

她无法隐藏身高，倒是那双奇怪的眼睛，她可以试着将它们藏起来。她开始戴墨镜，只要可以她都会戴墨镜，在杂货店、卧室，甚至是教室，给老师一张医生开的假单子，说她对光敏感。长大后，她将这双奇怪的眼睛视为福音。它不是幽灵眼，这双眼睛赋予她一种天生的第二视觉能力：她只要看一眼某个女孩，就知道她是否挨过打。不用看身上的淤青和伤疤——挨打的女性总会想方设法将它们隐藏起来或找借口掩饰。她不需要听那些故事，什么撞到门把手或在台阶上绊倒——她只需将那双奇怪的眼睛锁定在她们的眼睛上，就能知道。她看到过去完美无瑕的皮肤上被电熨斗烫伤的菱形痕迹，金皮带扣抽打过的痕迹，脖子上被牛排刀割过的痕迹，嘴唇被戒指划破的痕迹，脸上泛着紫色或深蓝色淤青的痕迹。她第三次邀请奥布里喝茶时告诉了她这些，后来，奥布里盯着镜子，猜想这位牧师夫人还能看穿什么。她过去的全部经历都写在皮肤上了吗？谢泼德夫人能看见保罗对她做的所有事情吗？至少现在她知道了为什么谢泼德夫人对她如此友善。为什么在圣坛呼召后，谢泼德夫人就在教堂大厅里找到她并给了她一个拥抱；为什么在接下来的礼拜日，谢泼德夫人给了她一小本小花封面的《圣经》；为什么在那个礼拜日后，谢泼德夫人邀请她到办公室喝茶。奥布里根本不喝茶，但是几个月以来，她都坐在灰色条纹沙发的另一边，将糖块放入茶杯。她把茶弄得很甜——里面有糖、蜂蜜和奶油。

"在这里没事，"谢泼德夫人有一次对她说，"不过在外面，人们可能会觉得幼稚，年轻女孩用这么多甜的东西改变茶的口味。"她温柔地纠正奥布里，但这让奥布里感到尴尬，几个星期后，再喝茶的时候她就只往里面加一块糖了。

一天下午，她抿了一口苦茶，问谢泼德夫人埃莉斯·特纳怎么了。她总是若无其事地抛出那问题，刻意掩饰自己的困惑，因为自从谢泼德牧师向教堂会众沉重地宣布了那则消息后，她已经困惑了好几个星期（不，是好几个月）。那时，他没有给出死因，这有点匪夷所思，因为这只会发生在无法解释的突然死亡事件上。埃莉斯·特纳这种年纪的女人不会自然死亡；她看上去没有生病，也没有遭遇什么可怕的意外，她究竟发生了什么？

"我就是想不明白，"礼拜过后，修女威利斯在女厕所里说，"哪里听着不对劲。"水池边其他女人也跟着点头，然而就在几天后那条新闻出来时，谁也没有料到埃莉斯·特纳竟然朝自己的脑袋开了一枪。教堂会众将所有不堪的悲剧都设想了一遍：一次意外的嗑药过量、酒驾意外，甚至是意外引发的谋杀，牧师以为这是最好的解释。也许埃莉斯有个情夫（她值得找一个比罗伯特更好的人，不是吗？），他们在破旧的汽车旅馆房间里搞外遇，情夫将她杀害。

　　除了这些耸人听闻的猜测，没有人做好了接受埃莉斯·特纳已死的事实的准备，特别是奥布里。她与特纳女士素昧平生，但她却感觉与她似曾相识，至少有那么一点，是那种你只在远距离见过某人的熟悉感。每个礼拜日，她都能看见特纳一家走进上室教堂——丈夫穿得西装笔挺，妻子在大厅里微笑着与友人问好，女儿长得像妈妈的复刻版。他们让她想到荧屏上的一家人。父亲强壮、具有男子气概，母亲貌美如花，女儿受到上帝庇佑生得聪明美丽。在AP政府课上，奥布里坐在后排，她看见纳迪娅和朋友们一阵风般地跑进教室，每次在上课铃声响后跑回教室，纳迪娅都会先冲托马斯先生笑笑，讨好他，以此躲过课后留校的处罚。他怎么忍心惩罚她？每个星期他都会把考试成绩前十名的名字写在白板上，她的名字总在上面，像是用永久性马克笔写的一样。以后她会去知名大学，所有人都知道，而奥布里和班里剩下的学生会去社区大学混日子。每个礼拜日的早晨，她都看见这个女孩——这个叫纳迪娅·特纳的人——在教堂长椅上坐下，坐在母亲和父亲身边，她禁不住去想，和家人一起去教堂会是怎样一种心情。莫不信奉上帝。凯茜相信，却只是理论上的，就像她相信宇宙有纠正自己的能力一样。对于奥布里去教堂的举动，她们二人都不是很满意，尽管谁也没有直接说出来。

"你确定要把时间花在教堂里吗？"莫会这样说，"我是说……你不觉得有些太快了吗？"

太快干吗，她从未说过，不过她也无须说。她担心奥布里会变成某个宗教信仰的呆子。比如，她开始在烧焦的吐司上看到耶稣的头像，或者插话对别人进行批判，或者在同性恋婚礼的外面进行抗议。礼拜日的时候，奥布里每次看到特纳一家，都会去想做他们的孩子是什么感觉：聪明美丽，祷告的时候爸爸妈妈会拉着你的手。她会去想那位母亲，和她的母亲完全不同。埃莉斯·特纳年轻、精力充沛、姿色过人，礼拜开始前总会在大厅里展露笑容，刚一进入教堂就与人问好，她和奥布里说过一次话，就在圣诞演奏开始前她们擦肩而过时。

"亲爱的，你掉东西了。"埃莉斯·特纳说，指向飘落在地毯上的目录。她的声音冷静、柔滑，像牛奶一样。

这样一个女人怎么会自杀？奥布里知道这个问题很愚蠢——只要念头足够强烈，任何人都可以自杀。莫说这是生理问题。神经元出现了问题，大脑中的化学成分不平衡，整个身体就像一台机器，线乱了就会导致自我摧毁。但人不仅仅是身体，对吗？自杀的决定一定比这更复杂。沙发另一头，牧师夫人抬起一边的眉毛，起身帮奥布里续满茶杯。

"什么意思？"谢泼德夫人说，"你知道她怎么了吗？"

"我只知道她朝自己开了一枪。"

"嗯，这就是全部，亲爱的。"

"可为什么呢？"奥布里说。

"恶魔会攻击我们所有人，"谢泼德夫人说，"有些人只是不够坚强，无力还击。"

她慢慢搅动茶水，勺子不停地碰击杯子，语气听起来是那么理所当然。她和奥布里的母亲完全不同——她是那样坚定、沉着、自信。而她的母亲是谢泼德夫人会同情或蔑视的那种柔弱的女人，当然，这要取决于她与这个人的熟识程度。现在，她所知甚少。她只知道奥布里搬出来和姐姐一起住是因为与母亲不合。奥布里没有告诉谢泼德夫人关于保罗的事情。周末的时候，保罗会一瓶接一瓶地喝威士忌，有时会打她们，事后总是哭着忏悔说他不是故意的，说自己工作压力大，她们无法理解时刻在外面承受压力是一种什么感觉，永远也不知道自己是否能安全回家。她离开的时候，他搬进来和她们住在一起一年了，这一年中，他每晚都走进她的房间，推开卧室门，然后是她的双腿，整整一年，这件事她没有对任何人说。算是这样吧，因为第一次发生时她告诉过母亲，母亲却使劲摇她的脑袋说："不。"好像她希望这件事不是真的一样。

沙发另一头，谢泼德夫人拿了一块曲奇饼干。

"好，你为什么想知道这些？"她问。

"我不知道，"奥布里说，"纳迪娅从不谈论此事。"

她无法去问纳迪娅，尽管她们在一起时她总会想到这件事。纳迪娅知道她母亲为什么自杀吗？知道了会更好吗？

"我总看见你们两人一起吃午饭。"谢泼德夫人笑笑，用餐巾纸擦掉手指上的糖渣，"我不知道你们相处得那么好。"

"她人很好。"奥布里停顿了一下，抿了口茶，"她很……不知道。好玩。她总能把我逗得大笑。她不允许任何人欺负她。她什么都不怕。"

"如果我是你，不会投入太多感情。"谢泼德夫人说。

奥布里皱起眉头："为什么？"

"好了，别那么看着我。你知道她秋天就去上学了。在宿舍里认识新朋友。人会变，仅此而已。我只是不想你受到伤害，亲爱的。"

谢泼德夫人递给她一盘曲奇饼干，奥布里拿了一块，默不作声。她第一次去纳迪娅家的时候，看到她的书架上放了一个挪亚方舟的黏土模型，大小正好可以放在手掌里。白发的挪亚站在甲板上，迷你长颈鹿、猩猩和大象的脑袋从舷窗向外张望。她伸手去拿它，纳迪娅抓住她的手。

"别碰，"她说，"我妈给我的。"

奥布里抽回手，为自己的冒犯举动感到尴尬，尽管她是无心的。她发现纳迪娅从不谈论她的妈妈，因为她想要把她保存在心底，只留给自己。奥布里也没有讲过她妈妈的事情，因为她想把有妈妈这件事彻底忘记。和纳迪娅在一起的时候，这件事变得更简单。

她不愿去想纳迪娅要离开、上大学的事。她在纳迪娅没有母亲的世界里找到了家的感觉。那天晚上，她开车送这位朋友回家。她们到外面的后院，坐在特纳先生的吊床里，一直到天色渐黑。纳迪娅的一条长腿伸向一侧，赤着脚，把脚趾支在草地上，努力不让她们失去平衡。

5

我们曾经也是小女孩。这着实让人难以置信。

哦，你现在看不出来了——我们的身体向横发展，下垂，脸和脖子往下耷拉。变老了就会这样。你的每一部分都往下垂，仿佛身体越来越向它曾经来时与即将归去的地方靠近。可是我们曾经也是小女孩，也就是说，我们都爱上过渣男。基督教里没有这个概念。这世界上有两种男人：渣男和非渣男。作为女孩，我们都经历过。在路易斯安那州进行棉花地的收益分成耕种，直到潮湿的空气让我们汗流浃背。在冰凉的厨房里为准备去福特工厂的爸爸们打包午餐盒。在哈莱姆①积冰的人行道上拖着步子走，将撕开的布料装进衣服口袋中。然后我们就长大了，遇到想带我们去加利福尼亚州的男

---

① 哈莱姆区，美国纽约市曼哈顿岛东北部的黑人居住区。

人。在彭德尔顿营站岗的军人，向我们承诺婚姻和孩子，还有所有
阳光美好的事情。粉色云朵还未飘到海边，我们还未找到上室教
堂，还未遇见彼此，还未成为妻子和母亲，在这一切发生以前，我
们还是女孩，还未爱上渣男。

以前发现渣男总是一件容易的事。在台球厅和备有自动唱机的
小酒吧，在地下酒吧和房租筹措舞会，有时在教堂，在最后一排长
椅上打呼噜。我们的兄弟提醒我们要小心这类男人，因为他们没有
任何前途，在奔向没有前途的路途中，他们会恶劣地对待我们。可
是现在呢？大多数年轻男子对我们来说似乎没有那么渣。大摇大摆
地走在市中心，喝得烂醉如泥，嘴里骂骂咧咧，在夜店外打架，在
妈妈家的地下室抽大麻。当我们是小女孩的时候，想追求我们的男
人会先在客厅里与我们的父母喝咖啡。现在呢，只要女孩愿意，年
轻男子就可以和她乱搞。如果她遇到了麻烦——呵呵，你只要问问
卢克·谢泼德，就知道年轻男子接下来会怎么做。

现在的女孩需要与男人亲密接触后才能分辨这个人是不是渣
男，到了那会儿可能为时已晚。我们曾经也是小女孩。爱上一个永
远不会爱你的人是一件兴奋刺激的事情。任由你天马行空。爱上一
个渣男并不可耻，只要你能安全地及时脱身。不幸的女人会勾到渣
男，或者更糟，受到渣男的引诱。他会一直拖着她走，直到自己累
了才停下。他会爬上她的肩膀，她的身体会因为托着爱他的重量而
开始下垂。

是的，我们担心的正是这些女人。

自从上次见过纳迪娅·特纳后，卢克打碎了七个盘子、两个碗、六个杯子。"创了个人纪录，"他的老板查理在员工早会中宣布，"不对，重说——应该是公司之最。伙计们，为谢泼德鼓掌。一次又一次他妈的打破了纪录。"卢克从没摔过盘子。他用了好多年练习在空中抓球，从防守手中抢断球，在球落到草地前用手接住它们。事实上，他接东西的神奇技能在胖查理海鲜小屋是一段佳话、精彩集锦——如果这东西真存在，那么卢克·谢泼德就是全部：卢克在杯子落地前的最后关头一把接住；卢克单手捧碗接小费；顾客鼓掌或同事拍他后背时，卢克将滑落的托盘摆稳。但自从科迪·理查森的派对后，他再也没有过英雄事迹，没有过最后关头的挽救，没有过神一般的反应速度和警觉。如果《体育中心》报道工作场所的运动员事迹，他们的评论员一定会垂下头说："真不幸，谢泼德原本大有前途。"现在，杯子直接从他手中或托盘上滑落；而卢克，曾经那么崇尚最后关头的挽救、冲进达阵区前最后优雅的一跃，现在却发现自己跪在黏糊糊的地板上，洒出的雪碧浸湿了他的裤腿。

"哦，×他妈的。"查理威吓他。

"我知道，我知道。"

"你是不是想把我所有的盘子都摔了？"

"我说过了，对不起。你还想让我怎样？我正在清理。"

"我想让你学会怎么拿杯子。猴子都能拿杯子，谢泼德。你这该死的猩猩。"

卢克起身冲向垃圾桶，肩膀的一点点接触——那一点点间隔足以让查理退缩——就像医生往他腿上注射麻醉剂一样。一点点酸痛，随后缓解。

专注，这才是卢克需要做的。一次专注一件事。伸手拿杯子时，胳膊动作流畅，正如将杯子捧在手中时握紧杯柄的感觉。他确实很专注，一直都是这样。一整个轮班下来，他没有摔碎任何东西。后来，纳迪娅回来了，一种强烈、突然的疼痛如饥饿般袭来。在海滩冲凉处亲吻她，双手放在她沾有沙子的腹部，嘴唇吻过她被太阳晒黑的脖子。后来回到家里，他跪在床边，手指伸进她比基尼内裤的侧面，她的肌肤在他的抚摸中燃烧。她的味道像海洋。当他在她身体里的时候，她感觉自己像海洋一样，波涛汹涌又沉寂安静。结束时，他亲吻她的侧脸，亲吻她耳朵附近柔软的肌肤，松软的胎毛被汗水浸湿后变得卷曲。他的嘴从未触碰过如此娇柔的东西。

晚餐休息时，他和CJ在胖查理后面的小巷抽烟。他们以前在学校一起打橄榄球。CJ是一个身材魁梧的萨摩亚人，留着一头卷曲的长发，是一个不错的中卫，收到过许多第三区学校①的邀请信，比不上卢克收到的那些招生包裹和登门拜访。尽管如此，结局还是殊途同归，在这个夹杂着湿垃圾味、海味和猫尿味的小巷里。卢克靠着墙，吸大麻烟卷。

"你没事吧，uso②？"CJ说，"你脸上的表情很奇怪。"

"跟一个女孩出了点破事。"卢克说。

"谁？穿短裤看书的那个？"

卢克犹豫了一下，他需要向人倾诉，说："她说她怀孕了。"

CJ大笑，一种奇怪的带着喘息的大笑。

"哦，简单啊，"他说，"真的很简单。确定是你的孩子以前屁都别给她。我才不管那孩子长得多他妈可爱，没鉴定前连尿布都甭买……"

"除了我她没跟别人在一起过。"卢克说。

当然，他不能确定，但他知道他是她的第一个男人。她从没承认过自己是处女，但他能从她的紧绷中看出来。他进入她身体的时候，她发出的那一点点喘息；他还没怎么动的时候，她紧闭双眼的样子。他问了她三次是否要停下来。三次，每一次她都摇头。她是

---

① Division III，美国大学生体育协会将学校分成三个级别或区，属于Division I和Division II的学校可以为运动员发放体育奖学金。Division III则不可以发放任何奖学金。

② uso，萨摩亚语，兄弟的意思。

那种从不愿承认痛苦的女孩，仿佛不承认痛苦会让她变得更坚强一样。她的母亲两个月前去世了，他知道也正是这个原因她才会和他发生关系。为什么她没有提过他的跛脚，为什么她愿意脱下他在胖查理的工作服，尽管那衣服满是油汗味。她十七岁，母亲去世了，她想让他干她，释放她的悲伤。每次伤害她他都感到愧疚，她将双臂绕过他的后背紧紧搂住他，他陷得更深，他尽可能慢地做动作，直到完事时最后那一激灵。后来，他假装没注意到床单上的血迹。他将她搂过来，抱得更紧，身子躺在那些斑斓的血迹上。

CJ朝碎瓷砖屋顶吐了一口烟，然后将剩下的烟头扔进水坑里。

"尽管是这样，"他说，"你最好去验一下那孩子。就算不是你的，政府也会拿走你所有的钱。我认识的一个人就是这样。他妈的破法律。"

"她打掉了。"卢克说。

"哦，妈的。"CJ拍拍他的后背，"那更简单了。哥们，你走运了。"

卢克不觉得幸运。纳迪娅第一次告诉他的时候，他感觉通了电一般，就像以前刚练完举重似的，小火花在皮肤下涌动。现在想来，那天早晨他最担心的不过是能否准时上班，以保住这份烂工作。现在却是一个小孩。一个他妈的小孩。他感觉糟糕透顶——她的样子十分痛苦，几乎什么东西都没吃——不过，他却有那么一丝丝觉得这件事十分奇妙。他出力创造出了一个人，一个在整个世界里从未存在过的人。大多数时候，他一天中需要完成的最重要的事情，就是牢记当日的特供午餐。他甚至开始想象一等她离开就跑到休息室：打开工作电脑，上谷歌搜索什么时候才能显肚子，怎样消除怀孕反应，养一个孩子需要多少钱。纳迪娅却告诉他她想堕胎。他向她保证会筹到钱，尽管他仅为自己的公寓存了两百块钱，一卷钱放在他床下的橘黄色耐克鞋盒里。几瓶啤酒和几双球鞋就能轻而易举地花光他的工资，他觉得自己太傻了，从鞋盒里拿出毕生积蓄。他怎么会认为自己有能力养活一个孩子呢？

　　他本没打算将她一个人留在诊所。但是约诊当天，他同往常一样，将手机放进了工作的储物柜里，这让他意识到想要抽离是一件多么容易的事情。他已经做了自己该做的事，她也如此。他再也不用与她相见。他不用去想她手术后的样子——黯然神伤、疼痛不已——也不用去找合适的词语安慰她。他不用告诉她这是正确的决定，事实上，在做决定时，他几乎没有发表任何意见。他可以简单地将手机锁起来，转身离开。这是他的天赋，一个与任何人都不相连的身体。

　　可是后来他在科迪·理查森的派对上见到了她。她看起来不像弃孕。这个词他以前只见过一次，许多年前，在父亲的教堂会众加入堕胎诊所门前的抗议活动时见到的。那时他只是个孩子，紧贴在妈妈身体一侧，因为其他的游行者让他害怕。一个穿着宽大迷彩背心的男人跺着脚呼喊："这是一场战争，哥们，我们正在前线抗

争。"一位黑人老者举着标语牌，上面写着"堕胎是对黑人的种族
灭绝"。一位修女拿着一张照片，上面是一个被医用钳夹碎的血
淋淋的婴儿脑袋。标语上写着"根本没有弃孕女人，只有亡孩之
母"。许多年过去，卢克依旧无法忘记那个标语。"弃孕"这个词
一直在他脑中萦绕，甚至比那幅生动的照片还要清晰——一种不可
逆的、纯粹的冷漠，不是没有怀孕的女性，而是另一群女性。他一
直以为，弃孕的女人会像怀孕的女人一样将弃孕显露在外。但是当
纳迪娅·特纳闯进派对的一刹那，她和他上次见到的样子没有任何
区别——穿着高跟鞋，露出大长腿，红色衬衣紧贴在胸前，用她的
美丽让他感到痛苦。她甚至没有哭。他是那个脆弱的人，他是那个
无法面对她的人。

现在，他不停地打碎东西。如果你上班时摔碎一个盘子，查理
只会在下一次员工会上羞辱你。两次，这一晚他便不会再让你服务
客人。卢克数数兜里的小费——十五美元零钱皱成一团，还有几个
五分硬币。连油费都不够。他瞥了一眼CJ，CJ还在咧着嘴冲他笑，
敬畏于他的运气。

"也许是幸运吧。"卢克说，在酸楚的空气中吐了一口烟。

那年夏天，纳迪娅睡在奥布里·埃文斯床上的时间比睡在自己
床上的时间还要多。

她睡在右侧，离浴室最远的一边，因为奥布里半夜起床的次

数更多。早晨，她刷完牙会将牙刷放在水槽边的架子上。她坐在最靠近窗户的椅子上吃早餐，双腿盘在椅子上。她用凯茜的亮橙色杯子喝果汁。她把衣服留在奥布里的房间里，最开始的时候并非故意——那次她将运动衣忘在了椅背上，将游泳衣忘在了烘干机里——再后来她故意落下东西。没过多久，莫妮克将整个洗衣筐的衣服倒在床上，两个女孩的衣服全部搅在一起打成结。

一点一滴地融进另一个人的生活并不是难事。奥布里不再问她是否想在这里过夜——下班后，她们一起去停车场，奥布里打开副驾驶的车门，等纳迪娅爬进车里。奥布里也很孤独。在学校，她没有交到很多朋友。她宁愿在教堂多花一些时间做义工，也不愿意打橄榄球或跳舞。去了解另一种孤独的模样，这感觉很奇怪。你不可能一次性了解全部；就像进入黑暗洞穴一样，摸着洞壁前进，碰到凹凸不平的边缘。

"你确定人家没烦你？"有一天晚上她父亲问道。

"是啊，奥布里邀请我的。"

"可你现在总在她家。"

"所以你现在关心起我去哪儿了。"她说。

他在她的房间门口停住。"别跟我耍小聪明。"他说。

她离开了这里，尽管大多数夜晚，她和奥布里什么也没做，只是窝在沙发上大笑，看糟糕的电视真人秀，为对方涂指甲油。她们开车来到市中心，在码头的小商店里闲逛。去年夏天，纳迪娅在乔乔果汁店工作，微笑着等待来往的客人眯起眼睛看挂在她头顶的七彩价目表。柜台上贴着一张压膜索引卡，她按照上面的配方做冰沙，脑子却一直在做白日梦。她的服务对象大部分是来散步的有钱白人，他们将粉灰色调的毛衣系在肩上，仿佛拿在手里很累似的。她从没进过码头的任何一家餐厅，比如多米尼克的意大利餐厅或灯塔生蚝餐厅——这些豪华的地方她永远也消费不起——不过有时那里的服务生会来乔乔果汁店和她说笑。一个在德维诺工作的服务生告诉她，曾经有一位好莱坞制作人冲着她大喊"Al dente! Al dente!"，意思是"有嚼劲"，他将盘中的意大利扁面条退回去三次，直到面条煮到够硬才作罢。他想让约会对象刮目相看，那个历经沧桑的金发女人几乎不为所动，真是悲哀——如果只能以对服务生大吼大叫的方式让女人刮目相看，那么做好莱坞制作人又有什么意义呢？至少没人会在乔乔果汁店让约会对象刮目相看。工作的时候，她喜欢盯着窗外停在海港边的船只发呆。她从没见过船里的样子，尽管它们只停在半米以外的地方。她哪儿也没去过。

　　有时晚上下班后，她会留下帮奥布里做义工。她们为流浪汉打包食物，帮修女威利斯打扫教室，擦黑板，把桌子上的培乐多橡皮泥清理干净。星期五晚上，她们会组织老年宾果游戏，将一把把金属椅拖到屋里，摆好零食，叫各种数字，这些老年人每次都会让她们至少叫上三次。其他夜晚，两个女孩在海港边散步，透过商店的玻璃窗看小饰品。夜幕即将降临，船只浮在水上摇曳，晚些时候，她爬上奥布里的床后，感觉自己像那些船一样在水中漂浮。两星期后她就要离开去上大学了，她在两种人生中漂流，虽然很兴奋，但她并没有准备好放弃现在的生活，这个在今年夏天找到的生活。

有时候，凯茜会烤东西吃，她们一起在后院吃晚餐，然后一起走到街尾买夏威夷刨冰吃。莫妮克会给她们讲工作中发生的事情：一个将自己眼睛挖出来的有幻想症的疯男人，一个在轮椅上睡着撞到栅栏的女人，那女人差点把自己插进柱子里。一天晚上，她给她们讲了一个女孩的故事，那女孩吃了墨西哥的违法堕胎药，一开始还死不承认，后来血流不止，差点晕倒在急诊室的地上。

"那女孩怎么了？"后来在她们洗碗的时候，纳迪娅问道。

"什么女孩？"莫妮克递给她一个湿盘子。

"那个女孩。那个吃墨西哥药的女孩。"

她还是无法说出"堕胎"这个词。从她嘴里说出也许听起来会不一样。

"严重感染。不过她挺过来了。这些女孩不敢告诉任何人自己怀孕了，她们从网上搞来这些便宜药，谁都不知道药里有什么。如果她真无知到没去寻求帮助，她可能就死了。"莫妮克递给奥布里一个盘子，"你们俩可千万别做这种事。给我打电话，知道吗？或者打给凯茜。我们带你去看医生。千万别一个人去做这种事。"

纳迪娅在网上看过那些堕胎药，四十美元，用棕色盒子寄到你家。如果卢克没找到做手术的钱，她就会去订这种药。只有在走投无路的时候，才知道什么是真正的绝望。

"你觉得那样做很差劲吗？"过了一会儿她问奥布里，"那个女孩做了什么？"

"当然了。莫说她差点死了。"

"不，不是那个。我是说，你觉得这样错了吗？"

"哦。"奥布里关上灯，床的另一边随着她的重量塌了下去，"为什么？"

"不知道。只是问问。"

在屋子的黑暗中，她几乎看不清奥布里的轮廓，更别说她的脸。在黑暗中说话的感觉很安全。她仰身躺着，盯着屋顶。

"有时候我会想……"她停顿了一下"如果我妈把我打掉了，她现在会不会还活着？也许更快乐。她本可以有自己的生活。"

其他朋友若听到她这么说，一定会瞪大眼睛吃惊地看着她。她们会说"你为什么要那么想啊？"责备她竟然有这种黑暗的想法。而奥布里只是握紧她的手，因为她懂得失去，人在失去的时候会去想象任何可能阻止它发生的情景。纳迪娅会去想象母亲的另一种人生，另一种没有用子弹打穿脑袋的人生。母亲没有在病床上抱着一个微小、满是褶皱的身体，脸上露出疲惫的笑容，相反，她只是一个十七岁的诚惶诚恐的女孩，坐在堕胎诊所外，等待医生叫她的名字。母亲不再是她的母亲，母亲从高中毕业，从大学毕业，甚至拿到了研究生学位。母亲去听大学的讲座，或者自己授课，站在讲台后，跷起一条腿，让脚趾贴到另一侧的小腿上。母亲到世界各地旅游，在圣托里尼悬崖上向蓝色的天空张开双臂。在她拼凑的这些真实画面中，她一直都是她的母亲。而纳迪娅不存在。她的生命结束，母亲的生命开始。

那年夏天，两个姑娘开车去洛杉矶探索不一样的海滩。不知为什么，在好莱坞的影响下，无论太阳、沙子还是海水，这里都更胜一筹，甚至更加光彩夺目。她们到威尼斯海滩漫步，沿途路过练习举重的运动员、大麻店、卖T恤的服装店和吉事果店，以及用水桶敲鼓的鼓手。她们在圣莫尼卡海滩游泳，开车穿过蜿蜒崎岖的马里布悬崖。她们还去了其他地方：在圣地亚哥市区坐有轨电车穿梭于整个城市，在荷顿广场橱窗购物，在海港村散步，偷偷溜进位于瓦斯灯街区的夜店。纳迪娅对保镖甜言蜜语，让他放她们进一个地下俱乐部，在那里，吧台边的小酒杯红光熠熠，工业式风扇在头顶慵懒地转动，她必须趴在奥布里的耳边大声嚷，对方才能听见。她们遇见各种各样的男孩：在沙滩上扔足球的男孩，将整个身体探出车窗的男孩，在喷泉前抽烟的男孩，还有在酒吧主动为她们买酒，勉强能算作男孩的男孩。在吧台边，男孩们簇拥着她们，纳迪娅与他们调情，而奥布里看起来有些拘谨，双臂紧紧抱在胸前。她没交过男朋友，可是这么拘谨又怎会交到男朋友呢？所以，她们在欧申赛德的最后几晚，纳迪娅十分清楚该带奥布里去哪里：科迪·理查森家。奥布里从没去过那里，纳迪娅在家的时间也越来越少，为了怀旧，她觉得自己也应再去一次。此外，若坦诚面对自己的内心，也许还能在那里见到卢克。她想象他们告别的情景，不会戏剧化，他们不是那种性格夸张的人，不过在他们最后的交谈中，她可以从他眼中看到他意识到自己对她造成的伤害。她想感受他的悔意，后悔离开她，后悔没有好好爱她。这辈子第一次，她希望干净利落地了结一件早已了结的事情。

派对当晚，她坐在奥布里的床边，帮她的朋友化妆。她抬起奥布里的脸靠向她，轻轻地将金色眼影扫在她的眼皮上。

"你得穿这条裙子。"她说。

"我跟你说过，这条太短了。"

"相信我，"她说，"今晚所有男孩都会想找你。"

奥布里不屑地笑笑："那又怎样？又不代表我想和他们勾搭。"

"最起码你想知道那是什么感觉吧？"

"什么？"

"性。"她咯咯笑了起来，"别想着会浪漫美妙。要多尴尬有多尴尬。"

"为什么会尴尬？"

"因为……嗯，有男人见过你的裸体吗？"

奥布里睁大双眼。"什么？"她说。

"我是说，你最过分做到什么地步？"

"我不知道。亲吻吧。"

"老天哪。从来没让男的摸过吗？"

奥布里重新闭上眼睛。"拜托，"她说，"咱们能聊点别的吗？"

纳迪娅大笑。"你太可爱了，"她说，"我和你完全不一样。我不是处女了，而且……"她耸耸肩，"我没跟任何人说过。"

她从没对奥布里说过卢克的事。她不知道该怎么形容他们在一起的时光，这让她感到尴尬，因为他们之间发生的所有事情都源于她所做的愚蠢决定。是她一天又一天地跑到胖查理餐厅去见卢克。她爱上了一个根本不愿让别人知道他们在约会的男孩。她开始和他上床的时候还有几个月就要离开去上大学了，而每次在一起的时候，她甚至都没要求他戴上避孕套。母亲提醒过她，永远不要变成这种蠢女人，而她恰恰变成了这样，她不想让奥布里知道她的这一面。

奥布里再次睁开眼睛。眼里噙着泪水。纳迪娅抽了一张纸巾，轻轻擦拭，以免抹花眼线。

"我真希望能更像你。"奥布里说。

"相信我，"纳迪娅说，"你不会想像我一样的。"

那晚，除了救生塔那头有一处篝火外，整片海滩空无一人。几乎是一片废弃的海滩，像她们的私人小岛一样。她伸手去拉奥布里的手，奥布里在她身后走得很慢，不停地往下拽黑色超短连衣裙。

"别让我喝太多酒。"她说。

"就是要让你喝酒，让你放松。"

"纳迪娅，说真的。我酒量很差。"

"哦，不至于那么差劲。"

"那是你这么认为。"

科迪·理查森的厨房比平常更拥挤。穿着破洞紧身牛仔裤的滑板青年为啤酒台球赛大吼大叫，在他们旁边，三个胖乎乎的金发女孩大声倒数，然后一口灌下龙舌兰酒。地板上，一个满脸雀斑脸色惨白的女孩将一根大麻烟递给两个身材瘦削的男孩，不过那两人正忙着亲热，根本无暇理会。纳迪娅为奥布里调制了一杯酒，她却摇摇头。

"太多了。"她说，把杯子推回去。

"只有两杯！"

"你量都没量。"

"我倒了有两秒钟。没区别。"

喝完第一杯后，奥布里开始放松。第二杯后，她开始微笑，不再在乎她的裙子差点露出屁股。第三杯后，她开始和男生跳舞，那男孩当然在乎她的屁股有没有露出来，纳迪娅将她拉走，以防他太过动手动脚。奥布里喝醉后变得特别可爱。她靠着纳迪娅，将胳膊搭在她身上，拨弄她的头发。她坐在她的大腿上，胳膊绕在她的肩膀上。她告诉纳迪娅她爱她，两次。每一次纳迪娅都一笑置之。

"不，"奥布里说，"我真的爱你。"

上一次有人对她说这话是什么时候？她不记得了，她有些尴尬，所以装作没听见。她拧开一瓶水，递给奥布里。

"喝点吧，"她说，"趁现在还没吐。"

在科迪家参加派对是一种很奇怪的经历。她感觉自己在一家博物馆，偷偷溜进护栏里，为了更近距离观察展示品。她注意到了所有细节，微笑背后的悲伤、佯装幸福的疲惫面容。从某种程度来说，她感到宽慰，至少她知道，别人有时也会假装快乐。她喝完啤酒，几乎没有感觉，奥布里试图灌她喝更多的酒。

"我不能喝了，"纳迪娅说，"我要开车。"

"可你根本没玩呢！"

"我有……"

奥布里噘起嘴："不，你没有。"

"有，我有，而且你玩得很开心。这才是重点。"

"可你只是坐在那里。"

"你开心我就开心。"她说。

她说的是真话，很奇怪，尽管她一直很清醒，尽管没有看到卢克令她很失望。看着奥布里放飞自我尽情享受的样子，可以说她很快乐。

"天哪，奥布里。"纳迪娅一只手揽着她的腰，搀着她走在莫妮克和凯茜家的车道上，"你可真轻。"

"我可没那么醉。"

"哦，你很醉……"

"没有……"

"有，你他妈的就有。"她将手伸进奥布里的手提包里摸索着房子的金色钥匙，"现在，闭上嘴，好吗？所有人可能都睡了。"

她用一只手夹住奥布里的嘴，迅速将她推进黑漆漆的屋里。脚下的地板发出咯吱咯吱的声音，她轻轻踮着脚，带奥布里走进客厅，另一只手被她的呼吸搞得湿湿的。在她的卧室里，奥布里噗的一声，一头倒在了床上，像一只海星一样四仰八叉。纳迪娅扭动着脱下裙子。她照了一下镜子。在她身后，奥布里用手肘撑起身体，看着她脱衣服。

"你可真美。"她说。

纳迪娅大笑，在抽屉里翻找睡觉穿的T恤。她知道奥布里正在盯着她看，这让她有些不自在。她不喜欢别人看她脱衣服，包括卢克在内。她穿上一件掉色的电光队T恤，将头发松散地盘起来。

"你可真……"奥布里说，"你太美了，真不公平。"

"得了。上床睡觉吧。"

"可我一点也不累。"

"要换短裤吗？你不会想穿着这件衣服睡觉吧，嗯？"

"咱们还要联络，好吗？"奥布里说，"你上大学以后。"

纳迪娅喉咙一阵发紧，她没有说话，将自己隐藏在安静黑暗的氛围中。"当然。"她终于说出口，不确定这样回答是为了安慰奥布里还是自己。

客厅另一头，空调的嗡嗡声非常大，她的思绪久久不能平静，奥布里仍然安静地躺在她旁边。她躺在她的肚子上，像个小婴儿一样，在黑暗中，纳迪娅将一只手放在她背上，轻轻拍打。

"还记得蹦床吗？"奥布里说，"我跟你讲过的，那个在我邻居院子里的蹦床？"

"怎么了？"

奥布里紧闭双眼，低声说："那是我的第一个秘密。"

早晨，卢克那条残废的腿感到一阵灼热般的疼痛。是一种不同于往常的疼痛。他了解其他类型的疼痛，年少轻狂的副作用。选择"大冒险"，将双眼蒙住越过攀登架，摔断一只胳膊；街头篮球打得太过认真，扭伤脚踝又戳伤手指；和朋友一起醉酒打架，肋骨骨折。在大学里，他用切身经历学习疼痛，肌肉酸痛的紧绷，毫无缘由的疯狂推搡，后背承受一百多斤的重量，全部压在肩膀上，让你喘不过气。太过劳累的疼痛，让你无法起床，无法思考，只能苟且度日。不打橄榄球以后，他知道自己还是无法忘记疼痛。他仍然能感觉到自己体内的狂暴与骨头撞击的声音。

腿的疼痛不同于往常，不是他了解的刺痛或肿痛，特别是早晨的时候，几个小时没有活动，疼痛会变得更严重。一个星期日的早晨，妈妈敲他的房门时，他花了一分钟才从被子里出来，一瘸一拐地光着脚走到门前。金色的阳光透过百叶窗倾进屋里，洒在地毯上。他靠在门上，小心翼翼地打开门，探出脑袋。母亲穿着一件桃粉色裙装站在走廊，手包夹在胳膊下面。阳光刺得他眯起眼睛，他清了清嗓子。

"什么事，妈妈？"他说。

"嘿，妈妈，"她说，"妈妈早上好。见到你太好了，妈妈……"

"对不起，我刚醒。"

"我来抱你一下，我整日除了工作就是躲在屋里。"

他轻轻走上前，一只胳膊仓促地搂了一下她的肩膀。

"我是不是说过让你去看医生？"她说。

"疼得没那么厉害。"

"都快走不了路了，还不肯听话。"她摇摇头，"你为什么这样站在门口？"

"你应该不想进去。里面很乱。"

"你以为我不知道吗？"

"得了，妈妈，你要什么？"

"我什么都不要。我只想看看我儿子。"

"我最近很忙。"他说。

她不屑地笑笑。"忙。我知道你还想着特纳家那姑娘。你跟你爸一样。永远不知道怎么放手。木已成舟，过去的就过去了。"她摸摸他的脸颊，"听着，事已至此。你给自己惹了这么大的麻烦，你应该跪着感谢上帝帮你解决了这事。不是每个人都有第二次机会的，知道吗？"

"知道。"他说。

"你需要做的是去教堂，"她说，"如果你多听听经文，也许这一切都不会发生。"

卢克靠在门框上。他本不想让家长介入，但他急需那笔钱，他甚至有那么一点希望，他们会因为他想堕胎而狠狠教训他一顿，然后拒绝给他钱。那样他就可以回去找纳迪娅，可怜巴巴地举起双手投降，告诉她他尽力了，但是筹不到钱，也许他们应该花些时间重新考虑一下这个问题。然而他的父母，他们从不喝酒，不骂人，甚至不看R级电影，却帮着纳迪娅杀死了他的孩子。

"好，"他说，"我尽量去。"

在欧申赛德，所有季节交织在一起，一整年阳光明媚，可秋天还是来了：欢快的欢迎语在欧申赛德中学的电子屏幕上滚动，沃尔玛也将双肩包和活页夹摆在货架最前排。纳迪娅收到密歇根大学寄来的信，通知她新生入学安排。她每次看到写在红叶图案里的新生手册都会感到一阵紧张，她试图吞食掉这份紧张的情绪。在欧申赛德，树叶不会变红，它们会慢慢枯萎，逐渐变成淡绿色，飘落，堆

满排水沟，散落在街边。这是她此生第一次，在这个叶落树枯的时
节离开，到别处生活。

她动身去密歇根州前的礼拜日，上室教堂组织了一次仁爱活动
欢送她。她是教堂会众里第一个拿到著名大学学术奖学金的人，不
过奖学金并不涵盖一切。她还需要一些小东西，比如一件真正的冬
天穿的大衣，所以牧师让纳迪娅和她父亲站在圣坛前，脚下放了一
个空桶。第二约翰把买烟钱放了进去，反正他答应了妻子要减量。
修女威利斯把买彩票的钱捐了出来，她小声对玛格达莱娜·普赖斯
说希望她的号码这星期不要中奖。甚至其他修女也往里面放了一些
钱，要知道那可是她们长期靠买劣质洗洁精而省下的社保救济金。
纳迪娅的注意力全在一个接一个起身捐款的人身上，一开始她甚至
没有注意到坐在最后一排的卢克。他穿了一件灰色西服，纳迪娅的
眼睛瞟到他时，父亲搂紧了她一下。

礼拜结束后，她的父亲站在感恩队伍里感谢牧师，她察觉到卢
克悄悄从她身后凑近。

"我们能谈谈吗？"卢克问。

她点点头，跟在他身后，从教堂会众身边走过，从教堂前门出
来，绕到后面的花园。喷泉周围盛开着一簇簇的非洲紫罗兰，金合
欢的枝叶爬满卢克坐的石凳，卢克将那只病腿伸展开。她在他旁边
坐下。

"听说你撞车了。"他说。

"几个月前。"她说。

"你没事吧？"

她痛恨他的虚情假意。她猛地站起来。

"我没钱。"她说。

"什么？"

"那笔钱。在我爸那儿。我会还给你。"

"纳迪娅……"

"六百，是吗？好像我欠你人情似的，我讨厌这种感觉。"

"对不起。"卢克扫了一眼周围，身体倾向她，压低声音，"我没法去诊所。如果被人看见我……"

"所以你不在乎有没有人看见我？"

"那不一样。你不是牧师的孩子。"

"我当时需要你，"她说，"你却把我一个人扔在那儿。"

"对不起，"他说，语气温柔了一些，"我并不想。"

"呵，你就是这么做的……"

"不是，"他说，"我不想杀死我们的孩子。"

她也许会想象他们的宝宝长大。宝宝迈出第一步。宝宝满屋子扔水瓶。宝宝学习跳跃。总是叫宝宝，尽管有时她会猜想自己会给他起什么名字。跟着父亲的名字，叫卢克，还是跟着姥爷的名字，叫罗伯特。她甚至想到以其他亲人的名字命名，比如她妈妈的爸爸，叫伊斯雷尔，然而她无法让宝宝叫那么沉重的名字，背负着

《圣经》般的严肃感。所以还是叫宝宝，尽管在她的想象里，他长成了男孩、少年、男人。自从卢克第一次说出"我们的孩子"而不只是叫他孩子后，她总是控制不住去想这个宝宝长大的样子。

那天晚上，浮桥酒吧里几乎没什么人，只有渔夫在吧台前分酒喝。他们穿着法兰绒衬衣，弓起壮实的后背。她推开前门，走进后面的小房间，奥布里正在等她。有时她想将一切都告诉奥布里，关于卢克，关于堕胎。她想象她们两个人在黑屋子里，她怎样颤抖着深吸一口气，向她忏悔，奥布里会告诉她上帝已经原谅了她。有时她会质疑这个原因吸引着她与奥布里交往。她有没有一丝想法认为接近奥布里，靠近她纯洁的光环、善良的心灵就能够得到宽恕？她闭上双眼，奥布里把手放到她的额头上，将她身体里的所有罪恶抽离。

"怎么了？"纳迪娅刚一坐下，奥布里便说。

也许纳迪娅可以告诉她，她没有准备好去当一名母亲，放弃她的未来，她无法想象自己再困在那座房子里生活，那个只会让她想起母亲的家。她认为她和卢克做出了最正确的决定，其实她一点也不在意，因为这一次她有权自私，不是吗？毕竟她才是那个要和另一个人共享身体的人，所以她有权做决定，不是吗？然后当卢克告诉她他想要这个孩子——不是孩子，是我们的孩子——他今天的表情才是摧毁她的地方，因为他从未以这样的身份在她的脑海中出现。这个年轻男人做了什么？他本该释然，因为他没有责任了，他已经处理完最麻烦的部分，他把问题解决了。也许她的举动吓坏了卢克。也许他把她一个人留在诊所是因为他无法面对手术后的她。

她可以把一切告诉奥布里，奥布里会理解。但也可能不会。她的表情会像卢克一样，恐惧、厌恶……然后她会从房间里退出来，无法接受这件事，怎么会有人忍心杀害一个手无寸铁的叮怜的宝宝。或许她会说她理解，但她的笑容僵硬，那种永远不会延至眼角的笑容，然后她打电话的次数会越来越少，到最后她们之间不再交谈。她会消失，像所有人最终会做的一样。

纳迪娅从小隔间里出来，突然感觉被困住了。她恍惚地走到台球桌前，手在绿色毛毡上滑过。小时候父亲教过她怎么打台球。他带着她到指挥官家参加圣诞派对，朋友们都在喝蛋酒，他却在后面陪了她一整晚，教怎么打台球。派对结束后，他们会慢慢开车回家，绕着整个社区看邻居家的圣诞灯。尽管她一再请求，父亲从来不会在家里挂圣诞灯，不过他还是会开车带着她到处看别人家的漂亮装饰。

"你会玩吗？"奥布里问。纳迪娅摇摇头，奥布里说："想学吗？"

"你会打台球？"

"凯茜教的我。"她拿起一根台球杆，也递给纳迪娅一根。"没事。我教你。"

　　她耐心地教她基本动作，站在她身后纠正姿势。奥布里手把着手教纳迪娅打第一杆，头发弄得她脖子痒痒的。纳迪娅想感受与另一个人接触时的柔软和持续的压力。她想让奥布里抱住她，即便不是真正的环抱。

　　"能再教我一遍吗？"她说。

6

我们离开了这个世界。

每个人都有自己的时间和方式。贝蒂在丈夫死后离开了这个世界。有一次出差，他晚上睡着后就再也没有醒来。一个人独自死在六号汽车旅馆，直到女佣推着装有干净浴巾的小车进来才发现他的尸体，在她看来，这件事不应该发生在任何人身上。她总会想起那一刻，女佣一定吓得惊声尖叫，换洗的被单四散周围。贝蒂想象自己用蓬松的白色毛巾将丈夫裹起来，将他抱在大腿上。但是他已经离开了这个世界，所以她也随他而去了。弗洛拉的孩子们为谁来照顾她而争吵不休，她在那个时候选择离开这个世界。她又失禁了，她狼狈地坐在自己的尿里，听着他们争吵。阿格尼丝很早就离开了这个世界，她带着孩子去便利店，一个白人男子站在收银台后面说：小妞，让我看看你有多少钱。他让她把钱包里的东西倒在收银台上，几枚硬币旋转着蹦出来，那名男子大笑，她的孩子在一旁看着。

嘘，她说，这世界对我不怎么样。没有我想要的，这可以肯定。

我们尝试去爱这个世界。我们去清扫这个世界，擦洗医院的地板，熨平衣服，在厨房里汗流浃背，为学校的学生盛午饭，护理病患，照顾婴儿。可是这个世界不需要我们，所以我们离开，把我们的爱献给上室教堂。现在，我们对这个世界充满恐惧。一天晚上，一个小男孩抢走了海蒂的钱包，我们却没有一个人追出去。除了上室教堂，我们几乎哪儿也不去。我们见过这个世界的真实模样。我们害怕它。

在密歇根，纳迪娅·特纳学会了如何应对寒冷。

要戴手套，尽管戴手套的时候她没法发信息。永远不要边走路边发信息，因为你很有可能踩上一块冰然后滑倒。她学会了戴围巾，任何时候都要戴围巾，围巾不仅仅是装饰——她在加利福尼亚州时会穿着吊带背心，把围巾当装饰。一定要在学校的健康诊所打免费流感疫苗。她开始吃鳕鱼肝油，因为男朋友沙迪发誓说它能御寒，或者至少他的苏丹妈妈是这样说的。他妈妈寄给他们一大箱鳕鱼肝油。他从小在明尼阿波利斯市长大，所以他知道如何抵御寒冷。他告诉她在兜里放一些保暖贴，告诉她用沙子化冰比盐管用，告诉她应该补充维生素D，因为她是黑人。

"你觉得我在开玩笑，"他说，"这不符合自然规律，我们的皮肤不该生活在这种寒冷的环境中。我们比那些白人更需要阳光。"

她在手机上查了一下。他是对的，肤色更深的人确实需要摄取更多维生素D，至于生活在安阿伯不符合自然规律这件事他也是对的。她从没在这么多白人聚集的地方生活过。以前她是这里唯一的黑人女孩，无论是在餐厅，还是在高阶课堂里，可就算是当时，她周围的人也都是菲律宾人、萨摩亚人和墨西哥人。现在放眼望去，课堂里全是从密歇根各个城镇来的白人孩子。在讨论环节，她听白人同学的演讲，听他们如何支持学校文化的多样性，在这个问题上学校取得了哪些进步，以及人们正以何种方式接受这一概念，你可能来自农村，但似乎就是这样。她感觉这里的种族歧视问题很诡异，就餐时要用更长时间等位，白人女孩认为你就应该走在人行道没有铺水泥的一侧，莎莎舞俱乐部外喝醉的男孩因为你是黑人女孩而朝你大喊"美女"。在某种程度上，微妙的种族歧视更糟糕，因为它会让你抓狂。你总是会去想，那是不是种族歧视？你想过吗？

她与沙迪是在黑人学生会上认识的，她的朋友埃夸在大一的秋天拉她进入学生会。贝拉克·奥巴马刚刚当选总统，黑人学生会与同性恋-异性恋联盟共同举办了一个论坛，专门讨论黑人的高投票数是否也导致了加利福尼亚州对同性婚姻禁令的通过。那时，纳迪娅已开始厌倦公民大会，但她还是会去参加，因为她十分想家。纳迪娅在论坛小组注意到沙迪时，她正站在最后面，往盘子里堆来自波士顿市场^①的免费食物。深褐色皮肤的沙迪总是一副眉开眼笑的样子，咧嘴时笑容占据了半张脸，让他那双斜吊眼变得更小了。他戴着一副黑边圆框眼镜，一副书呆子的模样，身材却像运动员一样健美，即便穿着毛衣也无法掩饰。他从小就练习拳击，她后来才知道他之所以会吃鳕鱼肝油是因为他妈妈让他吃，这一举动和他的外在完全不符，也根本没有必要。他一点也不像她通常会喜欢的那类男孩，那些人粗俗无礼、张扬浮夸，上学的时候甚至连装书的包都懒得背，只会在手臂下夹一个薄得不能再薄的夹子，仿佛在昭告全世界他们根本不在乎。沙迪可不是一般人，这一点她已经看出来了。他在论坛小组里脱颖而出，尽管他抛出许多不同的观点，她还是常常无法判断他究竟站在哪一边。即便他站在某一边，也总是对相应的观点提出质疑。

"黑人反对同性恋是什么狗屁态度？"讨论到某个观点时，他探出身体靠向桌子，"这世上有黑人同性恋，你们知道的。"

有那么一秒钟，她的心沉了下来。他是在说自己吗？可是会议结束后，他走到后面，问她有什么想法。他将双手插在兜里，她讲话时他探低脖子认真倾听。她意识到整个晚上他都注意到了站在最

---

① Boston Market，美国连锁快餐厅。

后面的她，并且为了吸引她的注意力，他一直在显摆自己的学识。也许他属于她喜欢的类型，至少有那么一点吧。

沙迪十分热衷于人权问题，他们上大二时，他创办了一份校园报纸，主要报道巴勒斯坦、苏丹和朝鲜的政治运动。她感觉平时读到的那些地方对她来说是那样模糊、遥远。当她告诉他自己收到一封出国留学的电子邮件时，他鼓励她去申请，所以在他们大二那年冬天，他去了北京，她去了牛津。

"那里安全吗？"她告诉父亲自己通过了申请时，父亲问。

"那可是英国，不是阿富汗。"

"要花多少钱？"

"我的奖学金够用了。"她说，没有提到自己还在面条公司打工来支付学费。

"所有文件都有了？"他说，"比如护照什么的？"

沙迪开车带她到护照办事处照相。他去过很多国家，护照上有法国、南非和肯尼亚的入境章。在空间狭小的办事处等候时，她突然意识到，母亲从未离开过这个国家。去完成母亲从未做过的事情，这将成为她的生活。她的朋友因成为家中第一个上大学或第一个获得知名公司实习机会的人而感到骄傲，和他们不同的是，纳迪娅从未庆祝过这些事情。她是最初拖累母亲的人，现在又怎会因为这些事而感到骄傲？

英国的冬天灰暗、阴郁，却好过密歇根的冬天。任何事情都好过密歇根的冬天。她觉得每个冬天都像要了她的命一样，当不见天日的二月、暗淡无望的三月来临，她答应自己要订最早飞回加利福尼亚的航班。之后，春天总是来得那样突然，不期而遇，安阿伯悄无声息地进入潮湿的夏天，她感到一切又恢复了正常，在餐厅的露台上，她让双腿沐浴在阳光下，她在屋顶游荡，希望头顶的阳光能带给她更长时间的照耀。这是安阿伯最让她感到不可思议的地方，她在这里十分自在。她不过是一个从加利福尼亚州来的女孩，一个有野心的男孩的女朋友，一个喜欢参加派对却总是按时上课的学生。在家乡，失去带来的痛苦随处可见，她几乎无法逾越这道屏障，就像努力透过布满手印的玻璃窗向外张望一样。她总会觉得自己被困在那扇窗后，那扇将她与外部世界隔离的窗户。至少在安阿伯，这里的玻璃更透亮。

她们每次用网络电话视频，发短信或打电话聊天时，奥布里都会问她什么时候回家。"快了。"纳迪娅总是这样回答，尽管她找出了无数个不回家的理由：在威斯康星和明尼苏达参加夏日实习；感恩节在底特律进行服务学习；圣诞节在沙迪家过——沙迪家的圣诞节没有小耶稣像或马槽，但他妈妈会摆出圣诞树、雪橇和麋鹿，整个家的布置充满了可口可乐广告中的美式冬日感。纳迪娅不知道这是否只是为了她，他们是不是觉得这样会让她有家的感觉，好像如果她在最后一分钟取消计划，他们便会像收舞台布置那样收走所有装饰，然后去点中国菜。她试图不去惦记独自过节的父亲，她爬上沙迪的床，面向窗户，整个房子被白雪覆盖。

　　纳迪娅·特纳消失两年后，卢克·谢泼德开始到马丁·路德·金公园观看眼镜蛇队的比赛。若不是受伤，他永远也不会知道有半职业橄榄球队这回事。那之后，他开始到处查看有关橄榄球的信息：下载美国职业橄榄球大联盟的播客；坐在卡车里透过车窗观看波普·华纳少年橄榄球赛，伴随着哨声看小男孩们拿着护具，戴着头盔，跟跄着步子相互撞击。

　　无论男孩们做什么，进攻、跌倒、球从臂下蹦出来，甚至什么也没做，他们的父母都会在一旁的草地上欢呼助威。卢克在那年冬天偶然发现了眼镜蛇队，就在他搬进公寓后的一个月。他在马丁·路德·金公园里做恢复性训练，因为他没钱交房租，也没钱付健身房会员费，就在他的引体向上做到一半时，一辆巴士停下来，上面有一条黑色和铜色相间的蛇，轻轻挑起舌头，蜷在一边。球队从车上下来，站成训练队形，他假装做俯卧撑。他总是能一眼就注意到那些高傲的人，他们身材精瘦，个子很高，会在常规训练开始前聚集在一起。他趴近地面再撑起。地上的草竖起又被压下，他感到自己的腿筋在变紧，手指怀念起橄榄球的粗硬触感。

　　那是三个月前的事情。现在他在网上搜寻所有和这支球队有关的信息。他去了解首发防守球员的名字、他们白天的工作以及他们的绰号，在市中心看见他们等待更换机油或推着购物车逛沃尔玛时，他都会喃喃自语。（右边锋吉姆·凡森、水管工、小剐蹭。）星期六的早晨，他早早来到公园看他们训练。他怀念成为那整齐团队的一员的感觉。他想要恢复打橄榄球的身材，轮班时他不再吃油炸食品，不再喝啤酒，不再抽大麻，重新把身体当作机器一样训练，无情又无欲无求。教练每次面向他时，他都会压低身体做俯卧撑。

"看你挺眼熟的，"瓦格纳教练说，他咧嘴一笑，伸出手，"我记得你。圣地亚哥州立大学的。出了名的快速大范围进攻。可是那条腿……"

"现在好多了。"卢克说。

"是吗？"

他跑了一个钩形路线。由于缺乏锻炼，他感到右腿有些吃不上力，刚一切进内线左腿便开始发热。他小跑回来时，瓦格纳教练皱起眉头。

"还差一点，"他说，"这样，完全恢复后给我打电话。我们可以用你。"

眼镜蛇队的队员没有薪水，球队挣的钱全部用在了设备和交通上，不过卢克并不在乎。

他将名片放进他的兜里。教练电话号码边上有一个光滑的蛇的符号，他在回家的路上一直用大拇指摸着这条蛇。

"你不觉得应该把重心放在职业发展上吗？"第二天晚上，他妈妈问。

他弓着背趴在餐桌上，搅拌着杂烩饭。他讨厌礼拜日晚上去父母家吃饭，但又无法拒绝免费食物和免费洗衣的诱惑。他刚一进屋，父亲清清嗓子，说："今天早晨没见你去教堂。"卢克想不出什么新理由，只是耸耸肩。父亲无休止地说着神的恩典，他在一旁心不在焉地发呆；父母讨论上室教堂时，他在一旁吃饭，计算着将剩下的饭带走够他吃多久。礼拜日的时候他一般很少说话，但是今天他的手在兜里不停地摸着那张名片，感到一种不同寻常的兴奋。有史以来第一次，他觉得这件事值得和他们分享。可是母亲只是扬起一边的眉毛，父亲叹了口气，在面前晃动酒杯。

"找个工作吧，卢克。"父亲说。

"我有工作。"卢克说。

"我是说一份正经工作。不是那家破餐厅。"

"你的腿呢，怎么办？"母亲说，"再被撞到怎么办？"

"没那么疼了。"

母亲摇摇头："听着，我知道你热爱橄榄球，可是你现在得现实一点。"

"卢克，你什么时候才知道担起责任？"父亲说，"什么时候？"

或许他是不负责任，可他不在乎。他只想再一次擅长某件事。到了六月，他开始每天在公园训练。CJ投不出高速回旋球，但是他学会了投球路径、尖角和曲线柔和的绊钩球。他知道怎样扔球，开玩笑说如果卢克能接住他扔的球，就能接到真正的橄榄球四分卫扔的球。CJ没有他以为的那么差劲，这让卢克有些介怀。尽管CJ资质平平，卢克还是嫉妒他，因为他的身体没有问题，能够自如地遵照指令做动作，不像受伤的卢克。

"我太他妈慢了，哥们。"他暴躁地说。

"嗯，你的腿他妈的伤了。"CJ穿着中学时代的灰色运动短裤，一屁股坐在草地上，那条短裤上仍有用马克笔写的他的名字，"需要些时间。"

"没时间了，"卢克说，"再来一轮。"

晚上结束训练后，他给CJ买了一瓶啤酒，他们坐在霍西家外面喝，望向远处沙滩上穿着比基尼的女孩。

"跟那姑娘还有联系吗？"一天晚上CJ问。

卢克喝了一小口常温啤酒，他总是慢慢地啜饮，一点一点地喝，每一口都像喝最后一滴一样珍惜。

"谁啊？"他说。

"你之前上的那个高中小妞。"

"她不是我女朋友。"卢克说。

"我听说她现在住在……俄罗斯还是哪儿。"

"俄罗斯？"

"类似那种破地方。她住在俄罗斯，跟一个非洲老黑搞在一起。"

卢克又喝了一小口啤酒，在嘴里咕噜了一下。她刚离开时，他总是忍不住去想象那些被纳迪娅抚摸的大学男生。他想象那些人并非他这样的运动型男孩，而是穿着密歇根毛衣的预科生，他们胸前抱着一摞书，奔走于校园间。现在这个人有了名字。沙迪·瓦利德，一个听起来像阿拉伯人的名字。在胖查理餐厅的员工室里，他用电脑搜索他的名字，找到一些沙迪为一个叫什么《蓝色评论》的报纸写的文章。他的博客——是啊，这种人怎么会没有博客——发布了一篇关于足球的文章。英式足球，而不是美式橄榄球，他惊讶于沙迪竟然对体育这样平凡的事感兴趣，虽然文章的内容是讽刺法国如何将世界杯寄希望于他们的穆斯林球员，卢克不明白这有什么好讽刺的，但这里面肯定有沙迪·瓦利德懂而他不懂的地方。

他最后找到沙迪的脸书，卢克看到他的头像心头一紧。沙迪坐在一家餐厅外的黑椅子上，纳迪娅·特纳穿了一件小花图案的太阳长裙，戴着一副墨镜，坐在他的腿上，一只手轻轻绕在他的肩膀上，脸上露出灿烂的笑容。她现在看上去更成熟了，脸上棱角更加分明，颧骨线条更加突出。她看上去很快乐。卢克翻了翻其他照片——大多数都是校园活动的海报，还有几张他搂着一个戴头巾的女人的照片，那女人一定是他母亲——但他总是会回到那张纳迪娅坐在沙迪大腿上的照片。她继续生活，好像什么都没发生过一样，而卢克却困在了原地，陷在过去，总是去想如果留下那个孩子会怎样。他们的孩子。

"那他妈是谁？"一个服务员问卢克，指着沙迪的笑脸，"你男朋友？"

那人咯咯笑了起来，卢克用力推开电脑，震得桌子直晃。

加入眼镜蛇队的时候，卢克以为他的愤怒会平息，但相反，他感觉这股愤怒在一点点增加。橄榄球对愤怒来说很安全。他每次进攻都会将愤怒隐藏起来，存放在一个安全的地方。第一次训练他被撞了一下，眼前闪过一道白光，感到一阵疼痛，他用力从地上站起身，跛着脚回去和队友聚集在一起。这一撞让他感觉又找回了自己。他又开始在言语上挑衅，奚落那些比他身材魁梧一倍的对手，那些人用一只手肘就能弄残他。

"就这么点本事吗，小婊子？来啊，混账玩意，有本事再来啊！"

第二场比赛，还是那个中后卫，大步朝他跑来，卢克变向走内侧，全速从他身边跑过，球啪的一声落入他手中，他带球冲到达阵区。这一次没有被撞倒，他几乎感到一阵失望。他的愤怒在这里有了归属。见鬼，眼镜蛇的整支队伍都很愤怒。每个人都有自己与名望擦肩而过的故事：被教练搞砸了前途；家里负债累累，被迫退队外出找工作；未遇到赏识自己的伯乐。他的愤怒比其他人的更容易得到原谅，因为全队最受同情的就是他。他是最年轻的队员，被剥夺未来的人，所以其他队员对他都很友善。罗伊·塔伯特邀请他一起去钓鱼；埃德加·哈里斯免费帮他换油；杰里米·芬彻借给他燕尾服，这样他参加朋友婚礼时就不用花钱租衣服了。

"别他妈弄坏了，傻×。"芬奇[1]说，递给他装衣服的袋子。这是近几个月里别人对他做过的最贴心的事。

没有训练的时候，卢克就和球队一起去烧烤。他坐在白色户外椅上伸懒腰，眼镜蛇队的其他队员围在一起烤肉，讨论怎样腌制牛排最好。芬奇认为牛排根本不需要腌制，不需要像小娘们儿一样搞得那么花哨，该怎么吃就怎么吃；里特说不好意思，他不想吃直接从牛身上切下来的肉，这可不代表他是个小娘们儿，只是他不是穴居人而已；戈尔曼说芬奇当然知道很多关于吃肉的事。队员的妻子负责拌土豆沙拉、意大利通心粉和奶酪，她们有时聚在一起嘲笑这帮男人，卢克觉得也许他也可以这样生活。

他坐在儿童泳池边，看着眼镜蛇队员的小孩们泼水玩耍，孩子们爬上岸后跳到他身上，试图攻击他，他们的身体又滑又凉。好不容易才从压在他身上的孩子群中抽身，他发现有个人正站在一旁用手挡着阳光看他，那女人不是戈尔曼的妻子就是里特的妻子，他总是记不住。她笑了笑。

"你很会跟小孩玩啊。"她说。

"谢谢。"他说。她的话让他感到开心，为此他有些尴尬。

---

[1] Finch，杰里米·芬彻的昵称。

烧烤结束后，派对慢慢安静下来，火光渐渐微弱，他坐在提基[1]火炬下，将啤酒喝完，他告诉芬奇很久以前他也做过父亲。

"我×，这太扯了，"芬奇说，"她想把你的孩子处理掉？你还不能说不。就算她想留着这孩子，猜猜她会找谁要钱？如果他付不起，再猜猜锒铛入狱的人是谁？一个男人就再也没有权利了。"

卢克喝光了瓶中的啤酒，看着头顶摇曳的火焰。他觉得自己很可怜，如果一个男人连深夜喝多后都不能自怜，那什么时候还可以？

"她离开了我。"他说，"她去了欧洲和其他破地方，现在正在×一个傻×。"

芬奇将一只胳膊搭在他脖子上。"抱歉，兄弟。"他说，"真是太扯了，我们都知道。我爱我妻子胜过一切，但如果她把我们的孩子做了，我会杀了她。"

他眼睛瞪圆了一下，卢克知道他是认真的。他突然感觉恶心。他起身太快，脚下的地变得倾斜，他感到一阵眩晕，以前戴上母亲的老花镜满屋子跑时就是这个感觉。芬奇不让他走回家，将他拉到屋里。他的妻子为他在沙发上铺好被褥，尽管卢克告诉她自己只要薄毯子就行了。她的额外照顾让他感动，后来他才意识到，也许她只是不希望他吐在沙发上而已。他希望自己不会。沙发垫凹凸不

---

[1] 波利尼西亚神话中人类的始祖。

平，他伸了个懒腰，感到浑身疼痛。他感激此刻感受到的一切。队友的妻子从大厅拿来一条薄毯子，她将毯子盖在卢克身上时，他闭上了眼睛。

芬彻夫人的名字叫樱桃。水果一样的名，鸟一样的姓。

"不是雪利①，"她说，"大家都想叫我雪利。我干吗要叫酒的名字？"

"我上中学时有个同学叫霞多丽。"卢克说。

"嗯，你可真是个小孩。"她说，"说不定你上学时还有女同学叫柚子呢。"

她总是这样，叫他小孩。他并不介意。她不肯告诉卢克她多大，但他猜她大概三十五岁，这个年龄算不上老，可是女人却开始这么认为了。如果他有一天结婚，他要找一个比他大的女人。在一段感情中，年龄大的一方总要承受过多的压力。如果你是年龄小的一方，女人不会对你有过多要求。她会想照顾你。他感到轻松了许多，由于她对他的关注和低期待。如果一个超过五十岁的男演员出现在电视上，樱桃会说："我打赌你不知道他是谁。"即使知道，他也会耸耸肩，因为这样会逗得她大笑。她帮孩子们做三明治时，他会坐在吧台边，尽管他从来没有要求过，她也总会给他做一个。

①Sherry，在英文中与Cherry（樱桃）发音相似。

她对他来说没有吸引力，不属于他通常愿意花时间相处的女人。她有些胖，笑的时候嘴咧得很开，露出宽厚的下巴。她是菲律宾人，在夏威夷长大，从小生活贫困。卢克从没想过夏威夷还有穷人。

"难道不是冲浪、吃烤乳猪、穿草裙之类的狗屁玩意吗？"他问。樱桃两天没和他说话。

"卢克，关上电视，到外面去吧。"她后来说，"并非对每个人来说，天堂都是天堂。"

芬奇在卡内奥赫湾驻扎时认识了她。她在一家叫阿罗哈的咖啡馆当侍应，餐厅位于旅游宰客区，菜单上的食物都是"冲浪牛排"和"夏威夷式羊排"这样的名字。芬奇点了海边布朗尼蛋糕，但他一直管它叫屁股布朗尼，这逗得她开怀大笑。她那年十八岁。等到了卢克现在的年龄，她已经结婚并搬到大陆居住，生了三个孩子。卢克喜欢她的孩子，但他怀疑，孩子也许是樱桃和芬奇还在一起的唯一原因。他每次来家里和芬奇看比赛时，都会观察他们两人，希望在他们之间发现一丝隐藏的纽带。然而，芬奇几乎从不会关注樱桃，她在他身边很安静，仿佛两人之间有一道线，标志着各自的空间，就像交战国家划分领土一样。樱桃在厨房吧台后面，像游客似的穿过客厅，芬奇则奇怪地窝在火炉边任何一个角落，而不是趴在沙发上。

在眼镜蛇队的派对上，樱桃和其他妻子在一起喝灰皮诺葡萄酒，她总是百无聊赖的样子。有一次，卢克听到其他妻子说她傲慢；这让他想起她的故事：晚餐吃甜味三明治，很少与在都乐糖水罐头厂工作的父母见面，从小认为所有人都像她一样对父母知之甚少——她的记忆中只有父母在深夜里的身影，或是模糊地记得父母清晨在她额头上的亲吻。还有她怎样步入婚姻，如何变胖，即使到现在她也觉得需要囤积——将糖果藏到抽屉最里面，将旧衣服收起来放到垃圾袋里，藏到衣柜后面——万一不够了怎么办？贫穷永远伴随着你，她告诉他。一种深入骨髓的饥饿感。即便吃饱，也还是会感到饥饿。

"我明天开始新的饮食。"她说，从放优惠券的抽屉里拿出里斯的杯子。

"哪种？"他说。

"那种只有恐龙吃的东西。"

"它们不是都灭绝了吗？"

她大笑："这就是我为什么喜欢你，卢克。"

"为什么？"

"因为你诚实。"她说，"因为你不会说'哦，樱桃，你不需要节食'，真是扯淡。对你说这种话的人都是那些你刚从屋里离开就叫你死胖子的人。"

他喜欢让她觉得自己是一个诚实、不狡猾、不多愁善感的人。他发现和她在一起的时间变得越来越多，尽管他知道不应该这样。

他不习惯和已是妻子的人做朋友，但他知道要遵守哪些界限。即便他知道芬奇不在家时他不应该来造访，他有时还是会在下午上班前到他家晃一圈。他通常编一些借口：来还芬奇借给他的套筒扳手；弄丢了平板电脑；以为把水瓶落在了茶几上。事实上，他只是想和樱桃说话，而樱桃总是表现出一副对他的生活感兴趣的样子。她告诉他应该去哪儿找一份薪水更高的工作，告诉他应该考虑回学校上学，告诉他不要再看纳迪娅的脸书了。

"这是你的第一个错误。"她说，"永远不要打探前任的消息。你为什么想去看她没有你以后过得有多开心？"

樱桃说得对。她对很多事的看法都是对的，他喜欢问她的建议。他无法问自己的母亲，再也不能，自从那天早晨他告诉她关于怀孕的事情，她用钱处理了之后。他不是责怪她插手这件事，但他知道自那一刻起，他们之间的关系便发生了某种转变，母亲的所作所为出乎他的意料，他原本以为她做不出这种事，他们关系的界限突然发生了变化，这使他迷失了方向，就像踏进一个房间去感受四周原有的墙壁，摸到的却只有空气。

"你们两个娘们儿叽叽喳喳地说什么呢？"芬奇来到厨房，发现他们俩正在交谈，便问道。樱桃总是说"没什么"，然后变回平日里沉默的样子。她的转变速度之快让卢克惊讶。也许所有女人都如此善变，视周围人的变化而立即转变态度。纳迪娅在沙迪·瓦利德身边又是谁呢？

"我看了你的视频。"樱桃有一天说，当时卢克来还一本书，《布鲁的坚持》。"给。"她说，把书递给他。这就是可怜的夏威夷人。他差一点告诉她，就算不看这本书他也相信她，不过他还是读了，因为他看得出来这对她很重要。他还算喜欢这本书，尽管他看到网上有人说书中对菲律宾人的处理可能存在种族歧视。是真的吗，他打算问问她。在夏威夷，菲律宾人受到的待遇和黑人一样？

"什么视频？"他说，心不在焉地听她说话，试图在书架上找到这本书原来的位置。

"什么意思？"她说，"还能有什么视频？"

"哦，"他说，"那个。"

"芬奇请其他人来家里，"她说，"他们一遍又一遍地看那视频。"

那幅画面突然清晰地出现在他眼前，眼镜蛇队的队员弯腰聚在芬奇的电脑前，一遍又一遍地回放，大笑。我的老天，看看谢泼德！再放一遍，就是这儿，等着，等着……我×！那骨头，那一切的一切！他本以为自己是眼镜蛇队的一员，但并不是。他只是一个可怕的笑话。

"我能看看吗？"樱桃问。

"你已经看了。"他说。他有一种被她背叛的奇怪的感觉，好像在所有人当中，她应该是最了解的。

"不是，"她说，"你的腿。"

　　她说得太过自然，他愣了一下神才意识到她的请求是什么。
"为什么？"他问。

　　"只是想看看。"她说，"我甚至无法理解你是怎么穿着
那东西走路的，走路姿势能有一半正常就不错了，更别提穿着它
打球。"

　　她很好奇，与他脑中拿他寻开心的眼镜蛇队队员不同。她看上
去像个从撞毁的汽车里爬出来的人，迫切查看伤势，试图说服自己
没有想象中严重。他坐在书架旁的乐至宝沙发上，安静地将运动裤
卷到膝盖处。看见他躺在医院的病床上时，他母亲哭了，他骨折的
那条腿吊在上面，为了不让母亲担心，他笑笑说："没事，根本不
疼。"他父亲那天下午从亚特兰大打来电话——由于当时在牧师大
会上发表主要演讲没能赶回来，不过父亲送来了一块祈祷布。当母
亲把这块布放在他受伤的腿上时，卢克并没有感受到上帝治愈伤口
的力量。他什么也没感受到，也许，都是一回事。

　　樱桃的手滑过他那道一直延伸至脚踝的丑陋的棕色伤疤，他
的身体在颤抖。她弯下腰亲吻他的伤疤，他闭上双眼，像个孩子一
样，天真地以为她的吻或许可以阻止他的疼痛。他是多么容易相
信，这想法看起来多么简单，一个来自他母亲的吻，一个永远能愈
合的身体。

　　第二天晚上，他把垃圾拖到胖查理后面的小巷，脑子里仍然

想着樱桃的吻。就在她的小女儿来客厅要果汁喝的时候，他立刻离开了，樱桃站起来，没有看卢克。她感到尴尬，又怎会不尴尬呢？她很吝惜自己的感情，即便是对芬奇，他们两个像是在进行一场比赛，比谁看起来最不在乎。然而卢克对她的善良心存感激。下班后，他想给她打电话。也许他可以叫她喝上一杯。不喝酒，也许是咖啡。他甚至不喜欢咖啡，但邀请女孩喝咖啡似乎不只是表明你想上她。他拖着鼓鼓的垃圾袋，用力将它拽进绿色大垃圾桶里。码头边夕阳西下，整个天空被染成了橘红色。有时候，欧申赛德可以很美，即便在一条肮脏的小巷里。

他往屋里走时看见了眼镜蛇队的队员。芬奇、里特、戈尔曼和其他五个人，一起冲向小巷。

"喂，浑蛋，"他说，"我可不能给你们所有人免费啤酒喝，连问都不用问。"

没有人笑，也没有人骂回来，他知道坏事了。

几年前，以卢克的速度完全可以快速冲进餐厅。而现在，他还没来得及转身，就被芬奇钩住了。他昏了过去，眼镜蛇队的队员们开始玩命往他腿上踩。

7

在康复中心，卢克重新学习走路。

不是一下就能走，而是慢慢恢复。前两个星期，他推着助步车在所处楼层的四个大厅里练习走路。他对各个大厅了如指掌，就像警察记住自己的巡逻区一样：薄荷绿的格子地板、护士站、老妇人做针线活和聊八卦的角落。他拖着身体往每个大厅里走，将一只脚移到另一只脚前面，这样一个简单的动作现在却变得如此困难，每天早晨都要面对。如今他在腿上装了一根从膝盖一直延伸到脚踝的钛金属棒，这根金属棒会伴随他余生。外科医生告诉他，金属棒会触响金属探测器，但未来某一天能让他重新走路。目前，他必须加强脚踝的力量，锻炼股四头肌和腿筋。他将脚滑向前，重心放在脚后跟上，然后是大脚趾，与此同时，康复中心的协助员卡洛斯跟在他的身后防止他摔倒。卡洛斯的父亲是哥伦比亚人，母亲是尼加拉瓜人，但所有人都叫他墨西哥人。

"永远都是墨西哥人，"他说，"他们问我：'喂，卡洛斯，怎么不给我们来点塔可？'我他妈知道个屁塔可。给我来点塔可，你可真爱那破玩意。"

确实是这样。卢克第一次来登记时，护士告诉他分配给他的是一个叫卡洛斯的墨西哥家伙。

"你会喜欢他的，"她说，"他真的很搞笑。个子不高，但很强壮。那些小个子的家伙永远是最强壮的。"

卡洛斯身高勉强有一米六七，宽肩膀，身材结实。他以前在健身房当私人教练。在卢克的印象中，健身教练都是腹肌发达，肌肉从背心里呼之欲出的样子，而卡洛斯却是那种想要减几斤肉的家庭主妇喜欢的类型。他很严格，但很会鼓励人。他给卢克讲怎么吃药，所有药，即使他不喜欢做这件事。那些药包括预防感染的抗生素、阻止凝血的阿司匹林和止痛药。他帮助卢克在桌子上做拉伸，帮他先用芦荟霜按摩腿部。过去卢克习惯于让教练帮他按摩酸痛的肌肉、缓解痉挛，或者轻击扭伤的脚踝，不过那都是在更衣室里。在练习室的桌子上伸展身体，让另一个男人在自己的肌肤上涂抹乳霜令他感到尴尬。也许卡洛斯是同性恋。否则有哪个男人愿意做这种帮其他男人涂乳霜的工作？他的组织损伤很深。

"上帝，那帮人可真恨你啊，"卡洛斯说，"他们想让你再也不能走路。"

卢克没有告诉父母眼镜蛇队的人把他群殴了。如果他和樱桃上床了还好，他能像个男人一样接受惩罚，可是只因向她寻求友谊而被群殴，这对他来说是耻辱，坚决不能承认。除此之外，父母会对他说，他们早就看透了这支球队。所以他告诉他们一群人想抢劫他，而且，不，他没有看清他们的脸。

卡洛斯在挂在头顶的电视上玩足球比赛，卢克在一旁气喘吁吁地靠着墙做每日练习，卢克跟着草地上的小球往前走。他以前总觉得足球无聊，但现在他开始喜欢这种不停歇的节奏、持续的移动、瞬间的欢呼雀跃。也许他本可以踢好足球。也许他本可以找一项不会摧毁他身体的运动去热爱。

"你以前是个大块头，"卡洛斯说，"现在可不是了。得接受它。就算不是大块头也没什么。身体好就够了。"

你在外面什么样并不重要。在康复中心里，你只是和所有人一样，挣扎着重新恢复对自己身体的控制。卢克是康复中心里最年轻的一位。大多数患者都是老年人，他们坐在轮椅里，用双脚滑着来到大厅，就像长大了的孩子坐在婴儿车里一样。在治疗间隙，卢克喜欢坐在走廊里和老人们打牌。中风受害者，大多数都是。他最喜欢的人是比尔，一个来自洛杉矶的退休狱卒。

"我从小在拉德拉高地长大，"比尔告诉他，"那里以前还是黑人的地盘。现在你根本进不去，被那些人占领了……"他压低声音，指着走向大厅的卡洛斯。墨西哥人。

比尔在朝鲜战争中打过仗，但他因为在人行道上被绊倒摔坏了屁股，最后才来到康复中心。这个人经历过战争和囚犯暴乱，却败在了凸起的人行道上。他没有结婚。他以前结过——三次——所以他曾是结婚一族，却不是那种能维持婚姻的人。他一直是那种有女人缘的男人——卢克就见过他和护士调情，他会在护士推他到大厅时握着她们的手，会在晚餐后为了多要一块曲奇而对她们甜言蜜语。卢克以前觉得他可能是那种男人，那类永远不会定下来的人，可是等你到了八十岁，独自一人在康复中心，又有什么好的呢？

"你有没有特别喜欢过谁？"比尔有一次问他，"打橄榄球的大块头。我知道女孩得倒追你。"

卢克耸耸肩，重新洗桌上的牌。有那么一两次，他想过给纳迪娅打电话，可是他要说什么？说他每天唯一做的事情就是学习走路？说这些简单练习如何让他痛苦呻吟，比如抬膝盖或弯腿？说他如何坐在轮椅上数小时和老人玩扑克牌消磨时间？一天晚上，他正要腾出另一只手按电梯时，电梯门打开了，走出来的是奥布里·埃文斯。

"你好，"她说，"修女们让我把这个送过来。"

她举起一捆针织毯子，一捆粉色、绿色和银色交织在一起的毯子，在白墙的衬托下显得格外鲜艳。他将奥布里领进病房。他缓慢地推着助步车走向大厅，每一步都很吃力，她什么话也没说。他扑通一下坐在床上，气喘吁吁，他为此感到尴尬。奥布里将毯子叠好，放到床尾。他从来没有和她单独在一起过。他在教堂听说过她，印象很模糊……她看起来很友好，很虔诚，这对他来说总是很无趣。不过人们似乎都很喜欢她。他母亲，纳迪娅——根据他在脸书上看到的所有合照判断。

"我不知道你还在这个城市。"他说。

"我在这儿上学，"她说，"在帕洛玛学院。同时还工作。"

"在哪儿？"

"触摸甜甜圈。"他哼了一声，她皱皱眉，"怎么了？"

"没怎么，"他说，"这名字太傻了。"

她笑笑："如果你真想吃甜甜圈，就不会在乎它叫什么。"

他不记得上一次吃甜甜圈是什么时候了。甚至在开始吃医院难吃的食物之前，他就已经变回橄榄球运动员的饮食习惯了，健康、干净的饮食，每餐都吃烤鸡和蔬菜。这大大有利于他的健康。他站起来，扶着助步车保持平衡。

"你跟纳迪娅·特纳还有联系吗？"他问。

"总联系。"她说。

"她还在俄罗斯吗？"

"什么？"奥布里大笑起来，鼻子皱成一团，"她从没去过俄罗斯啊。"

"真的？"

"英国。也去了下法国。"她停顿了一下，"想看照片吗？"

他想看，却摇摇头，盯着地面。"不了，"他说，"只是我认识的人中没谁去过俄罗斯。"

"我也是。"奥布里说，"不过她到处跑。她想去哪儿就去哪儿。"

以前他总在脑中拼凑纳迪娅在俄罗斯的样子，她戴着毛茸茸的帽子站在色彩缤纷的尖顶建筑前，想到这里他觉得自己很愚蠢。不过要说他认识的人中谁最可能去过，那一定是她。他怎么会有这种想法呢，他怎么会认为她愿意待在这个小镇里和他一起抚养他们的孩子？

奥布里在手包中找钥匙。她要走了，他突然觉得需要拦住她。

"我们每个礼拜日都为你祈祷。"她说，"如果你有任何需要就告诉我。"

"可以给我带个甜甜圈。"他说。

第二天，奥布里给他带了一个红丝绒甜甜圈，足够湿润、足够甜，因此他原谅了那个傻名字。之后她还带来了其他东西给他：一副新扑克牌、口香糖和一本叫《为什么基督教徒要受难？》的书。尽管没有读这本书，他还是将书放在了床头柜上，这样她来的时候能看见；除此之外，她还带来了一个每日计划本，他可以在上面记录自己的进展；一捆来自上室教堂的康复卡片；以及一件写着"野兽模式"的背心，这几个字是他在训练时写的。她有一种安静的美，他渐渐开始喜欢上了这种美。纳迪娅的美让他有一种压迫感，而奥布里的美却像喝茶时点燃的蜡烛，温暖摇曳。她下班后来探望他时，穿着胸前印有粉色甜甜圈的黑色polo裙，她穿制服的样子很可爱。她走出电梯，摆弄着和制服配套的鸭舌帽，梳成马尾的鬈发左右摆动。她闻起来很甜，像糖霜一样。

"我以前也有一个。"他有一次说，指向她的贞洁戒指。

"真的吗？"

"我那时十三岁。但我手长得太大，我爸不得不把它从我手上锯下来。"

"你开玩笑呢吧。"

他举起手。右手无名指上有一个浅棕色伤疤。

"没事，"他说，"后来那年我干了一个女孩。反正我怎么都会干，那枚戒指只会让我内疚而已。"

"和内疚无关，"她说，"至少对我来说不是。"

"那是什么？以身相许于耶稣？"

"只是提醒我。"

"提醒什么？"

"我可以是纯净的。"她说。

她是个好女孩。他与她在一起的时间越久，越意识到自己很少觉得别人是真正的好。友好，也许，每个人都能表现出友好，不管他们是真情还是假意。但善良就完全不一样了。一开始他很谨慎，后来奥布里的善良让他卸下了防备。她能图他什么？每个人都有所图之事，可是她又能从一个整个世界都局限在四个大厅里的男人身上得到些什么呢？有时他们在他的病房里玩牌，一边玩一边将手伸进装满甜甜圈的纸袋里。其他时候，她推他到外面坐着，看停车场里的车进进出出。他从没问过她纳迪娅的事情，尽管他很想问，但他觉得即便只是再次提起她，也是一种暴露。除此之外，就像樱桃说的一样，他凭什么想一直听到纳迪娅有多开心，想听见她过的生活前景有多好，多令人兴奋，多充实？他不再是大块头男人。他不会出名，不会像小时候梦想的那样。小时候，他会训练自己用有弧度的字体写字，为的是日后在橄榄球上签名。现在，他过着平凡的日子，他没有压抑自己，这种想法对他来说开始变成一种慰藉。有史以来第一次，他不再有束缚感。相反，他感到安全。

他教奥布里玩扑克牌，然后是二十一点。两个游戏她都学得惊人地迅速，他跟她说他们得找一天去拉斯维加斯，在真正的赌场里玩。她大笑。她没去过那里。

"我为什么要去拉斯维加斯？"她说，"我不参加派对。也不赌博。"

"因为好玩啊，"他说，"那里有吃的。有表演。你喜欢看表演，对不对？咱们可以去啊。等我出院的时候。"

她笑笑，从手中猛地抽出一张牌。

"没问题，"她说，"听起来不错。"

　　她只是出于友善，但他还是记住了这句话，那天晚上他把这件事记入了计划簿里。

　　"出院后你准备干吗？"比尔问。

　　卢克刚刚脱离拐杖，正在过道里蹒跚而行，步子轻飘飘的，有些奇怪。卡洛斯告诉他，他的进步速度比所有人预期的都快。他送给卢克一个小型计步器，让他在大厅走路时戴着，一个月里，他已经走了五万步。卡洛斯为他打印了一张写着MVP①：最有价值的步行者的证书。奥布里帮他把证书挂在了墙上。

　　"我不知道。"他说。胖查理不给病假，几个星期前他们找人换掉了他。他需要找一份工作，否则就得搬回家和父母住在一起，而他的父母已经在上个月支付了他在康复中心的费用。他步履蹒跚地在过道上走着，心里计算着康复需要的费用，一想到这里就倍感压力。又欠他们一次。他必须快点找到工作，也许是码头上另一家餐厅。他还会做什么别的工作呢？

　　"不，不，"比尔说，"你想要的可不止这些。"

　　卢克笑了："比如说呢？难道我应该想成为总统还是什么鬼？"

―――――――――――
① Most Valuable Player的缩写，指"最有价值球员"，是NBA一年一度对该赛季发挥突出的球员颁发的奖项。

"兄弟，这就是你的问题所在。"比尔说，"你变懒了。知道为什么吗？因为你知道这些年轻姑娘会全盘接收。成年男人和妈妈住在一起，小孩子满世界乱跑，还没工作。不知不觉地，我们变成了那类乐于让女人照顾的男人。"

卢克从小就听过上室教堂的老家伙们类似的长篇大论，讲述他们如何为了不让所有成果付诸东流而苦苦努力的故事。好像他年轻就欠他们似的，还要对他们的侮辱感恩戴德。尽管这样，他还是喜欢和他们混在过道里，听他们讲故事，想象他们的人生。比尔在训练时从不听从训练员的指导。这些年来，面对疼痛，他太过固执，又太过温和。谁会责怪他呢？他岁数大了，医院外面没有人等他。他只想和病友们胡说八道，看漂亮护士。只有卢克能说服比尔离开轮椅。

"你还挺擅长这个的。"卡洛斯对他说。

卢克说服比尔完成四组拉伸练习，并一直鼓励他做完最后一个动作。比尔扑通一声坐回轮椅上，猛地呼一口气。卡洛斯站在过道里，露出震惊的表情。

"你应该找找物理治疗训练的工作。"卡洛斯说，"妈的，你在这儿待得够久了。"

卢克告诉了奥布里。第二天，奥布里便把成为物理治疗助理所需的资格认证清单打印了出来。要读两年书，这让他泄气，但奥布里说时间怎么都是过，为什么不把它花在追求自己想要的东西上？她攥紧他的肩膀，这让他感到放松。她说得对，除此之外，就算他在康复中心什么也没学到，至少也学会了耐心。过去的几个月，他一直在学习如何走路。他觉得自己等得起任何事。

他终于从康复中心出院了，他现在强壮到可以独自撑着拐杖走路。时间仿佛狂奔一般猛扑向他。他想念在康复中心里的温和时光，每一天都模糊地融为一体，只由用餐时间、例行训练和奥布里的到访来划分。在康复中心以外的世界里，他感觉时间超越了他，而他永远也追赶不上。在康复中心，和其他人相比，他的学习速度飞快、反应敏捷，然而在父母家里，他感觉自己在用慢动作移动，好像他努力做的每一个动作都要花上三倍时间，比如下床、洗澡、穿衣服和做早餐。白天，他忙着物理治疗项目的申请和找工作。但是他没有任何真正的技能，大部分不需要技能的工作又要求你至少能举起二十五公斤重的东西。最后，他问父亲上室教堂有没有他能胜任的工作。

"也许我能在教堂做一些杂活，"他说，"捡垃圾。我不知道。反正是干点什么。"

向别人祈求挣零钱的工作让卢克感到尴尬，父亲却将一只温暖的手放在他肩膀上，露出笑容。也许这一刻他已经等了许多年。他唯一的儿子会回到家里，态度谦逊，主动要求向牧师提供帮助。也许从卢克出生起，他就开始想象这一刻了：有那么一天，儿子会继任教堂的工作。儿子会和他一起站在圣坛前；会带领青少年学习

《圣经》；会跟在他身后穿过上室教堂的大厅。然而，他儿子热爱的却是橄榄球，将每个礼拜日的祈祷时间用来看电视，除了奔跑和接球，上帝没有召唤他做过任何事，可想而知，一直以来这位父亲有多么失望。

"教堂正在壮大，"父亲说，"年纪越来越大。我们可能需要人手去探访病患以及因残疾或患病无法出门的人。"

"那个我能做。"卢克说。

他比任何人都理解疾病。疾病钻入你的内心深处，即便已经治愈，即便可以治愈，你永远都不会忘记被自己的身体背叛是什么感觉。所以每当他带着捐赠的食物敲门时，他不会说祝病人康复的话。他只是在他们没有康复的时候过来陪他们坐坐。

他还会在上室教堂见到奥布里。起初，他一直担心从康复中心出院后，她便不再与他说话，也许他们的友谊仅限于那个空间。然而，她似乎总是很高兴见到他。她从没去过他家，尽管他暗示过她。每个礼拜日的早晨，她都会坐在他旁边。他没有像小时候那样和父母一同坐在第一排，现在他坐在教堂后排靠过道的位置以便将腿伸开。每个礼拜日，父亲为病患行按手礼时，她都会看他一眼，每个礼拜日，他都将目光移开，盯着地毯的流苏看。一个礼拜日，她贴近他的耳边。

"你想上去吗？"她问，"我陪你上去。"

怎么会有人相信痊愈如此简单，开口请求就能实现吗？那些还在生病的人是怎么回事？是因为他们不够虔诚吗？她伸手去拉他的手，手指触碰到他纯洁的伤疤。他们的双手握在一起，他第一次感觉到自己可以变得完整。

五月一个欢快的夜晚，卢克拿着装有啤酒的塑料杯，这是一杯价格奇高的体育场售卖的啤酒。CJ在手里摇摇晃晃地举着酒杯跟在他身后用力跺脚。他不喜欢棒球，但也同意了看教士队的比赛，因为他们不在一起工作后就很少出来玩了。CJ想去看橄榄球赛——在春季，你总能找到赛场比赛，甚至是春季练习——但是卢克说他想看棒球。他并不是真想看棒球，可是他不能让自己和橄榄球产生更多瓜葛。他为橄榄球付出了太多。他要找新的事情热爱。

第七局加时的时间，人群开始唱歌，记分板上有一个修道士弗雷德的动画人物在跳舞。CJ的嘴跟着动了起来，就像卢克跟着教堂的赞美诗对口型一样。他们坐下，CJ喝了一口常温啤酒，然后放到地上。

"兄弟，我他妈的得离开胖查理。"CJ说。

"做什么去？"

"我不知道。只要不是这个。也许会参军。"

"海军？"

"也许吧。我还能做什么？"

他想象不出CJ在军营里的样子，或是他背着枪气喘吁吁地穿越沙漠的样子。CJ能通过体能测试吗？他足够强壮，这是肯定的，可你得跑将近五公里啊，他从没见过CJ跑超过一米。

"如果他们把你发配到别的地方呢？"卢克说。

CJ耸耸肩："至少有点意义。我得像你一样干点他妈的正事。你有未来。我有什么？"

一个黑人商贩爬上金属楼梯，大吼："花生！谁想要一大袋咸坚果？"人群大笑，卢克抿了一口酒，用沾有油渍的餐巾纸擦擦嘴。他不再习惯有别人嫉妒他的人生。他住在父母家，每个星期从父母那里拿五十美元，那感觉更像是领取救济金而不是工资。当他不得不走很长一段距离时，他会将身体倚靠在拐杖上；在体育馆，他腿里的金属棒三次触响了探测器，他被搜了三次身。不过，至少他还是有些进步的。秋天，他开始上物理治疗课。他和一个女孩一起度过周末，那女孩让他冷静，将他缝合。一个穿着托尼·格温①球衣的浅黑肤色的漂亮女孩从他面前走过，他开始幻想是否有机会带奥布里去看场比赛。她戴上他的帽子一定很可爱，也许他们会上"接吻游戏"②，她会靠向他，也不会因为起哄的人群感到尴尬。他希望教士队能击出全垒打，这样空中放烟花时他就能看见她的脸。

八区看台顶部坐着一个穿着比自己实际尺寸大三倍的天使队队

---

① 圣地亚哥教士队著名球员。
② Kiss Cam，比赛休息时间进行的与观众互动的游戏，大屏幕对准观众席上的球迷时，邻座两人便要接吻。

服的黑人小男孩，他正朝卖棉花糖的人大喊。小贩没有注意到他，正在往台阶下面走。

"嘿，兄弟！"卢克站起来，突然一动有些疼，"这儿呢！"

他指向小男孩。小贩停下来，小男孩磕磕绊绊地往下走，跨过人群，在空中挥舞着钞票。男人弯腰拿糖，有粉色和蓝色的，男孩跳起来，一个劲儿地指着蓝色棉花糖。小贩找零钱时，他迫不及待地左摇右晃，随后他露出了笑容，像取得胜利一般用手举起棉花糖。所有人护着小孩，用手护着他的后背，以防他绊倒。他走到卢克身边时，卢克的手指滑过他瘦弱胳膊的内侧。

"告诉我一个秘密。"奥布里后来说。

卢克在床上伸了个懒腰。正值晚春时节，他的房间有些热，但他不能开窗户，因为奥布里会感到冷。她总是感到冷，卢克喜欢这一点，他觉得自己有责任温暖她。她蜷缩着身体趴在他的胸口，他低头亲吻她的额头。晚上他的父母不在家，但他知道她来这里并不想做超出拥抱以外的事情。他们刚开始约会时，他会尽量找与她单独相处的机会。他知道她不想过早发生性关系，但不是永远不做这件事。只是时间问题，他想，等她准备好再说。然而，几个月过后，他们还是没有发生关系。很多时候，奥布里到他家来，他们甚至不会靠近他的卧室，他们会和父母一起吃晚餐，或是一起坐在门廊的秋千上。在牧师家里鬼混也许对她来说很奇怪，所以他开始去她姐姐家找她，尽管在一个全是女人的屋子里会让他感到尴尬。他走进一间浴室，里面的台子上摆满了女性用品——形状和大小各异的瓶瓶罐罐，有乳液、面霜、精华液和双倍护发素——他用粉色香皂洗完手，感觉皮肤十分滑嫩，闻起来像脂粉，这东西太过女性化，所以他开始用厨房里的橙子味洗洁精洗手。

无论走到哪儿，他们都没有发生关系。亲吻可以，有时抚摸也可以，但总是穿着衣服，永远止于腰部以上。他从没有和哪个女孩约会却没见过对方裸体的经历，他欲火焚烧，想象真正抚摸她会是什么样子。晚上他们打电话，他会想象她在床上的样子，她穿着小内裤，上身没有胸罩，躺在床单上。在她给他讲述一天中发生的事情时，他有时会自慰，想象着她的乳头透过白色衬衣凸起的样子。事后他总是为自己亵渎她形象的行为感到愧疚。肮脏。

透过她单薄的T恤，他能够抚摸她隆起的胸，他想抚摸她，但是忍住了。她想要听秘密。她很认真。他想过提起看棒球赛时遇到的那个男孩。他总是会想起那个男孩嫩滑的皮肤，但那听起来很变态，即便是他自己也这样认为。她不会明白。他自己都不太明白。

"我曾经让一个女孩怀孕了，"他说，"她把孩子打掉了。"

奥布里沉默了一分钟。"她是谁？"她终于问。

"我以前认识的一个女孩，"他说，"我以前爱她，但她不想要那个孩子。"

"她后来怎么样了？我是说那个女孩。"

"很久以前的事了，"他说，"自那之后我们就没再说过话。"

她去拉他的手。他松了一口气，尽管他还是不能告诉她事情的全部。

"跟我说说，"他说，"你从没告诉过任何人的事。"

她盯着屋顶，然后说："我小时候以为自己有超能力。"

他大笑："什么？"

"超级感官，"她说，"不是超能力，因为它们没有让我变厉害。但你知道以前生物课上，他们讲的动物的适应性吗？就像生活在海底的鱼，随着时间的推移，它们会开始做一些奇怪的事，比如在黑暗中发光，这样就能引诱猎物得以生存，就是那样。"

"什么样的超能力？"他说。

"比如我可以嗅出一个男人是好还是坏。或者在他摸我时，我可以从皮肤里跳出来。"

"谁？"

"我可以非常清楚地听见，"她说，"我能听见他在公寓里移动的声音，就像老鼠在管道里咔嗒咔嗒跑一样。他还没有到我房间时，我就能听见他的声音。我总是想，为什么我母亲从没听见过，不过我告诉自己，她听不到。因为她没有超能力。"

她开始哭。他笨拙地用双手托住她的脸，亲吻她被泪水浸湿的脸颊、下巴和额头。他把脸埋在她的脖子里，想要保护她。

8

我们忘记了纳迪娅·特纳，就像不会想起任何看不见的人那样。她是一个美丽的女孩，没有当母亲，她撞坏了父亲的卡车，然后就从我们的记忆中消失了。她只会在几个瞬间冒出来，比如有人问罗伯特·特纳他女儿怎么样时，他会说不错，还不错，刚念完大二，或是这个夏天在威斯康星实习，嗯，政府的什么工作，谁知道啊。罗伯特还是会把卡车借给别人。牧师夫人没有再招助理。我们也没有再见过纳迪娅。感恩节没见过。圣诞节没见过。我们在祈祷室里汗流浃背地一遍遍处理写满要求的卡片的夏天就更不用说了。天气炎热的月份里，人们的要求总是会达到巅峰。

仅仅过了几年，在听到那个谣言后，我们零星地拼凑出种种迹象。贝蒂说她从来都不愿意在教堂的儿童房做志愿者，就连跟着奥布里·埃文斯路过那里时也不愿意，这会不会很奇怪？阿格尼丝对灵魂之事的感应最为强烈，她说有一次在教堂大厅里从纳迪娅身边走过时，她看见一个婴儿跟在她身后，一个穿着过膝长袜的小男孩。阿格尼丝回头看时，小男孩就消失不见了。哦，我本来就知道，每当我们提起纳迪娅·特纳时，她总会这么说。刚看见她时我就知道了。我总是能看出来女孩有没有怀孕。

秘密一旦公之于众，每个人都变成了先知。

一个冬天，又一个冬天，再一个冬天。很快，纳迪娅离开了太久，回家让她感到内疚。到了大四，欧申赛德在她脑中变成一片困在雪花玻璃球里的小海滩；她偶尔会把它从书架上取下凝视一番，但这玻璃球永远也无法将她装下。由于毕业临近，她参加了LSAT①考试并申请了纽约大学、杜克大学和乔治敦大学的法学院，凡是能让她远离家乡的项目她都申请了，最终，她接受了芝加哥大学的录取通知书。她做了整个夏天在安阿伯工作的计划，然后在即将到来的秋天搬到芝加哥生活。然而家乡却以奥布里一通令人窒息的电话这种方式猛地将她拉了回来：卢克那晚求婚了，他们要结婚了，她想让纳迪娅第一个听到这个消息。

"怎么了？"挂下电话后沙迪问，他坐在沙发边缘，"我还以为她是你朋友。"

---

① 法学院入学考试，Law School Admission Test的缩写。

"她是啊。"

"那你为什么不高兴？"

"因为她的未婚夫是个浑蛋。"

"那她干吗还嫁给他？"

"她不知道。"

如果换一个男人，一个洞察力强的男人，可能会问纳迪娅怎么知道。而沙迪却从沙发上站起身，煮面条做晚餐去了。关于她遇到他之前的生活，有些问题他不会问，因为他不想知道答案。她愿意成全他，避免提起上大学前那个夏天发生的一切。她无法告诉他关于卢克和那个孩子的事情。沙迪是个思想进步的好男孩，但他或许不能理解她为什么去堕胎诊所。当堕胎作为一个写文章或喝酒时讨论的有趣话题，似乎就有了不同的意义，你永远无法想象它会对你造成怎样的影响。既然她不能告诉他孩子的事，也就无法向他解释两年前奥布里来探望她并宣布自己正在和卢克交往时，她为什么如此崩溃了。一开始，纳迪娅甚至没听到她在说什么。见到奥布里时，她太兴奋了，她不敢相信奥布里真的来这里了，就坐在沙迪的卡罗拉车的副驾驶座上。沙迪好心把车借给了她，好让她开着车到底特律都会机场接奥布里。回安阿伯的路上，纳迪娅一直盯着奥布里傻乐，已经开始想象带她去潜水吧的情景了，那种兄弟会派对能让科迪·理查森的家看起来像图书馆一样安静平和。她要把在大学里认识的男朋友和朋友通通介绍给她家乡的朋友，她生命中这两个截然不同的部分以一种久经世故和成熟的方式融合在一起。然后，她意识到奥布里提到了卢克。

"什么？"她说。

"我说，我和卢克一直在交往。"

"什么？"纳迪娅又说了一遍。

"我知道，"奥布里说，"你不觉得诡异吗？"

"为什么会诡异？"

"不知道。只是以前我们从没有过交集，可现在……"

她的声音渐渐变弱，有些意味深长。在一起，又是什么意思？发生关系？不，如果打破了守贞誓言，她会说的，不是吗？如果没有发生性行为，那他们在一起又做些什么呢？这是让纳迪娅最心烦意乱的地方。卢克追求了奥布里。他带她去动物园，为了喂鸟特意买了花蜜。奥布里把他们站在鸟笼前的照片发给她，照片中，卢克的胳膊上落满了热带鸟，除此之外，还有他们在迪士尼庆祝第一个周年纪念日的照片——卢克戴了一顶耳朵翘起来的高飞棒球帽。纳迪娅想象不出卢克在公共场合戴可爱帽子的模样，更别提要精心计划一场约会，而不是提前几个小时发信息临时决定的约会。他现在不一样了。或许他只是和除她以外的人在一起时不一样。

她从没想过他们的关系会长久。怎么可能呢？他们之间有什么共同之处？什么能将他们绑在一起？然而，她不停地在照片间滑动鼠标，一张是他们俩一起坐在码头边，一张是他们在市中心吃晚餐，还有一张是感恩节时他们和牧师及谢泼德夫人在厨房的合影。谢泼德夫人笑容满面地将胳膊搂在奥布里的腰上，仿佛她早在多年前就选定了完美儿媳一样。这回她肯定放心了，因为卢克终于开窍了。

"那你要去吗？"沙迪问，"参加婚礼？"

"我想我需要去。"她说。

"我随时可以和你一起去。"他说。

她能听见他声音里的笑意，尽管他背对着她。他经常做出暗示，要和她一起回家去见她父亲。他们的朋友拿结婚这件事逗他们，但她总是避开谈论加深关系的话题。除此之外，尽管他妈妈喜欢她，但还是希望沙迪能娶一个穆斯林女孩。

"好。"他宣布的时候纳迪娅说，"你想让我怎么做？"

"没怎么，"他说，"我就是觉得好笑。"

"我爸想让我嫁一个信奉基督教的男孩，"她说，"这对一些人来说很重要。"

沙迪暗示未来的方式让她反感。他刚接到谷歌的录用通知，但有一次他提到，甚至可以说有些狡猾地表示，毕业后如果她愿意搬回加利福尼亚，他可以调到山景城办公室工作。他对加利福尼亚广阔程度的低估让她觉得好笑。难道他不知道从山景城到圣地亚哥开车要八小时吗？不管怎样，他愿意改变生活并追随她，这让她感到害怕。她爱上他时，他想要成为一名国际记者，坐上直升机飞到饱经战乱的国家。他的独立让她自由。然而现在他要在办公室里工作，他对她的期望让她感到心烦意乱。由于毕业临近，她发现自己越来越爱找碴和他吵架，比如她告诉他自己并没打算在毕业典礼中上台。沙迪告诉她，她这样做很自私。

"毕业典礼不只是为了你自己，"他说，"它关乎所有关心你的人。难道你不觉得你爸爸想看你上台吗？"

"你不觉得这跟你没关系吗？"她说。

如果母亲不在场，她根本不想上台。母亲从没上过大学，但她说过总有一天会去上大学，永远是总有一天。每当邮箱里出现帕洛玛学院的手册时，她都会靠在厨台旁，用眼睛扫过那些粗体字印刷的课程名称，她永远也上不了这些课。有一次，纳迪娅的父亲把这些目录和其他垃圾信件一起扔掉了，母亲几乎把垃圾桶翻了个底朝天，后来父亲才说那些信件已经被他扔到了屋外的大垃圾箱里。

"我以为是垃圾。"他说。

"不是啊，罗伯特，不是的。"她母亲说，"不是，那不是垃圾。"

她看起来万分绝望，好像丢失的不仅是一份每六个月就会寄到她家信箱里的目录。那时，母亲忙于工作和家庭，根本没有时间回去上学，但她总是告诉纳迪娅希望她能上大学。在检查她的数学作业，责骂她潦草的字迹或者询问她阅读作业时，母亲都会提醒她这件事。纳迪娅知道母亲因为她才没上大学，她会想，如果她离开这个家，母亲是不是就能去上大学了。现在，毕业看起来很愚蠢。如果母亲不能和她合影，不能在她名字被叫到时为她欢呼，她为什么还要戴上学士帽，穿上学士服，汗流浃背地站在太阳底下？在她脑中，她只能看见那些再也没有机会拍的照片，照片里，她们用胳膊搂住彼此，母亲大笑时会露出眼角长出的些许皱纹。

那天晚上，纳迪娅向沙迪道歉。她光着身子钻进他的被窝，他呻吟，转身朝向她，她还没碰他，他就已经硬了。他伸手在床头柜里摸索，与此同时，她去舔他咸咸的皮肤、他脖子会痒的地方。她吃了避孕药，但还是总让他戴上避孕套。

"你刚才在想什么？"事后他问。

"我讨厌你那样。"她说。

"哪样？"

"问我在想什么。只要你一问，我脑子里立刻一片空白。"

"又不是测试，"他说，"我只是想了解你。"

那晚晚些时候，她从他的臂弯里钻出来。他整晚抱着她弄得她浑身是汗。有时她会想，是不是只有在寒冷的冬天，一切都死气沉沉的时候，她才爱他。

　　奥布里·埃文斯的整个人生总结起来就是她睡觉的地方。

　　少女时期床头板上带着粉色公主图案的床；父亲离开时亲戚家客厅里的伸缩式沙发；酒店满房时母亲汽车的后座；她们搬进新公寓后莫的沙发床下连接的折叠矮床；母亲的床，因为母亲讨厌独自睡觉；母亲的男朋友搬进来后她自己的床，也是那男人摸她的那张床；她逃跑后姐姐客房的床；现在是卢克的床，在这张床上他们从没做过爱。他这张没做过爱的床是她的最爱。这间公寓里常常铺一张蓝格子床单，总是有些凌乱，好像刚刚有人坐在上面一样。他的一室公寓里基本没有其他东西：一个柳条编织的属于他母亲的篮子，现在里面装着负重器械；垃圾桶里伸出的皱巴巴的比萨盒；门前的一排耐克鞋；一根挂在墙上的拐杖。她第一次来他的公寓时，在门口僵住了，不确定该做什么。他们从没单独相处过，在一个只属于他们两人的地方，其他人没有钥匙，也不会来打扰。卢克指了一下他的床。

　　"不好意思，"他说，"家里没有其他坐的地方。"

　　于是他们坐在床上看电影。他们在床上做的其他事情有：吃用纸盘装的比萨、打牌、玩关闭受伤功能的麦登橄榄球游戏、看超级碗①、用她笔记本的小喇叭听音乐、拉手、亲吻、讨论和祈祷。他们在一起睡过觉，靠在一起的那种。她躺在枕头上，闻着他醉人

────────────

① 美国职业橄榄球大联盟（NFL）的年度冠军赛。

的古龙水味，渐渐进入梦乡，同时，他蜷缩着身体贴住她，亲吻她脖子后面。她并不感到害怕。所有的床都有自己的故事，卢克讲述了一个不一样的故事。她将耳朵紧贴在枕头上，没有听到愤怒的声音。只有他的身体贴近她时，床单发出的沙沙声和她怦怦跳动的心。

"你还好吗？"他问，"和派对有关的一切。"

"没事。"她说。

"如果太过头，就告诉她停下来。我妈一旦开始，就会像一列失控的火车。"

"她只是想帮忙。"

"不管怎样，"他说，"她一旦开始……"

他们刚从他父母家里回来，母亲将一只胳膊搂在奥布里的腰上，领着她在后院转悠，解释新娘送礼会的布置。

"现在，服务生会站在这儿。"谢泼德夫人说，指向院子中央，"不能站太近，吃饭时他们围一圈可不行。卢的餐饮不是我的首选，不过你知道，约翰想照顾下迪肯·卢的生意。当然，我全程做计划时，他什么意见也没有，等我预定前，他的意见全来了。我希望卢家的伙计们能用点心。我告诉他们用蔓越莓红的桌布，但我知道他们会用红色的。"

如果说担心细枝末节令人精疲力竭，那么装作担心的样子更耗费精力。奥布里并不在乎桌布的颜色是蔓越莓红还是红色，这让她感到内疚。谢泼德夫人如此努力为她计划一个完美的新娘送礼会，她至少应该表示出一丝关心。可是她还有其他烦恼。婚礼前数月，她开始失眠。像所有人生大改变一样，它一步步发生，却又一股脑地袭来。起初，她只是轻度失眠，过一会儿就能睡着，但总会在闹钟响之前醒来。后来，随着深夜降临，她辗转反侧，醒醒睡睡，躺在被单下，笔记本电脑贴在她的肚子上发热，又一集电视剧映射在她的眼镜上。再后来是大块时间的失眠，一块又一块地散落在深夜里，她起床拿水喝，蜷缩在床上，坐在床边，读《圣经》，直到一缕光打过百叶窗。到了四月，她每晚只能睡几个小时，而那几个小时比完全不睡觉都令她疲惫。她失眠了，并不是因为每个人都在试图告诉她的那些婚礼琐事。她邀请了母亲，却没有收到回信。母亲来与不来都让她忧虑。

"你他妈逗我呢？"莫妮克说。她们俩坐在餐桌旁。桌子上放满了谢泼德夫人在过去几个月里送来的关于婚礼的书。凯茜把那里称为战场。

"莫，别紧张。"奥布里说，"反正她可能也不会来。谢泼德夫人说我至少应该邀请她，否则我可能会后悔……"

"所以你想让她来。"

"我不知道。"她说，尽管她已经想象过团聚的情景：母亲走下火车，提着一个小绿箱子，过去的恐慌一点点消散。她的头发现在可能更短了，一头染成银色的鬈发。她会穿一件系到脖领的珊瑚红针织衫，因为海边的凉风会让她感到寒冷，她站在车站四处张望，用手挡住阳光，然后发现奥布里。然后她会微笑，早餐时，奥布里会注意母亲做事情的所有细节——她将松饼对角切成块的样子，她倾听时将胳膊抱在一起的样子，服务生服务时她总会与他们聊上两句的样子。她感觉自己又变回了小女孩，因见到母亲的脸而无比喜悦。

"谁在乎谢泼德夫人怎么想？"莫说，"她又不是你母亲。"

"你也不是。"奥布里说。一开始她有些开心，可是过了一会儿，她感到恶心，想象着姐姐深色的眼睛瞪得又大又圆。她们的眼睛长得不一样，姐姐的眼睛遗传了母亲的特征。奥布里的眼睛则像她的父亲，一个她们都不知道是谁的男人。奥布里小时候第一次知道她们只有一半血缘关系后号啕大哭。没事的，姐姐告诉她，因为我对你的爱是双倍的。

"谁的婚礼？"纳迪娅那天晚上在电话里问。

"我的。"

"谁做主？"

"我。"

"那不得了。莫要是不想和她说话就不用说啊。可这是你的婚礼，你想他妈请谁就请谁。人生苦短，你想再见妈妈一面，那就应该邀请她。"

奥布里将指甲抠进手掌，攥紧拳头。她刚搬来和姐姐一起住时总做这个动作。一出现不好的想法，她就会用全力攥紧拳头。姐姐总会抓起她的手来回搓，好像她们只是冷了一样。她坐在床边，松开拳头，看着远处清晰的小新月渐渐变红。

"你在听吗？"纳迪娅说。她的声音听起来很遥远。

"对不起。"奥布里说。她甚至没有意识到问纳迪娅是否应该邀请母亲参加婚礼这件事有多么欠考虑。

"干吗道歉？你又没杀她。"

"话是这么说。"

"不用这样，好吗？"

"不用什么？"

"把我当成什么可怜、可悲的女孩对待。"

"我没有。"奥布里停顿了一下，"真希望能认识你妈妈。"

"我也希望。"纳迪娅说。

奥布里想知道是不是只有她们觉得不了解自己的母亲。也许母亲们生来就深不可测。

"密歇根怎么样？"她问。

"太他妈冷了。现在还在下雪。你信吗？"

"这就是你想要四季分明的代价啊。"

"去你的。这种四季分明被过分美化了。"

她喜欢听纳迪娅在密歇根的奇遇：她在那儿的第一个冬天如何跟着从芝加哥来的朋友去范马佑百货买大衣和靴子；他们如何嘲笑

她痴迷于在中西部百货商场伴随钢琴家的演奏套上毛茸茸的靴子。她只在冰上滑倒过一次，那时她上大二，在前往派对的路上，好在当时她用另一只没有拿啤酒的手撑住了自己的身体。纳迪娅也在其他地方生活过。她在麦迪逊议会大厦进行夏季实习；她到牛津大学进行过一学期的学习，在那期间，她周末会到爱丁堡和柏林玩；在巴黎，她的背包被地铁门狠狠夹住，最后还是一帮恼火的巴黎人将她拉了出来。奥布里喜欢听这个故事，无所畏惧、酷酷的纳迪娅·特纳在这个世界上最复杂的城市里有这么一次尴尬的经历。也许你不知道在这个世界上你会成为什么样的人。也许你每到一个地方生活就会变成另外一个人。

"再给我讲一遍你在英格兰的故事，"她说，"那艘船的故事。"

一艘平底船，纳迪娅给她写邮件时讲过。有一次，她和几个朋友乘平底船游查韦尔河。她是唯一一个有勇气掌舵的人，因为其他姑娘都被那个滑杆卡在岸边泥地里最后翻船的故事吓坏了。所以在其他人喝鸡尾酒和香槟的时候，她一直在划船，她也喝了很多酒，比她本该喝的量要多，因为那天超级热。她喝得微醺，划船让她感到疲惫，不过她还是全程在划，穿过茂密的树林。她一次都没有让船剧烈摇晃过。用纳迪娅自己的话说，那是她生命中最好的一天。

在电话里，纳迪娅哼笑了几声。奥布里想象着她坐在密歇根公寓的窗前，望着窗外飘雪。

在她最好朋友的婚礼前一周，纳迪娅回来了。

春日的雾气在玻璃上凝结，电话铃响起，她靠向窗户。棕榈树顶端长出了尖刺般的叶子，然后是每家每户的西班牙式红色屋顶。她刚到密歇根时首先注意到的就是这里的房子，有石板的白色屋顶，就像她在电影里看过的一样，而不是棕褐色灰泥点缀着红色波浪那种。在圣地亚哥机场的厕所里，她整理头发的时候，两个说西班牙语的女人从她身边经过，尽管她只能听懂一点点，但这熟悉的外语还是让她很开心。

她走出航站楼，父亲站在路边向她招手。人们很难不注意到他，因为他是唯一一个开卡车来的人。她没有回应地挥手，而是径直走向他，拉着行李，试图拿稳手中的咖啡。尽管是阴天，她还是戴了一副巨大的太阳镜，她觉得被这阴郁的天空欺骗了，仿佛天空知道她所期待的是艳阳高照，现在却成心拒她于千里之外。她越走越近，父亲从卡车里出来，帮她拿包。他们试探性地相视一笑，仿佛害怕对方不会给予回应一样。

"看看，这是谁啊。"他说。

"嘿，爸爸。"

他过去抱她，她用一只手回抱父亲，动作有些笨拙，只有这样咖啡才不会洒。他看上去没有什么变化，只是老了一些，多了一点皱纹和白发。她想知道现在是谁给他剪头发。

"真有意思，"他说着挂上五挡，"你现在喝咖啡了。"

他笑笑，朝她手中的咖啡点了下头。上大学以前她从来不喝咖啡。有一次，她尝了一口母亲的咖啡，差点吐出来。她以为咖啡是甜的，像热巧克力那样，结果尝起来又苦又恶心。现在她甚至不再喝热巧克力了，去年冬天她买了一盒提神用，可是太甜，最后就给扔了。机场星巴克的咖啡几乎不能叫作咖啡，她已经开始怀念沙迪公寓里的法压壶了，尽管他第一次教她怎么用时，她翻了个白眼说她想喝咖啡，而不是做科学实验。不过她没有告诉父亲这些。她不需要让父亲知道她有多少个早晨是在沙迪家醒来的。

"你的朋友，"父亲说，"他过两天飞过来？"

"星期五，"她说，"希望你别介意。"

在底特律都会机场时，沙迪和她吻别。"我知道你讨厌回家，"他说，抚摸了一下她被头发贴住的后颈，"你是一个好朋友。"她又亲了他一下，因为她不是一个称职的朋友，一点边也沾不上。好朋友不会为最好朋友的婚礼强颜欢笑，好朋友自然而然就该为对方开心。这趟旅行让她焦虑，她无法判断沙迪飞过来和她及父亲住在一起对她来说是更欣慰还是更糟糕。

"上学怎么样？"她父亲问，"一切顺利？"

"挺好的。"她说。

"你会拿到证书和所有的东西？"

"他们会寄到这里。"

"哦。不错。"

"你没生气吧，对吗？"

他耸耸肩。"我希望看到你毕业，"他说，"只要你认为是最好的选择就行。"

她靠在温暖的玻璃窗上，这时他们开过德尔玛湖。沙迪曾经说过她自私，父亲甚至连失望都不愿承认，不知道为什么，这更令她沮丧。

他们在房前停好车后，她跟着父亲走到前门。父亲坚持帮她拿行李。她跟着他走进屋，突然停了下来。这个房子感觉不一样了，甚至气味也不一样了，仿佛它是一个活着的生物体，而这个生物体的基础化学成分发生了改变。一栋房子能在几年内改变它的气味吗？还是她只是忘记了这个家原本的样子？她瞟了一眼客厅，发现了真正变化的地方。父亲把照片摘下来了。并不是所有照片——她慢慢往前走，在茶几上发现了一张她的照片，壁炉架上有一张她的中学毕业照。只有母亲的照片被摘下来了。墙上还有原来相框的印记。

"他怎么能那么做呢？"后来她问沙迪，"她可是我妈妈。"

她从没在他面前哭过，在电话里哭也一样让她感到尴尬，仿佛他一直盯着她一样。她在床边的地毯上蜷缩着身体，用背心轻拭眼睛。

"也许看着她的样子对他来说太伤心了。"沙迪说。

"就像她从没来过一样。像是他从没爱过她一样。"

"我认为他还爱着她。这也是他如此痛苦的原因。"

"对不起。"她说。

"为什么？你没做错什么啊。"

"不管怎么样。你打电话来不是听这些破事的。"

"这是你的生活，"他说，"我想听。"

她闭上眼睛，努力回忆那些挂在墙上的照片。以前，她每天从这些照片旁边走过，现在，她只依稀记得一些场景：父母结婚那天，母亲在花园里，他们一家人在诺特草莓农场。她怎么都记不清了？或许她以前记得，后来开始遗忘。房子闻起来不一样是因为母亲的气味消失了吗？或者她只是忘记了母亲的气味？

谢泼德一家住在一个慵懒、安静的社区里，一排房子长得一模一样，有波浪形的屋顶以及高耸的棕榈树。在前面的门廊上，有一个棕色的欢迎垫，上面写着上帝保佑这个家，这句话是祈祷还是命令，无人知晓。在前门，棕褐色的墙壁上画满了画（两个玩棒球的女人，一幅他们在电视剧《考斯比一家》里见过的送葬画）；一架看上去太过原始而无法弹奏的红木钢琴放在楼梯间；在它上面是一幅精心安排的全家福照片。牧师和谢泼德夫人在大婚之日，面带微笑地站在小教堂前，这对骄傲的父母和刚刚出生的儿子合照。在钢琴另一端，青少年时期的卢克戴着帽子穿着长袍，愤怒地盯着照相机，不屑于微笑。

婚前单身女子派对的那个下午，纳迪娅循声来到后院。谢泼德家的草坪上已经摆好了罩着深红色桌布的圆桌。负责餐饮服务的团队是一群黑人少年，他们穿着笔挺的白衬衫，系着围裙，在后院招待宾客，往玻璃高脚杯里倒冰水和柠檬水。她发现了草坪另一边的奥布里。奥布里站在一棵枝叶繁茂的树下，被一圈女人围在中间。她穿了一条镶着金边一直垂到膝盖的白裙子，黑色的鬈发齐肩，她正用手捂住嘴开心地笑着。惊奇的是，她和这里的一切是多么和谐，她属于这里。

奥布里看到纳迪娅朝她走过来，露出了灿烂的笑容。她扑向她，胳膊绕在她的脖子上，两人撞到一起，膝盖发出响声。

"我不敢相信你竟然回来了！"奥布里说，"我好想你啊。"

"我也是。"纳迪娅大笑，感觉在院子中央拥抱有些傻，但又不想先松手。

奥布里挽住她的胳膊，带她参观。一路上，上室教堂的妇女们看到纳迪娅，纷纷露出惊讶的表情，仿佛她是从太空里蹦出来的一样。她们说：哟，看看这是谁啊。有些人直接把她拉入怀中拥抱，更直白地说：看看是谁终于舍得回家了。在她们的眼中，她是一个败家女，甚至比这还糟，因为她回家时并不是身无分文，态度也不卑微。如果是败家女，你可以怜悯她。而她呢，她抛弃了家，回来时变成了一个更优秀的人，还一同带回了令人神往的大学故事、出色的实习经验、见多识广的男朋友以及周游世界的经历。（"巴黎？"她分享故事时，修女威利斯说，"呵呵，做作。"）是因为她现在太自命不凡了吗？还是说她的离开在她和上室教堂的其他女性中间划开了一道无法修补的裂痕？也许那道裂痕本来就有，离开只是让她看清了它而已。交谈进行到一半，谢泼德夫人走了过来。她穿了一套粉色西服裙和一双高跟鞋。她走路时，高跟鞋会陷进草地里。

"亲爱的，欢迎回来。"她拍拍纳迪娅的肩膀。

纳迪娅想将她过去四年里做的所有事都告诉谢泼德夫人。她被列入优等生名录以及她实习和出国的经历。她离开这里，做出了一些成绩，她想让谢泼德夫人知道。然而，就在她打招呼的当下，牧师夫人已经走远了，在院子里奔忙，和其他宾客聊天。她根本不关心纳迪娅取得的任何成绩。她对她仅有的一点兴趣也早就在几年前消失了，从纳迪娅停止为她工作那一刻起就消失殆尽了。于是纳迪娅将这些故事咽了回去。她由着奥布里把她拽到另一群女人中间，一圈展示结束后，她来到莫妮克和凯茜就座的桌子。她和两人相拥，感激她们的亲切举动。

"喜欢这场秀？"莫妮克说。

"别这样。"凯茜说。

"怎么了？难道不是吗？我的意思是，服务生？说真的，她想讨好谁？"

　　谢泼德夫人需要讨好谁吗？不，她为奥布里举办这场婚前派对是出于爱。纳迪娅想象谢泼德夫人和奥布里一起看婚礼目录的场景；谢泼德夫人在试衣间，看着奥布里在镜子前转圈；牧师夫人在这场景里显得有些煞风景；儿子找到了一个好女孩——适合她的女孩，这让她多么骄傲，她现在一定非常开心，终于如愿以偿得到了心仪的儿媳妇。吃午饭时，纳迪娅没什么胃口，只吃了一点便把剩下的食物倒进垃圾桶里。喧闹拥挤的后院让她有一种幽闭空间恐惧症的感觉，她走进屋里，来到楼上的卫生间，坐在毛茸茸的马桶盖上，给沙迪发信息。臭臭，想你。他应该马上就下班了。她想回安阿伯；想坐在他那把充满爱的椅子上；想坐在商业街旁喝咖啡，注视着来来往往的行人。她不再属于这里，不像奥布里那样。她下楼时看见了卢克的卧室。从客厅看过去，那间房和以前不一样了，她小心翼翼地往前走了几步，看见这间屋子变成了客房。那不再是卢克的房间了，墙上贴着橄榄球海报，窗下放了一张双人床。她记得曾经偷偷溜进那间屋子；记得在他少年时期的卧室里脱衣服的奇怪感觉；记得将内衣扔在铺着红蓝橄榄球壁纸的桌子上；记得在摆满波普·华纳少年橄榄球赛奖杯的架子旁脱掉牛仔裤；记得在床头上方贴着的杰瑞·莱斯①海报的注视下亲吻他。

———————

① 一名已退役的美式橄榄球运动员，被誉为史上最伟大的外接手。

"我不住这屋了。"

在她身后，卢克·谢泼德出现在门口。他看起来打扮了一番，刮掉了脸颊上的硬胡楂，甚至还戴上了眼镜。这副方框眼镜是他在药店买的。"我只有在需要看起来聪明的时候才戴。"他以前对她说过，边说边小心翼翼地将它收进胸前的口袋里。她不太理解。难道他不想让自己看上去总是那么聪明吗？

"我搬出去了，"他说，"在河边找了个地方。"

"我不在乎，"她说。他知道她在乎，这让她感到尴尬。"我有男朋友了。"

"我知道。那个非洲男的。"

"他是美国人，"她说，"他父母是从苏丹来的。"

他耸耸肩。她讨厌他漫不经心的样子，讨厌他随意评论她的生活，尤其是他们已经多年没有说过话了。他所知道的一切都是从奥布里那儿听来的，想到他们两个人在床上谈论她就让她有一种背叛感。他拄着一根木头拐杖，走进房间，当他步履蹒跚地从她身边走过时，她扭头望向另一边。他扑通一声坐在床上，床发出吱吱的声音。

"告诉你件事吧。"他说。

"什么事？"

"我以前从教堂里偷过东西，"他说，"我小的时候。"

"骗子。"

"骗你是小狗。"

"比如偷什么？"

"什么都偷。只为了看我能不能偷出来。"

为了证明没撒谎，他伸手在床下寻摸，拿出一本用裂纹皮包裹的褐红色祈祷书。这是他上六年级时从修女贝蒂的钢琴凳里偷来的。修女威利斯因为他在班上随便说话，罚他在圣殿做三十分钟祷告，而他却探究起了教堂。他趴在教堂的长椅下偷看，踮着脚踩地毯的流苏，围着圣坛使劲跺脚。钢琴凳让他着迷，一个能储存东西的凳子？里面一定有什么不可告人的重要东西，就像电影里的大反派将枪藏在假书里一样。可是那里只有一些零散的乐谱、圆珠笔和这本祈祷书，并非他所期望的军械库的样子。

"那是我妈妈的。"她结结巴巴地说。

她有好几年没见过这本书了。她母亲以前把这本书放在她的床头柜上，可是有一天，它突然不见了。她当时在整栋房子里找了好几个星期。

"我知道。"卢克说。

"她以为这本书被她弄丢了。"

"对不起。"他说。

"你干吗不还回来？"

"我很内疚。"

"所以你就一直留着它？"

"我把它给忘了，"他说，"我搬家时发现的。我必须得把它给你。"

他把书递给她。她坐在他旁边，翻了翻颜色泛旧的薄纸。圣歌的名字从她眼前飘过，她凑近了一些，这本书有一股灰尘和皮革的味道，以及一种淡淡的香味，那隐约散发出的味道正是母亲的香水味。她感觉到眼睛里的泪水，还有卢克的手，在她的后背上，很温暖。

婚礼的前一个周末，奥布里妈妈的回信寄到了，在她寄出的邀请函背面写着：我们来不了了。不过祝贺你！她站在邮箱前读这封信，一遍、两遍、三遍，然后她将卡片放回信封，扔进了垃圾箱。她进屋时，姐姐正坐在沙发上看新闻。奥布里脱下鞋，爬上身旁的沙发，将头靠在莫妮克的大腿上。

"她不来了。"她说。

"哦。"

"就完了吗？"

"你想让我说什么？"

"我不知道。"她咬咬嘴唇，看电视里的金发记者正站在一栋着火的房子前采访消防员，"我想让她来参加婚礼很傻吗？"

"不啊。"她姐姐说，"谁愿意说恨自己的母亲？"

她闭上眼睛，享受着姐姐为她梳头发的感觉。上高三前的暑

假，奥布里第一次来欧申赛德看望姐姐。莫在机场取行李的地方等
她，朝她夸张地挥手，生怕奥布里认不出来她。她还是老样子，身
材娇小，留着母亲讨厌的短发。她笑容满面地将奥布里拉近，说：
"看看你，都长这么大了。"莫的身后站着一个双手插兜的白人女
子。那女子不到三十岁，留着一头夹杂着褐色的金发，看上去湿漉
漉的，她面露微笑，那笑容看起来甚至有些假。她穿了一件灰色无
袖背心和宽松的牛仔裤，裤脚在脚踝处。她向前迈了一步，伸出
双手。

"终于见到你了，太好了，"她说，"希望坐飞机没有太
辛苦。"

奥布里表示还不错，并说谢谢，然后她们尴尬地站在那里，直
到莫问现在是不是应该走了。她拿起行李箱，凯茜从奥布里的肩膀
上拿过尼龙行李包。她装作自己能背动的样子。

"哎哟，"她对莫说，"她可是你妹。"

她似乎是那种一感到不自在就试图用幽默来缓解的人，奥布
里隐约觉得应该笑笑，让大家都放松下来。在开车回家的路上，她
们问了她一些无关痛痒的问题，比如学校、朋友，她也是轻描淡写
地回答。她坐在后座，可以看到她们对视时焦虑的眼神，红灯停下
时，她听见莫轻声说："她只是困了。"就像小时候一样，她总是
替奥布里在母亲面前说话，仿佛奥布里本人不在似的。

她不困，其实一点也不。一整个星期，她都像幽灵一样在姐

姐家游荡。她感觉自己把身体留在了卧室，在保罗的手下，他呼吸的温度还残留在她的脖颈上，而她的灵魂在这身体周围飘荡，总能感觉到它的拉扯。她在小镇的最后一天，姐姐带她到海滩玩。到了海边，她们跟在一个旅游团后面。一位背着腰包戴着眼镜的老人正在为一个小型旅游团做讲解，向他们介绍欧申赛德码头的辉煌事迹——它是西海岸最长的木制码头，已经重建了六次。两百多年前，一场暴风雨摧毁了第一次建造的码头，潮落时仍然可以看到残留在水中的木堆。第二次和第三次建造的码头也遭到了暴风雨的破坏。在二十世纪三十年代，第四次建造的码头重新开放时，小镇举办了一场为期三天的庆祝活动。二十年后，它又遭到另一场暴风雨的席卷。

"这个码头，"他说，迈着沉重的脚步，"面前这个码头建造于一八八七年。就在不久前，眨眼的工夫。在你们有生之年，这里还会再建码头，也许有更多。暴风雨会来临，而我们会一直建下去。"

过了一会儿，待她们走到码头尽头时，她问姐姐能不能跟她住在一起。她握紧莫的手，轻声说道，拜托，请别赶我走。就在她们缓慢地跟在旅行团后面的过程中，她低头盯着脚下的木桩，只是想到这个城市会继续建码头就已经精疲力竭了，而码头终将被海洋淹没。除了长度，它没有任何特别之处，没有栈道，也没有摩天轮，只是在一半的地方有一家渔具店，在尽头处有一家小餐厅。这个码头不过是一根不断粉碎再重塑的长木头罢了。多年以后，她会想，有时候这个码头的辉煌之处是否只在于重建，人们看重的是努力的过程，而非修建的结果。

收到母亲回信的第二天，奥布里在海边碰到了纳迪娅。她躺在沙子上，用胳膊肘撑着身体。纳迪娅翻过身躺在了旁边的毯子上。她穿了一件足以吸引每个男人目光的黑色小款比基尼，不过她似乎并不关心是否能成为全场焦点，仿佛她早已习惯，无须多言。她当然习惯了，瞧瞧她的样子就知道。自从上中学起，她越长越瘦，穿着越发简单，妆容也不再那么夸张，仿佛在用这种方式突出她的美丽是多么浑然天成。相比之下，奥布里在她身边显得又矮又胖，她甚至没有勇气脱下套在泳衣外的T恤和短裤。她是否一直都觉得自己是长相难看的那个？还是现在才有这个想法？她是否只是缺乏安全感，因为她在新娘送礼会上偶然看到的那一幕？她一直努力告诉自己那没什么，但卢克和纳迪娅在床上聊天的情景始终停留在她脑中挥之不去。不是上床，没错，可他们坐在床上聊天时那种放松和亲密感，就像老朋友一样。她丢下院子里的客人去找卢克，然而当她发现他们两人在屋里时，她在门厅处僵住了，好像她才是那个打断聚会的人。与卢克每走近一步都会让她感到害怕：他第一次牵她的手，或是第一次亲她，或是邀她上床抱在一起。然而纳迪娅看上去却是那样舒服。他们对这种亲密感并不陌生。他们在过去有过交集，最令人受伤的是，二人都对此闭口不谈。无以言表的过去是最糟糕的。

"你和卢克发生过什么？"她说。

纳迪娅动了一下。眼睛被巨大的墨镜遮住，她将胳膊举起，搭在前额。

"什么？"她说。

"我知道你们俩以前有关系。"

她并不知道，但她假装自己知道，这样纳迪娅就没有否认的机会了。

"很久之前了。"纳迪娅说，"根本不算什么。我们勾搭过几次。别跟我说你生气了，不至于吧？"

"我干吗要生气？不是没什么吗，对吧？"

她听起来有些嫉妒，有点丑陋，但她不在乎。为什么他们俩谁也没有告诉过她？是因为他们觉得她太过脆弱，怕她知道这件事后崩溃？

"听着，我发誓真没什么。"纳迪娅说，"我的意思是，×。我好多年没跟他说过话了。我们上高中时勾搭过。你知道我高中和多少男生鬼混过吗？"

她嘲笑了自己一声，然后坐起来，掸掉肚子上的沙子。奥布里看见墨镜中反射出来的自己，几乎噘着嘴，头发被压得乱糟糟的。她觉得自己这样不开心很傻。卢克当然和其他女孩好过。和他约会前她就听闻过他在这方面的名声。中学似乎非常久远。就连她也早已记不清当时令她心动的男生叫什么名字了。对卢克来说，纳迪娅或许只是另一个战利品。又或者他一直对她念念不忘。是啊，怎么可能忘记？她是那么美丽、自信和坚强。她根本不惧怕坐在男人的床上。也许她穿的内衣款式正如那些更加开放的客人送的礼物一样，而奥布里永远也不会穿上它们。穿这种细带内衣站在卢克面前会让她觉得自己是个傻瓜。她不会挑逗男人。她怎么知道他喜欢什么？万一他抚摸她时，她还是跳脚可怎么办？她再次攥紧拳头，感受着指尖掐入皮肤带来的疼痛缓解她的焦虑。

夕阳渐渐落入天际，两名海军朝她们走来，试图劝说她们一起玩排球。两人都穿着深色游泳裤，而一模一样的寸头暴露了他们在军队服役的事实。使他们暴露的不仅仅是发型，还有他们表露出来的殷切心情。其中那位身材魁梧的拉丁美洲男子一直冲纳迪娅微笑，那样子太过友好，像极了那些徘徊在电影院门口和保龄球馆的年轻海军，迫切想和女孩搭讪。他像极度亢奋的小孩一样，在沙滩上跳了起来，他脸上的痘印仍然隐约可见。

"来吧，女士们，"高个黑人说，"我们还差两个人。"

他在看她，奥布里注意到，直视她的眼睛，和大多数男人看纳迪娅时的眼神一样。她避开眼神对视。在陌生男人面前她总是紧张，即使她认识这个可能伤害她的男人。如果连一个认识你的男人都有可能伤害你，天晓得陌生男子会做出什么事。

"我不怎么擅长运动。"纳迪娅说。

"你可以跟我一队,"年轻一点的男人说,"我教你怎么打。"

她笑了一下:"我会打,只是不擅长而已。"

"那也没事,"他笑着说,"我教你怎么打得更好。"

他的名字叫JT,全名是乔纳森·托雷斯。他告诉她们叫他什么都行。他算不上帅气,但笑容很具亲和力,这让纳迪娅有些动摇。她用脚趾碰了下还稳稳躺在毯子上的奥布里。

"来吧,奥布里,"她说,"咱们去玩玩。"

"没事,我看你们玩。"

高个男子拒绝这个提议,将手搭在腰部,他叫米勒。

"不行,"他说,"你不答应我们就不走。"

他让她想到了特纳先生,他和蔼的说话方式,无时无刻不在的提醒,最重要的是,他的笑容,看上去总是那么从容。他看上去很沉稳。排球网就在几十米外。如果想走随时都可以。

"算了,管它呢。"她说,让米勒扶她起来。他粗糙的手掌里沾满了沙子。

她做了一个冲动的决定,她从没做过这种事。突然之间,这一晚打破了先前的承诺。今晚,她可以变成另外一个女孩,变成那种可以和陌生男人说话,而且不会感到害怕的女孩。她只有和纳迪娅·特纳在一起时才会变成这种女孩。JT拿着排球回来,随后他们一起走向最近的排球网。全程他都在和纳迪娅聊天，用胳膊夹着她们的毯子。

"你到底多大？"她说。

他咧嘴笑了笑："我刚才说了啊，二十岁。"

她转头问米勒："他在说谎吧？"

"不予置评。"他说。

她们后来得知，JT十八岁。打完比赛，他们来到一家维也纳炸小牛排店，几个人挤在一间小包厢里，共享两位海军买来的辣薯条和热狗。两个大男人在收银台争抢，吵着要付钱。他们才做了六个月的兄弟，米勒告诉她们，可是对海军来说，这六个月感觉像一生。

"看看这孩子。"米勒指着好哥们JT，一串奶酪滴落在桌上，"刚来这儿时什么都不会，什么都不懂。连自己的袜子都不会洗。"

米勒二十八岁，更有智慧，更精明。他高中刚毕业就加入了海军，已经去过两次伊拉克。他右耳部分失聪，因为一枚迫击炮曾在他脑袋附近爆炸。

"你说什么我都听不见，"吃晚饭时，他对奥布里说，"你说话太轻声细语了。"

她坐近了一些。大腿挨到他。

"好点没？"她说。

她一开始以为他只是在和她调情，直到他低下头，皱着眉头认真听她说话，她才知道并非如此。他不是那种会调情的人。打排球的时候，JT有一半时间都在说笑，另一半时间接不到球，因为他将注意力都放在了穿着比基尼的纳迪娅身上。米勒队一直领先。他看上去像是那种玩任何东西都要赢的人，输了电子游戏会冲电视屏幕大喊，或是没接好球就摔乒乓球拍。他从没吼过奥布里，尽管她有时没打好，相反，即使再微不足道，只要她做对了，他都会快步上前和她击掌。他总是这样认真吗？还是在国外打仗的经历使他成了这样？JT从没上过战场，但他知道，很快就要轮到他了。他并不害怕。这恰恰是他最初选择入伍的原因：完成任务。

"能去学习和旅行，"他说，嘴里塞满了薯条，"还有去加利福尼亚和美女们吃热狗。"

他们回到海边时，天色已晚。两个男孩都有六块腹肌，他们把撕碎的纸板扔进自己生的火里，坑里的火稳定地燃烧着，木头和皱巴巴的报纸在火的燃烧下发出噼啪声，米勒想生火，又不想使用打火机。

"这是作弊。"他说，手里拿着打火机跪在一圈石头旁。他努力使冒烟的灰烬变成火焰，将木头堆成复杂的几何形状。你得放点空气进去，他解释道，但不能太多，否则火就灭了。你要掌握好度，因为同样的空气既能点燃火焰也能熄灭它。JT等烦了。他借了一罐打火机油。

"来一点点就行。"JT将木头插进去前,米勒说。火焰一下蹿了起来,女孩们尖叫。JT大笑。

"×!"他总是说这个字,"你看见它蹦多高了吗?"

米勒站起来,掸掸膝盖上的沙子。他看起来有些失望。

"没事的。"奥布里说,"你几乎成功了。"

他朝她笑笑,不过紧闭着嘴,没有露齿。她打排球时把订婚戒指摘了下来,现在又把戒指戴了回去,米勒将这一切看在眼里。她坐在纳迪娅边上。她们两人裹着毯子坐在一块大木头上。晚上的空气有些凉,她们挤在一起,同喝一瓶喜力啤酒。她将脑袋靠在纳迪娅的肩膀上,突然怀念起她们一起度过的那年夏天:开车兜风、看电影以及在特纳先生的吊床上摇摆的时光。她就要结婚了,而纳迪娅要回到中部地区。她们还能像以前那样待在一起消磨时光吗?你能开始怀念一段尚未结束的友谊吗?还是说怀念本身就意味着它已经终结?

火堆另一边,JT扑通一声坐在沙子上。"真希望有人能抱抱我。"他说。

"别看我。"米勒说。

他们互相拱对方,逗得两个女孩哈哈大笑。一会儿,两位海军要返回军营,或者去电影院门口巡逻,寻觅新的女孩。不过现在,他们还可以装作彼此是朋友,会再次相见。米勒给了奥布里一个痛苦的微笑。

"最后的自由时光享受吗？"他说，朝她的戒指点点头。

她没有说话，感觉自己尚未获得自由。

"结束了，"JT嘲笑道，"该死的，我还等着发生点什么呢。"

他安静了一会儿。火要熄灭了，米勒将另外一把纸屑扔进火堆助燃，然后咧嘴笑了笑，跳起来。

"我坐烦了，"他说，"咱们去游泳吧。"

JT脱掉上衣，将衣服扔到沙滩上，脱掉拖鞋。他朝码头方向大叫着，全速冲进水中。

"来嘛。"奥布里说。

"你疯了吗？"纳迪娅说，"那水冷死了。"

"我不管。"

她将纳迪娅从木头上拉起，她们的毯子滑落到沙子上。她拉着她迈过火堆，然后开始奔跑，笑着尖叫，穿过潮湿的沙子奔向码头。她跳进冷水中的一刹那，想到如果姐姐知道一定会杀死她。姐姐会教育她，说有人因为跳进浅水而四肢瘫痪、脊椎粉碎。反正她已经跳了，而且什么坏事都没发生。又一个冰冷的浪袭来，浸湿了她的短裤，她嫌麻烦没有脱掉。JT在她们周围浮了起来。纳迪娅大笑，她的头发变得卷曲，奥布里将头发撩到后面，在月光下浮在水面上。在海岸那边，米勒独自站着，靠在卫生间的墙上，手里拿着衣服。她跟跟跄跄地从水中出来。

"你干吗一个人站在那儿？"她说。

"因为你们都疯了。"他说，"我可不跳进去。"

"为什么？你害怕了？"

"怕死？"他说，"是啊。"

他参加过战争。他杀过人，或许即便没杀过，他也接受过训练。他的生活与死亡相伴，所以他知道在死亡面前根本没有勇敢一说。只有那些愚蠢到不了解现实的人才不害怕。

"我不害怕。"她说。

"不怕什么？"他说。

"不怕你。"

有一分钟的时间他们谁也没动，然后米勒伸出胳膊搂住她的腰。她没有动。他吻了她，一开始很轻柔，然后用力，他的嘴唇吻到她的脖颈时，她僵在那里，与此同时身体也在燃烧。她还没有意识到自己在做什么，她将他一把拉入黑暗的卫生间里，倒在满是湿黏沙子的脏兮兮的地板上。她几乎看不清面前的他，但她能感受到他，他的大手握紧她的手。他可以将她杀死。他可以将她的头猛击在地板上。他可以用这双大手勒死她、掐死她。可是在危险面前她没有害怕，相反，她只感到兴奋。她爬到他上面，他呻吟着亲吻她。

"我什么都没带。"他轻声说。

避孕套，他是指。她将身体抽离。在外面，一轮明月照在海面上，透过卫生间的门，她可以看见纳迪娅和JT在水中随着波浪上下浮动，他们还在大笑，互相泼水。她从米勒身上爬起来，蹚着水加入了他们，又将自己浸湿，无法分辨海水和她自己。

　　"我觉得他喜欢你。"纳迪娅说，"年龄大的那个。"

　　她们将车停在一旁，在圣路易斯雷河边看日落，也可以说是余晖。夏天的时候，河水会枯竭，干裂的土地蜿蜒着穿过树木。奥布里靠在卡车的窗户上，感受玻璃的温度。她发誓仍能闻到米勒压在她身上的味道。她想告诉纳迪娅刚刚在卫生间里发生的事情，她怎样占主动权，怎样没有感到害怕，然而她没有对她说，理由同她离开前拒绝记下米勒的号码一样。她知道她不会再见米勒，她想将这个记忆留给自己。她并不觉得与别人分享残酷的现实能帮她排忧。残酷的现实永远不会让人心情愉悦。

　　"你为什么没告诉我？"她说。

　　"告诉你什么？"

　　"你和卢克。你从来都没打算告诉我。"

　　"为什么要告诉你？我们在高中时勾搭过。没什么大不了的！"

　　"对我来说就有！"

　　她从没吼过纳迪娅，一秒钟也没有，看到她吓了一跳，她感到很骄傲。随后纳迪娅将她拉入怀中，拥抱她。

　　"对不起，"她轻声说，"对不起，好吗？我不会对你隐瞒任
何秘密。"

　　她亲吻了她的前额，奥布里太累了，没有力气反抗。她靠向纳
迪娅，神奇的是，在这一切发生后，她仍能感到某些东西像纳迪娅
抚摸她头发的手指一般温柔。

9

收到请柬后，我们所有人都在谈论这场婚礼。用手写体写的字，金闪闪的方格——仅仅是阅读都要眯着眼睛看，塞在镶着金边的白色信封里，用印章封上，外面写着牧师夫人名字的首字母，一个斜体L对应着一个线条饱满的S。颜色鲜明的请柬闪着熠熠星光，咖啡休息时间，我们将请柬拿近看时，整个脸都散发出光芒。我们都听说了婚礼的秘密细节；迪肯·卢的妻子朱迪告诉弗洛拉，蛋糕来自"天堂寄出的甜点"，三层高，浓郁到足以让人甜掉一颗牙。第三约翰告诉阿格尼丝会有超过一千名宾客出席婚礼。在做宾果游戏时，教堂的风琴演奏者科迪莉亚轻声告诉贝蒂，迎客处会设在牧师自己的家里，服务员忙前忙后，将放在托盘上的高脚玻璃杯递给宾客。

你不能怪我们。到了我们这个年龄，见过太多场婚礼，实在太多了，真的。婚礼对我们来说太无聊了，甚至在牧师说话前，我们就能睡着，那些彼此间没有任何瓜葛甚至从未想过结婚的人的婚礼，那些连三明治都不能分享更别说分享生活的人的婚礼。但这场婚礼再次燃起了我们的希望。教堂会众里的年轻人只是单纯地让我们提不起兴趣。那些男孩整日死气沉沉，动作慢吞吞的，没精打采地坐在教堂长椅上，当你想和他们说话时，他们的嘴巴也闭得死死的。在我们还是少女时，我们认识的男孩都是精神饱满、《圣经》至上的信徒。（我们也认识那些打台球、抽烟的赌徒，但最起码他们知道要系好皮带。）现在的女孩更糟糕。如果我们敢穿得像这些女孩似的到教堂来，我们的妈妈一定会大叫。所有人都知道一个教堂风气的好坏完全取决于这里的女人，等我们所有人都死后，谁将支撑起这个教堂？谁来担任辅助董事的职务？谁来组织女性价值大会？谁在圣诞节负责发食品篮？我们观察未来的时候，发现宴会的长桌子被堆在了地下室慢慢积灰，女性《圣经》学习室空无一人，由此推断这些女孩没有将会议室变成迪斯科舞厅。

　　奥布里·埃文斯不同于别人。几年前，我们看见她在圣坛前哭泣时，想起了曾经的自己。那时，我们还只是少女，穿着浆洗过的印花裙，戴着白手套，挤进信徒野营集会的女孩；为教堂的野炊活动烤红薯派的独唱女孩；跪在隔离教堂的女孩；为了不让白人牧师看见而被迫坐在一边的女孩。在她身上，我们看到了自己，或者说是我们以前的样子。女孩刚刚感受到慢热爱情的第一束火花。牧师将手放在我们的前额上，我们沉沦了，双臂向后伸展，第一次大声喊出一个男人的名字。耶稣！当我们第二次喊出这个男人的名字时，那喊声像是第一声的幻影。尽管那时我们尚不知晓她来自何方，但我们明白为什么当牧师问她想得到什么样的恩赐时，奥布里·埃文斯会哭个不停。她轻声说：救赎。

　　沙迪到的那晚，纳迪娅的父亲带他们到港口边一家叫多米尼克的餐馆吃饭。她花了整个早晨的时间翻找母亲的祈祷书。她慢慢翻看每一页，在空白处发现母亲潦草的笔迹就会停下来仔细看看。大多数笔迹都是母亲用蓝色钢笔画出的一些词和短语，一些随意的、抽象的词，比如"平安"或"庇护"。母亲偶尔也会写一些脚注，但根本看不懂，在一首诗下面，她潦草的字迹看上去像是购物清单。纳迪娅不确定自己在找什么——线索，也许吧，但又是暗示什么内容的线索？母亲为什么要死？她期望从祈祷书里找出什么？自杀遗书？

　　"有道理。"沙迪在从机场回家的路上说，"大多数人不是都会留张字条吗？"

　　但转念一想，母亲没留下任何遗言对她来说也是一种解脱。在纳迪娅的眼中，母亲的自杀是冲动之下临时做的决定，一种想要死亡的迫切需要蒙蔽了她的双眼，直到她眼前一片漆黑。如果她有时间坐下来写遗言，那么她一定有足够的时间意识到不该朝自己开那一枪。写遗言可能看起来很自私，那是一种辩护的渴望，她已经知道这个选择具有伤害性。尽管如此，纳迪娅还是翻找祈祷书，希望能找到一些内容，帮助她了解母亲。

晚饭时，父亲点了蒜蓉鲜虾意大利面，并买了一瓶梅洛红葡萄酒。她没有告诉父亲这酒和吃的不搭。父亲不喝酒，到多米尼克这种高档餐厅就餐的次数更是少之又少。他想给沙迪留下个好印象。他们如此相谈甚欢只让纳迪娅感到更加厌烦。她带沙迪回家时，父亲带他仔细参观了他们的家，两个男人的站姿几乎一模一样，双手插在牛仔裤兜里。他们轻松地交谈着一些纳迪娅根本不在乎的话题，比如高尔夫球、密歇根橄榄球，她尴尬地站在一边，听着他们说话，好像她才是那个第一次到父母家拜访的客人。更糟糕的是，走着走着，父亲用手指向那面白墙。

"不好意思，"他对沙迪说，"正如你看到的，我们需要在这块重新装饰一下。"

两个男人大笑。她找了个借口从那间屋子里出来。然而，她越想越激动，所以吃晚饭时，她一直很沉默，态度很不友好。

"你没有权利那么做，你知道的。"她终于说了出来。

沙迪望向她。父亲怔住，意大利面从叉子尖滑落。

"什么？"他说。

"把那些照片摘下来。"

父亲咬紧牙。他将叉子放到盘子边。

"纳迪娅，"他说，"已经过去四年了……"

"我不管。她是我母亲！你想过我的感受吗？走进去以后她就没了？"

"她已经去世了，"父亲说，"而且你也离开了，你现在来告诉我应该怎么在我自己的房子里生活？你觉得你走了以后所有人的生活都停滞不前吗？"

他用餐巾慢慢地擦擦嘴，起身离席。她看着他的身影消失在角落的卫生间里，恨极了自己没有管住这张嘴。她用双手托住脑袋，感觉到沙迪正在揉她的脖子。那晚晚些时候，他蹑手蹑脚地走进她的房间，钻进被窝。和他一起睡在这张小号双人床上让她觉得拥挤，可是此刻她太过痛苦，无法拒绝他的陪伴。

"我太贱了。"她说。

"没有，"他说，"生气也没关系啊。"

她突然很厌烦他的这种耐心。他总能做到无止境的通情达理，而这一点她永远无法企及。哪怕只有一次也好，她希望他能生一回气。哪怕只有一次，她希望他能看清她的真实面目。

"我跟新郎干过。"她说。

他沉默许久，久到让她开始怀疑是不是睡着了。

"什么时候？"他终于开口。

"四年前。"

"哦，"他心平气和地说，"所以是四年前的事了。"

"他现在要娶我最好的朋友。"她说，"如果你最好的朋友跟我干过，你会不介意吗？"

"你那时才十七岁，当然不介意了。十七岁跟谁都有可能。"

他搂紧她的腰。待他入睡后，她立即从他沉重的胳膊里钻出来。她坐在窗边，在月光下睡着了，怀里抱着那本偷来的祈祷书。

纳迪娅在婚礼上哭了三次。

一次是奥布里走过婚礼通道的时候，她手里握着一把百合花，面带微笑，她的白色裙摆像一道纳迪娅永远无法跨越的鸿沟一样拖在后面。卢克念誓言的时候，她轻轻擦拭了几次脸上的泪水。他自己写的誓言，他一边大声念，一边颤抖。她看见他颤抖的双手，有一种想用自己的双手让它们冷静下来的冲动。新人在宴会中跳第一支舞时，她的眼睛第三次湿润了，卢克和奥布里随着布莱恩·麦肯奈特的歌曲一起摆动。或许他正在她耳边轻唱，他的声音粗哑又有些跑调。父亲坐在旁边一桌，看着他们两人翩翩起舞。因为腿的缘故，卢克的步子有些跟跄。父亲是在想她的母亲吗，在想他们自己的婚礼吗？她听过他们的故事，他们如何用仅有的两百块钱办婚礼。母亲的一个朋友为她缝了一条裙子，另一个朋友为她烤了蛋糕，他们给宾客的食物是炸鸡和三明治。肯定是一场廉价的婚礼，母亲曾说，然后大笑，但是别人告诉他们，这是这么多年来参加过的最有趣的婚礼。她从来都不认为父母是有趣的人，不过也许他们曾经是。或者也许父亲在想有一天自己女儿的婚礼会是什么样？她看了一眼沙迪，沙迪微笑着握紧她的手。她又擦了擦眼睛，想到自己可能又要让父亲失望了。

宴会上没有酒。她本来也没指望谢泼德一家会花钱提供免费酒吧服务，但她以为至少会有香槟。宴会进行到一个小时，她以去卫生间为借口，实则去外面呼吸一些新鲜空气。她从后门出去，惊讶地看见卢克也在外面，他靠在一个花架上，脖子上的灰色领带松开了。

"你在外面干吗？"她说。

"我得喘口气。"他说。

"在你自己的婚礼上？"

他耸耸肩。她讨厌他做这个动作，耸肩而不是真正做出反应。至少沙迪会想沟通。

"想喝一杯吗？"卢克说。他从兜里拿出一个小瓶子。

她大笑："在这儿？你疯了吗？"

他咧嘴一笑，又耸耸肩，打开瓶子，给她倒了一点。她觉得他们像两个孩子，趁着父母睡觉，偷偷溜出来在公园见面。她嘬了一小口，紧接着又一口，威士忌烧得她喉咙辣辣的。

"我碰见你那哥们了，"卢克说，"人不错。"

"我现在喜欢好男孩了。"她说。

他得意地笑了笑："他看上去可不是你喜欢的类型。"

"我没有喜欢的类型。"

"扯淡。每个人都有。"

"那奥布里是你喜欢的类型？"

这句话说出来后更显刻薄，这不是她的本意。她只是不理解这种吸引，也许她永远也不会理解自她走后发生的所有改变。他从她手中拿回酒瓶。

"不是，"他说，"这也是我爱她的原因。"

她本以为自己会释然。她肯来参加这场婚礼，看到他们两个人在圣坛前亲吻，她与卢克仅存的一点关联也终于没有了。咔嗒一声，门闩打开了，她终于可以释然了。然而，她却感觉他让她陷得更深了。以前那种不快感又回来了：有多少次，她想和他在一起；有多少次，她期盼着他能在公共场所牵起她的手；有多少个夜晚，她梦到他终于开口说爱她。她拼尽全力想要感受到他的爱，可是，看看他那么容易就爱上了奥布里。是啊，他当然爱了。爱奥布里是一件多么容易的事情。

他将酒瓶递给她。宴会大厅的后面，靠近管道和银塔，远离浪漫气息和灯光的地方，祝福的人群聚在一起照相，伴着老歌翩翩起舞。他们一起喝酒，感到醉意和温暖，一人一口，直到酒瓶变轻、变空。卢克将酒瓶塞回兜里，两人默不作声地回到宴会厅，仿佛有些事情心照不宣。谢泼德夫人正站在大厅门口，双手放在屁股上。

她穿了一套粉色裙装，上面别了一个花形胸针，这身打扮让她看起来像是刚去玫瑰花丛拔光了所有玫瑰的刺一样。

"可算找到你了！"她说，"大家都在找你呢。"

"对不起。"他说，"我只是休息一下。"

"嗯，来吧。你可不能随便跑开。"

她抓起他的胳膊，用力将他拉回宴会厅。纳迪娅正打算跟在后面进去，却被谢泼德夫人挡在了门口。

"这件事，"她压低声音说，"必须到此为止。"

纳迪娅感觉又回到了十二岁，被逮到在教堂后面亲吻，尴尬难堪，这次出乎她意料的是，她竟然说出了那句一直想说的话。

"我没做错任何事。"她说。

"姑娘，你觉得你在糊弄谁？你知道我见过多少像你这样的女孩吗？总是渴求不属于你的东西。呵呵，我现在告诉你，到此为止。你制造的麻烦已经够多了。"

"你这是什么意思？"

"你知道我什么意思，"谢泼德夫人说，"你以为是谁给你的钱？你以为卢克平白无故就有那六百美元吗？是我帮你做了那件可耻之事，现在你必须离我儿子远点。"

谢泼德夫人摇摇头，料到纳迪娅不敢反驳，她整理了一下胸针，径直回到宴会厅。纳迪娅独自站在门口，直到沙迪过来找她。沙迪问她是否还好，她点点头。后来，她也感到诧异，当初怎么没有质问卢克从哪儿那么快搞到的那笔钱。她当时绝望极了，以为他无所不能。现在她知道了，他确实如此。

　　明天早晨，这对新婚夫妇会坐飞机去法国，在尼斯待两天，巴黎待两天。卢克的父母支付了他们的蜜月费用，在教堂会众的帮助下，将这笔钱作为新婚礼物送给他们。他们从未募集过这么多钱，教堂会众成员甚至连尼斯怎么念都不知道，但他们仍愿意捐钱送他们去那里旅游。其实能在本地度蜜月他就已经很开心了。墨西哥游船或是夏威夷之旅，他想象着在阿罗哈咖啡馆里发现樱桃，再点上一杯草莓日出鸡尾酒，可是奥布里坚持要去法国。他知道她想去的唯一原因是纳迪娅·特纳去过，所以他同意了。

　　不过那是明天的事情。今晚，在酒店房间里，他放松地站在她身后，拉下裙子的拉链，如往常一样，惊叹女人的衣服制作之精良，小钩子，精巧的纽扣。他第一次摘女孩的胸罩时，笨手笨脚地不知如何解开小钩子，现在这种熟悉的紧张感再次袭来，甚至令他有些眼花。他害怕自己会失望，也担心会让她失望。不过也许是酒店柔和的灯光，也许是客房服务送来的香槟酒，又或者是婚礼的浪漫氛围、绢花、音乐和他母亲着迷的一切装饰。他总是将性和爱分开，现在这两样东西盘结在一起，他感觉自己仿佛回到了十四岁，欲火焚烧。他慢慢将奥布里的拉链拉开，越来越多的肌肤慢慢裸露出来。她突然将手放到背后，抓住了他的手。

"我知道你和纳迪娅的事了，"她说，"我知道你和她上过床。"

他看不见她的脸。她仍然弯着身子，一只手保护头发不夹进拉链里。他僵住了，不确定该否认还是道歉。

"没事，"她说，"我只是想让你知道我知道。"

她怎么知道的？纳迪娅告诉她什么了？还是说奥布里自己察觉到的？就像发现手指尖的颜料，再怎么小心都洗不干净。他们才结婚数小时，他就已经伤害了她。不过他现在更机智了。他用手抚摸奥布里顺滑的罩杯，亲吻她的后颈。她比他更优秀，这也会让他变成更好的人。他要善待她。

在回底特律的飞机上，纳迪娅梦见了宝宝。他不再是小婴儿，现在是个蹒跚学步的小孩，会伸手摸东西、抓东西。伸手抓她的耳环，直到她抓住他胖胖的小手。宝宝饿的时候总是会寻觅她的脸。宝宝渐渐长大，开始学习单词，在去学校的路上坐在车里学习词语的押韵，用绿色蜡笔在图画书的前页写下自己的名字。宝宝和小伙伴们在公园里追跑，为他喜欢的女孩推秋千。宝宝在沙箱里挖泥土，回家的时候闻起来一股草垛味。宝宝和祖父在后院一起飞飞机。宝宝搜寻被藏起来的祖母的照片。宝宝学习如何打架。宝宝学习如何亲吻。宝宝，现在已长大成人，他踏上一架飞机，将包举起，放在行李架上。他帮一个年长的女人放好行李。飞机落地后，不管去哪儿，他都会将鞋擦得锃亮，盯着黑色的"镜子"，看见自己的脸庞，看见他父亲的脸庞，看见她的脸庞。

10

斯克里普斯仁慈医院半夜打来电话，接起电话前，纳迪娅以为父亲死了。

她一直处于半梦半醒的状态，如果不是扎克在后面猛拍她，她能伴随这刺耳的铃声一直睡下去。她睁开眼睛的一刹那，看到电话屏幕上显示的是未知号码，她就知道是父亲发生了不好的事情。车祸。心脏病发作。他离开了这个世界，在她睡着的时候，就像她母亲那样悄悄地溜走。但她接起电话后，护士告诉她，父亲在后院举重时，一片杠铃掉下来砸到了胸口上。横膈膜破裂，两根肋骨骨折，肺部穿孔。病情很危险，但还算稳定。

她挂掉电话。在她身旁，扎克将头埋在枕头里咕哝了两声。她和他是在法学院一年级上民事诉讼课时认识的。他是从缅因州来的骄子，有着夏天划船晒出的黝黑皮肤，一头像肯尼迪一样的金发。

他父亲、祖父和祖母都是律师。她没有家族背景，是家里第一代学法律的学生。由于买不起教科书，她只能到图书馆去查阅，能抵消她欠学生贷款压力的，只有她对失败的恐惧。第一学期的期末考试结束后，在一次派对上，他第一次约她出去，她告诉他，他们可能没什么共同点。

"为什么？"他说，"因为我是白人？"

和所有的白人自由主义者一样，他喜欢用这种方式提及自己是白人这件事：只有在受到压迫时才承认，否则装作它不存在。事实证明她错了，他们确实有一些共同点。他们都想从事民权法方面的工作。他们都知道在大海环抱的城市里长大是什么样子。他们都喜欢在深夜学习后给对方发信息，结果当然是上床。她对他没有过多期望，这是种释放。他出现的时机刚好，恰巧她也需要人陪伴。与沙迪分手让她精疲力竭，法学院的学习让她不堪重负。学习时她喝了太多杯咖啡，以致一闻到咖啡味就会焦虑。扎克很有幽默感，他从容的样子，以及期待生活之门会自动向他打开的泰然自若，都让人感到舒服。她从没向他要求过情感上的支持，不过后来，让她感激的是，在接到关于父亲的电话时，她不是独自一人面对。扎克开车到她的公寓，帮她收拾行李。她麻木地收拾，从衣柜里抓起一把衣服，装进行李箱。

"你知道吗？我三年没探望过父亲了。"她说。

自从奥布里和卢克的婚礼后，自从谢泼德夫人在宴会大厅门外堵住她后，她再也没有回过家。那之后的几年，她重新审视了一遍上大学前的那个夏天：牧师试探性的拜访，他反常地对她的健康投入金钱，仿佛在检验自己造成的伤害；谢泼德夫人工作时的冷漠，在纳迪娅离开前，她表现出多么惊人的友善。难道她从没想过纳迪娅可能会告诉别人吗？不是帮助一个女孩，而是赶她走？纳迪娅想象牧帅夫人在银行排队，从银行柜员手中拿过取出的钱，她必须迅速将钱塞进信封，生怕碰见教堂会众的成员，怕他们看见这一沓钱并知道这笔钱能买来什么。多年来，谢泼德夫人都知道她的秘密。多年来，纳迪娅以为自己在躲藏，而自始至终这种躲藏都是不可能的。

她的秘密没有守住，卢克从没打算告诉她他父母知道这件事。他带钱来的时候本可以提醒她一下。她当然会不开心，可是她当时绝望透顶，根本没有心情去抱怨这笔钱从何而来。现在她只感到生气。她想象父亲每个礼拜日都坐在教堂的长椅上，在谢泼德一家的注视中，他是那么安静沉着，对这一切全然不知。可怜的罗伯特，太过忙于装卸卡车，而对自己家里发生的事情一无所知，除了悲伤，对其他一切事情都视若不见。她最后一次和父亲说话是什么时候？认真地和他聊天，而不只是圣诞节打电话问候或是在他过生日时留一条语音。他不喜欢在电话里讲太多，她也一直专注于自己的生活。她坐在床边，突然感到精疲力竭。她痛恨医院，不想看见父亲穿着病号服。

扎克从浴室向外望去，正要将她的牙刷放进自封袋里。他在她的公寓里看上去总是很奇怪。所以她经常去他的房间睡觉。

"如果你想赶上飞机，我们应该快一点了。"他说。

"三年了，"她说，"耶稣啊，我怎会不知道要发生什么呢？"

"你看，我很遗憾发生了这些事，但我们现在真得赶去机场了。明天早晨我还有工作。"

他有些烦躁，手里仍握着她的牙刷。他当然想走了。他大半夜过来帮她收拾行李，对一个不是她男朋友的人来说，已经做得足够好了，她还能要求些什么。或者他甚至连她的朋友都不是。她点点头，拉上行李箱。直到她坐上飞机，望向窗外用霓虹灯围成的"奥黑尔机场"字样，她才意识到，自己根本不知道什么时候会再回来。

她踏进医院病房的一刹那，父亲哭了。或许因为疼痛，或许因为见到她喜极而泣，或许因为让她看见自己变成这个样子而感到难为情。在病床上，他身体一侧绑着绷带，胸口插着一根管子，她在门前停了下来，看到他这个样子吓了一跳。母亲的葬礼之后，她再也没有见过父亲哭，但与那时不同。父亲穿着黑色西服，弓着背趴在教堂长椅上，看上去高大威猛，甚至有些庄严。但是现在，他穿着薄荷绿的病号服，身上插着呼吸机，看上去脆弱无比。

"对不起，"他说，"让你这么老远飞到这里……"

"爸爸，没事的。"她说，"没事的。我想来看你。"

她很多年都没叫过他"爸爸"了。他第一次从国外回家时她尝试过，她在嘴边咕哝那个词，不确定他会做出什么样的反应。她以前总是缠着他，跟着他到厨房，在他看电视时爬上他的大腿，只要一刮胡子就去拍他的脸，感受他顺滑的脸颊。后来，他回到家里，她长大了，发现"爸"这个叫法更适合他——简短利落，有些不同寻常。护士推了一张简易床进来，但她还是坐在椅子上，在他睡觉时握住他的手。他的手掌很粗糙。她不记得上一次握住父亲的手是什么时候了，她害怕放手。

她断断续续地睡觉，早晨醒来时，她发现奥布里睡在那张简易小床上，盖着一条医院的薄被子。她突然记起曾在机场打电话给奥布里——她当时急疯了，在那长达四小时的飞行开始前，她需要找人说说话。奥布里没有接电话。即便是在加利福尼亚，当时也已经非常晚了。纳迪娅在语音信箱里留了一长串毫无头绪的话。奥布里的声音让她感到舒服，尽管只是录音。

她跪在小床边上，轻抚奥布里的头发。

"你在这里干吗？"她轻声说。

奥布里轻轻睁开眼睛。她总是慢慢醒来，慢慢回到这个世界。曾经有多少个早晨，纳迪娅醒来看到的第一张脸就是她。

"我收到你的留言了，"奥布里说，"我当然会在这儿。"

婚礼结束后，她们就没有再见过面。每次打电话，纳迪娅都试图劝说奥布里来芝加哥看她。用这种方式见她更简单一些。她无法想象睡在奥布里和卢克的客房里，被满是他们新生活的照片包围。但奥布里总是有借口，解释为什么无法过去：她太忙了；她刚刚在金德幼儿园任职，暂时没法请假；她答应谢泼德夫人帮忙组织"关注妇女大会"、儿童教堂演出和年度野餐。也许她是真的忙，也许她不想丢下卢克一人。也许她变成了那种离开丈夫哪儿都去不了的妻子，那种不断给丈夫打电话查岗、整日感到内疚、害怕被取代的妻子，就像是逃出体外的器官一样。谁想变成那种妻子？害怕离开她和丈夫的家，好像出走几天再回来家里就会面目全非似的。或许不是害怕，是其他原因。一种深度的满足。也许她只是不想离开卢克。也许他让她感到快乐。

"对不起，"纳迪娅说，"我不是故意……"

"嘘。"奥布里将她拉入怀抱，"他怎么样了？"

"还算稳定。他们是这么说的。我不知道，医生还没来过。你在这儿多久了？"

"不用担心我。你想喝咖啡吗？我给你弄杯咖啡去。"

奥布里十分钟后拿着咖啡回来了，纳迪娅不认识上面的牌子。她接了过来，尽管杯盖中飘出的味道让她想起图书馆、教科书和考试。反正她已经够焦虑了，一杯咖啡也不会让她糟糕到哪儿去。她和奥布里坐在等候室，医生正在检查父亲的胸有没有感染迹象。父亲不能自己坐起来。他呼吸仍有困难。

"他们说……"纳迪娅停顿了一下，"若不是身体好，他可能就撑不过去了。"

"别那么想，"奥布里说，"他撑过来了。这是最重要的。"

纳迪娅忍不住去想父亲在后院被杠铃压住的情景，一个人被困在那里。如果不是邻居在后院烧烤，如果他没有听到父亲的叫声，父亲可能就死在那里了。而她，关心的只有学习、准备律师资格考试和与白人男孩发生无承诺的性爱，却好几个星期都没往家里打过一次电话。如果父亲死了，她甚至可能都不知道。会有人发现吗？她将头搭在奥布里的肩膀上。她闻起来像极了卢克，仿佛她带着卢克的味道径直开车来到了医院，纳迪娅闭上双眼，呼吸着熟悉的他的气味。

一个星期后，父亲终于出院了。纳迪娅松了一口气，回到家里。这个星期她一直靠当时慌张收拾的杂乱行李箱生活，一整个星期她几乎没有睡在那张小硬床上，一整个星期都在喝水一般的咖啡——趁父亲做胸部扫描和呼吸测试的时候。一整个星期，上室教堂的人没完没了地结队进出，前来探望父亲：马乔里带来一片她自制的磅蛋糕；第一约翰带来一本他刚刚读完的迈尔斯·戴维斯的自传；修女们则忙着织袜子，因为医院太冷，再多的厚袜子也不够；就连牧师也来了，一天早晨，他将手掌放在父亲的前额上祈祷。大家看见纳迪娅在这里都感到些许惊讶，比如第三约翰，在门口看见她时着实吓了一跳。

"看看是谁啊。"他说着咧嘴笑笑，好像以为她根本不会在这儿一样。

她当然会在了。她当然会飞回来到医院看父亲。为什么每个人都觉得她不会呢？是这个原因令教堂会众成群结队地来探望他吗？所有人都坚信她不会来探望父亲，坚信她会把他一个人留在这里，所以他们才要保证自己来探望他。她已经可以想象出，在做礼拜后大家窃窃私语讨论她的情景。他们会怎样怜悯父亲，怜悯他的亡妻，怜悯他养了一个因为太忙而没有时间回家的女儿。他们觉得自己很高尚，甚至是高贵，站在这鸿沟之间，为他做了家人应该做的事情。

在回家的路上，父亲坐在出租车里，将头转向窗外，似乎很感激能再次见到阳光。他还不能自己走路，所以她扶着父亲走进屋里，用护士教她的方式抓住他。她将父亲安顿在床上，突然意识到，自从这间房变成了他一个人的之后，她就再也没进来过。他还像以前一样睡在床左边，另外一边没有动过，仿佛母亲只是下床拿水而已。

"去休息吧，"他说，"我没事。"

她犹豫了一下才从父亲房间出去。他半睡半醒的时候，她能做些什么？她洗了个澡，爬上床，迷迷糊糊地正要睡着，这时，她听见门铃响了。她去开门，发现卢克·谢泼德站在台阶上。他一只胳膊下夹着一个红色的特百惠饭盒，另一只胳膊夹着他的木头拐杖。

"我代表因残疾或患病在家无法出门的人前来探望，"他说，"我能进去吗？"

婚姻在卢克的外貌上留下了痕迹。他看起来变老了，现在更圆润了，不胖，只能说还行。他穿了一件淡蓝色的毛衣，显然是奥布里给他买的，因为他永远也不会选这种柔和的颜色，他根本不会注意到它精细的针线。他很满意现在的生活，再也不用为做一些重大决定而烦恼，满足于让一个女人为他选毛衣。他慢慢走进厨房，倚在拐杖上，询问该把吃的放在哪儿。

"我不需要你的食物。"她说。

"不是我给你的，"他说，"是上室教堂给的。"

他也不再刮胡子了。她想象着他站在浴室水槽前扔掉刮胡刀——他很满意现状，干吗还要刮胡子——这时奥布里走过来刷牙，取笑他。也许她喜欢他的胡子，喜欢亲吻时被他的胡子弄痒。也许他只会做她喜欢的事情。

"你告诉父母了。"她说。

"什么？"

他看上去一头雾水，然后他垂下头，盯着她家的瓷砖地面。

"我需要那笔钱。"他说。

"编个理由啊！"

"他们会拒绝的。"他朝她走近，"必须得有充分的理由。"

"所以那就是最好的理由咯，"她说，"我怀了你的孩子。"

"不是那样……"

"我打赌，你母亲肯定一路冲到银行……"

"你需要那笔钱，"他说，"抱歉我没有告诉你，我只是觉得那样做更简单。否则你会担心。"

"走吧。"她说。

他出去了，没有和她对视。他不在乎是否伤害了她。他现在生活美满，而她只会把他拖回过去。下午，过了很久，她才平静下来，她想到他，他看起来是那么平静。这正是婚姻让她害怕的地方：已婚人士看上去是那样满足、无欲无求。她无法想象满足是一种什么感觉。她总是在寻找下一个挑战，下一份工作，下一个城市。在法学院上学时，她变得善于攻击和分析，越来越尖锐，而卢克则变得越来越圆润、饱满。她总是感到饥饿，想要且需要更多，而卢克早已拍着填满的肚皮抽身离席。

我约了医生，奥布里打出一行字。她等了一会儿，然后收到一条来自rmiller86的回复：

宝贝？

有那么一瞬间，她以为他忘了他们的规矩。不能甜言蜜语，不能调情，只能进行简单友好的对话。米勒在一年前第一次给她发了邮件。不确定你是否记得我，邮件开头这样写道，然而，他的名字在她的收件箱里出现的一刹那，她立即回想起他们在卫生间脏地板上的湿吻，她感觉整个身体都在燃烧。她当然记得他。他该不会觉得她总是和陌生人在沙滩卫生间里缠绵吧，所以她才会忘记他？她给纳迪娅打电话，生气纳迪娅把她的电子邮件地址给了他。

"天哪，奥布里，"纳迪娅说，"那可是几年前的事了。我只是觉得好玩。我怎么知道他真会给你写邮件啊？"

如果不是他提到自己现在驻扎在伊拉克，奥布里才不会回信。他不能告诉她具体地点，出于安全原因。她想象他所在的地方又热环境又差，他满身都是尘土，忙于躲避轰炸。独自藏身于沙漠的士兵——给他回信也不会怎样。给他写信是一件好事，是爱国。此外，他远在世界的另一边。也不会提起卫生间那件事。只是朋友间友好的对话。

他名叫拉塞尔。她猜想，他的家人和朋友会叫他拉塞，或许在他小时候叫他小拉塞。她开始寄一些爱心包裹，收件人是Lt.拉塞尔·米勒。包裹里有他要的东西：香皂、软糖豆、汽车杂志；也有一些他没要的东西：自制曲奇饼、小说或照片，比如去年母亲节的时候，她翘了教堂仪式，跑去与莫和凯茜在太平洋海岸公路兜风时拍了一张照片。那张照片里，姐姐用胳膊搂着她，她的粉色背心的衣带滑落到一半。她寄给拉塞尔那张照片是因为她看起来更自然。

照片很纯洁——她姐姐也在里面，看在上帝的分儿上——不过她有时会想，他是否注意到那根衣带，有没有想象站在她身边的是他自己，滑进一根手指。即便他有，也从没说过。他感谢她寄来那张照片。和你姐姐有一种似曾相识的感觉，他写道。仿佛她也是我的母亲。

他很孤独。她也是，她独有的孤独。卢克刚刚晋升为康复中心的楼层主管，所以他工作的时间更长了。他晚上也开始去上室教堂帮忙，帮助他的父亲。穿梭于教堂和公司之间，他甚至找不出时间陪她看医生，去查她无法怀孕的事。

"我去不了，"他说，往嘴里送了一勺青豆，"卡洛斯让我训练几个新人。"他现在吃饭都是这个姿势，靠在台子前。如果你大费周章为一个男人做饭，坐下来吃应该是他最起码要做的。

"你不能调一下时间吗？"她说。

"比如怎样？"

"我不知道。如果你陪我去，会让我感觉好一点。"

"如果你们别再执迷于孩子，会让我感觉好一点。"他说，"我们还年轻。有的是时间。"

他们尝试怀孕有一年了，她讨厌"尝试"这个词。为什么对他们来说完成这件事要付出这么多努力，而每年成百上千的人不费吹灰之力就能完成？她从超市买了一堆验孕棒，每隔两个星期就测一次，即使完全没有理由相信怀上了，她也会测，就像将硬币投入许愿池一样。她去谢泼德家喝茶时，能感觉到婆婆充满同情的眼神，那眼神就像在看一个没能完成简单任务的好孩子一样。她听从卢克母亲的建议，比如应该尝试吃一些有助怀孕的超级食物，或者一些医生在"奥普拉"节目里推荐的维生素。现在，她终于约好了医生，但卢克甚至不愿意陪她一起去。

"我不明白。"她告诉纳迪娅，"他为什么表现得如此不在乎？"

她坐在纳迪娅家的餐桌前，看着她为父亲分药，并将它们放入一个每日药品分类盒里。

"我不知道，"纳迪娅说，"也许你应该，放松一些，我的意思是。"

"我很放松啊。我看起来不放松吗？"

"我知道，我的意思是，你还有时间，仅此而已。"

纳迪娅又打开一瓶药，在手掌里数药片。她的声音听起来有些匆忙，心不在焉，她太过担心父亲了，以至于无暇顾及任何其他的事，奥布里后悔提起预约。卢克总是说同样的话——他们有大把时间要孩子——但她觉得自己已经让他失望了。她无法怀孕，她知道是她的问题，因为卢克以前和一个不知名的女孩意外地有过孩子。那女孩不想要他的孩子，而奥布里每日祈祷却仍然怀不上孩子。她没有大声说出来。她觉得这样已经很自私了，在朋友皱眉数药片时不停地谈论自己和医生的预约。此外，她从没跟纳迪娅说过卢克那个被打掉的孩子。她没跟任何人说过，除了拉塞尔，可那不一样。拉塞尔不是随便的什么人。他是一个存在于她电脑屏幕里的幽灵。晚上，她咔嗒一声合上笔记本电脑，他便消失了。

在法学院上学时，纳迪娅的日程排得很详细，精确到小时。而在医院里，只有无尽的等待，唯一准时的就是前来巡房的医生，那感觉像是在时间里漂浮，让她抓狂。现在她回家了，制订了一个新日程表。她没有将它写下来，以前她会将日程表写在公寓里的白板上，不过她已经记下来了，没用多久父亲也记下来了。她六点钟醒来，检查他的呼吸，然后洗澡。父亲现在睡在客厅的休闲椅上——躺下对他来说太痛苦了——她每天早晨都会给他揉揉肩膀，将脖子的筋揉开。她帮助父亲走到卫生间，只送到门口。他仍然有太多的骄傲，不让她帮忙洗澡，尽管她越来越意识到，那一天不远了，不是这次受伤就是未来的某一天，像所有人变老、变得孩子气那样。也许那些是母亲想要躲避的。也许，相比于等待最终的衰竭，在尚且年轻、有行为能力时抽身离开会更容易。

医生告诉纳迪娅，最需要担心的是感染问题。但她知道，除此以外还有其他问题：肺炎、肺塌陷、胸腔积液以及疼痛。即使接下来一切都好，仅仅是疼痛本身就能阻止父亲进行深呼吸。每天早晨，她都为父亲量体温，看是否发烧，指导他做呼吸练习，每小时进行十次深呼吸。她将装着冻豌豆的冰袋放进父亲的衣服里，保持十五分钟，以此缓解肿胀。她鼓励他咳嗽，却总是担心会见到血。就这样过了三个星期，她发现，自己在看到父亲咳到纸巾里的痰时一点也不觉得恶心。她根本顾不上担心别的事。

莫妮克说，她开始像护士一样思考了。父亲出院后，莫妮克来探望过他们，并向她解释了那些摆在梳妆台上的瓶瓶罐罐的药效。她给纳迪娅示范，当父亲咳嗽时，她要怎么做才能将疼痛降到最低；教她如何帮父亲在客厅里慢走以帮助他保持血液循环。纳迪娅日复一日地重复着这些程序，大多数时间甚至连屋子也不出。

"你得回学校，"父亲终于对她说，"你不能整日坐在这里陪我。"

她帮他换床单，帮他脱掉带有美国海军陆战队字样的上衣。她忍住不去看他身上的伤疤，他胸部的伤疤看起来仍然有淤青。

"我不回去，"她说，"我正在准备考律师资格证。反正我在芝加哥也是做这些。"

她不想让父亲觉得她因为他而停止自己的生活。别人的父亲可能会感动，但她的父亲只会感到惭愧。她遗传了父亲的这部分基因，无法开口求助，仿佛寻求帮助就会给别人带来不便。她总是确保在父亲面前学习，尽管这并不利于她集中精力。每隔几分钟，她就会抬头看一眼父亲，她发誓听到父亲猛地呼吸了一声。父亲的嗓子里卡了什么东西，或是胸腔里有积液的沙沙声。这些令人不安的反应都是她在恍惚中想象出来的。她觉得自己要崩溃了。一天晚上，父亲疼痛难忍无法入睡，她坐起来陪父亲，握住他的手。她想带他回医院，但他拒绝了。

"他们能做什么？"他发出粗重的呼吸声，"给我开药？这里有药。我不需要去医院。"

他给她讲战争的故事，给她讲自己从小在路易斯安那州长大，同对彼此恨之入骨的父母生活在一起。他母亲照顾他和五个兄弟姐妹，父亲每天在炼油厂进行长时间的工作，周末再将一周所得全部花在赌场和妓院里。他下班回家，满身是汗，到处都是烟灰，而他的妻子为他放洗澡水、熨衣服，这样他可以再出去，将这一天挣来的钱花在酒和女人身上。父亲永远也不明白他的母亲为什么会那样做。母亲坐在浴缸边上倒热水——她梳着一头长辫子，从发根编到发尾——她有时会在里面加一滴古龙水，这会让整个房间充满甜甜的香水味，而不是平日里的食物和灰尘味。教理问答期间，当牧师讲述妇人将昂贵的香水倒在耶稣脚上时，父亲想到了他母亲的奉献。至少耶稣是感恩的。他的父亲却从未感谢过自己的妻子。

一个阴天，母亲在前院洗盆中的衣服，孩子们在走廊上射击弹珠。她的丈夫从台阶上下来，刚刚洗过澡，喷了古龙水，穿了一件她浆洗并熨烫过的上衣。他正要去台球厅将这星期赚来的钱赌光，然后在凌晨穿着她洗过的白衬衫回来，这时衣服已经变得满是褶皱，还散发着艳俗女人身上的麝香味。母亲在领福利救济金的队伍里排了一整天，现在又要洗衣服。她低头盯着洗衣盆，手指在温水中泡出了褶子，眼睛直勾勾地看着盆中那一堆等待她清洗的衣裤。正如她后来说的那样，她感觉胸口被什么沉重的东西压着，好像那堆衣服将自己团成一团，紧紧地压在她心脏上。她没有思考。她握紧抽水机旁的碎冰锥，将它插入丈夫的后背。他倒在洗衣盆上，血流不止。

"水变成了红色，红色，"父亲说，"我从没见过比那更红的颜色。"

他和父亲同名，但他一点也不像他的父亲。当他被征召进入海军部队后，长官发现他非常沉着、安静，属于那种不善于表达的人。他们管他叫圣坛男孩，因为他在制服下面戴了一串玫瑰念珠。他被调到彭德尔顿营后，遇见一个叫克拉伦斯的室友——一个说话声音很大，却非常有魅力的人，性格与他完全相反，所以他们自然成了好朋友。

"他想给我介绍他妹妹，"父亲说，"我以为她长得很丑。如果男生想给你介绍他妹妹，这个妹妹通常长得不好看。但他说，我们会很般配。"他将头扭向玻璃门一边，清晨的阳光将天空染成了粉色，"我简直不敢相信她长得有多么美丽。而且年轻。可能我当时也很年轻吧。自从目睹父亲倒在血泊中后，我就再也没觉得自己年幼过。可是你的妈妈，她浑身都散发着光芒。她的一个微笑将我的整个心胸都打开了。"

父亲终于在中午睡着了，脑袋靠在玻璃上。那天下午门铃响时，纳迪娅已经有二十四小时没合眼了。她跌跌撞撞地走到门口，以为是奥布里，看到的却是卢克，他站在门口，手里拿着一盒食物。她知道自己看起来糟糕透顶：瘦骨嶙峋，黑眼圈严重，眼睛浮肿，上衣从肩膀滑落，马尾辫乱蓬蓬的。她已经好久没有洗澡、睡觉或吃饭了。在他震惊的双眼里，她感觉自己像个银器，像个放在嘴里咀嚼的冰块，直到融化成一条细长的新月。

他领她来到餐桌前，将一盘鸡肉和米饭放进微波炉里。她手臂抱在胸前，看着他安静地在厨房里忙活，在微波炉响之前关掉开关，安静地关上放餐具的抽屉。他将一盘热气腾腾的食物放在她面前。

"吃吧。"他说。

"我应该回来的。"她说。

"你得吃点东西。"

"我应该多回家的。"

"那能改变什么？即使你在这儿，你能做什么？把一百磅[①]重的杠铃从他身上抬起来？"他把盘子推到她面前，"你现在必须吃饭。你得强壮起来，才能帮他。"

[①] 英美制重量单位，1磅合0.4536千克。

"我丢下了他。"她说。

"你去上学了。他也希望你去啊。"

"我像她一样离开了他。"

他触碰了一下她的脸颊，她闭上眼睛，融化为他指尖的柔软。

"不，"他说，"那不一样。"

"一样，"她说，"我感觉我必须变成她，为了我们俩。"

她开始哭泣。卢克将她的头靠在自己的肩膀上，然后带她离开餐桌。在浴室里，他用健康的那条腿跪在地上，往浴缸里放水。

"你为什么做这些？"她说。

"因为，"他平缓地说，"我想照顾你。"

后来，他在她的床头柜上放了一杯水，安抚她上床。这几个星期以来，她第一次如此放松地睡觉，沉沉的一觉，因为卢克在客厅照看她的父亲。入睡前，她想到，那晚在堕胎诊所，她多么希望醒来时看到的是这番场景。卢克在那里，照顾她。照顾自己让她感到精疲力竭。然而现在，见到她没穿衣服，卢克便退了出去，好像他从没见过她裸体的样子，好像他不了解她身体的轮廓，不了解她肚子上的凹痕一样。母亲以前总说上帝在这个地方亲吻了她。卢克以前也亲吻过同样的地方，与神灵的吻相重合。她浸在温暖的泡泡浴中，闭上双眼。

第二天早晨，卢克带来父亲的药，纳迪娅在厨房亲吻了他。

他一只手攥着药房的纸袋，另一只手搂住她的腰。在她的卧室里，窗帘随风摆动，卢克将她放到她儿时的床上，两个人的重量压在床上，发出咯吱咯吱的声音。无声地、安静地。不同于年轻时急促地撩起裙子、露出她的腹部，把牛仔裤脱到膝盖处；现在，他解开衣服，将它挂在椅背上。他脱掉她的袜子。他散开她刚刚洗过的头发，将脸埋进去。他们缓慢又从容地进行着两个受伤之人表达爱的方式，小心翼翼地试探彼此受伤的肌肉能伸展到何种程度。

11

那不是外遇。

外遇是孤独的、喝得酩酊大醉的家庭主妇或饥渴的商人那些真正的成年人所做的真正的成人之事，不是将高中男友偷偷带上她儿时的床。纳迪娅感觉她的过去被一层层扒开；她慢慢回到过去的日子。卢克在她上面，他熟悉的温暖和重量，让在他之后出现的每个男人，都像春天的雾气一样消散。每天午休的时候，他都会来找她，她趁父亲午睡时将他偷偷带进房间。在她的床上，卢克不再是已婚的。他不认识奥布里。她又回到了十七岁，同卢克在她父母家里偷偷摸摸，只是现在他们得更安静，希望他拐杖碰地的声音不会太大。

在她的床上，她相信不可能之事。她觉得自己变得年轻了，皮肤更柔软紧致，之前读的那些教科书不再存在于她脑中。卢克也不再跛脚，不用大把大把地吃阿司匹林。不爱奥布里。他亲吻了纳迪娅，她不为所动，他们的孩子没有在她身体里成形，他们过着不同的生活。

她在时光中迷失了，她的日子分裂成之前与之后。卢克来之前，她会打扫厨房，帮父亲进卫生间，给他吃药，给自己洗澡。她会梳头发，但从不化妆——因为那样做太不自然，会毁了他们的幽会——然后帮父亲坐到扶手椅上。卢克走后，她会再洗一遍澡，在雾气中闭上双眼，仿佛热水能将她刚刚做过的事情彻底洗净一样。

有些日子，他们不会做爱。有时，卢克坐在厨房餐桌前，她在一边为他做三明治。她感受着他的注视，她将三明治一分为二，想象这些小时光对他们来说如家常便饭一般正常。她坐在他对面的椅子上，将一条腿搭在他的大腿上；他吃饭时会在桌下轻抚她的小腿。外遇是阴暗的、密不透风的，不是像他们这样，等父亲在客厅睡着后，一起晒着太阳在餐厅吃饭。这些安静、隐秘的日子最暗藏危险，但恰恰又是最亲密的时光。

"我爱你。"一天下午，他轻声说，手指拂过她的腹部。她不确定他是在跟她说话，还是在对那个孩子的魂魄说话。你真的能做到不去爱一个孩子吗，尽管是一个从未谋面的孩子？还是说那份爱转换成了别的东西？她希望他什么也没说；他正在她的幻想边缘挣扎。爱对她来说到底是什么？母亲说爱她，然后离开了她。在意识到被某人抛弃的一刻，你是最孤独的。

"你丢下了我，"她说，"你把我一个人留在那家诊所里……"

"可我现在在这儿啊，"他说，"我回来了。"

　　预约的那个早晨，奥布里坐在等候室里，看挂在头顶的电视播放的心脏病视频。做成卡通形象的红细胞带着降落伞滑落，像碰碰车一样撞来撞去。心脏病是诱发女性死亡的主要原因，循环播放到第三次时，视频提醒了她。这个视频正在讲述一个事实，那就是你的心脏可能正在慢慢杀死你，但知道这个事实真的能让你感觉好一些吗？她叹了口气，拿起一本杂志。她讨厌看医生。她刚搬到欧申赛德时，姐姐带她去看了无数个医生。有一次，有个医生给她做体检，让她把衣服脱掉并换上纸质的薄长袍，她努力不让自己哭出来。她觉得恶心，想象保罗像病毒一样在她体内扩散。医生说她什么问题都没有。回家的路上，她拒绝和姐姐说话，因为莫竟然以为她可能得了什么病，这让她感到难堪。然后她被带到精神科医生那里看病，医生给她开了抗抑郁药，但她从没打开过，橘黄色的小药瓶躺在她的抽屉里，落上了灰尘。有个治疗师问了一系列关于学校的老套的问题，就是不提保罗，然而整个过程还是让她感到恶心，因为她知道那些问题都是埋伏。事后，她爬上凯茜的车，将头靠在车窗上，直到回家。晚上，她听见莫和凯茜在房间里争论，房间的墙壁太薄，无法掩盖她们气愤的私语。

　　"我只是在说她对那医生太过紧张，现在怎么着？"凯茜说，"因为她的紧张，我们还要让她去看另一个医生？"

　　一只蛾子飞进了等候室，棕色的翅膀薄得像一块痂。她咬起大

拇指——一个讨厌的坏习惯，母亲总这么说——此时，蛾子在房间
里扑腾，飞过接待处的桌子，飞过面朝大街的窗户，飞过两个坐在
电视机下方的女人身边，然后落在了一摞杂志上。她看着它落在上
面，它叠起的翅膀像一个箭头。姐姐早些时候打来电话，让她看完
医生后告诉她结果。她劝了奥布里好几个月，让她来做这个预约。
她不想要答案吗？即使是不好的结果，有个诊断也总比在那里猜测
为什么无法怀孕要强吧？也许吧，但奥布里讨厌在那里等待医生告
诉她自己的身体出了什么问题。她还是做了预约，这告诉了她一件
事：她已经开始感到绝望。

在托比医生的办公室，奥布里躺在那里，盯着丹泽尔·华盛
顿①的眼睛。医生在屋顶贴了几张帅气电影明星的海报。"这有助于
帮患者放松。"她第一次看病的时候他说，歪嘴一笑。医生将冰冷
的器械放进她身体的一刹那，她握紧了拳头。任何东西进入她身体
时，她仍然会感到紧张，包括卢克的手指。婚礼那晚，她非常痛，
能感觉到眼角噙着眼泪。但她什么也没说，卢克继续进入她的身
体，慢慢地，但很坚决。他怎能不知道自己弄疼了她？或者更糟糕
的是，他怎能不在乎？如果他爱她，怎么还会享受？不过她还是坚
持下来了，因为你就该这样。女孩的第一次就该疼痛。只有经历过
疼痛才能让你成为女人。女人一生中的大多数里程碑都是通过经历

① 美国著名黑人男演员，代表作有《光辉岁月》《费城故事》等。

疼痛来完成的，比如第一次发生性关系或生孩子。对男人来说，只有高潮和香槟。

她没想到第二次或第三次也会疼，甚至是现在，过了这么多年，每当卢克进入她身体的时候，她还是会感到恐惧。他很享受——她能从他闭眼或咬住嘴唇的样子看出来——但她永远都是握紧拳头，直到适应了他在她身体内移动才会将拳头松开。可能是心理因素，她在网上读到。想到保罗仍存在于她的脑中，她就感到恶心，仿佛卢克抚摸她的时候，保罗站在床尾监视一样。或许她的困扰和保罗完全无关。也许她只是被挑逗得不够。网上说女人应该表达出自己的欲望，是这样吗？一定要像电影里的性感女人那样大声喘气并发出婴儿一样的声音吗？还是应该粗鲁低俗？男人真的喜欢在床上那样吗？有一次，卢克告诉她，希望她能更主动些。

"我感觉你好像不是真的想要我。"他说。

她呆住了。她当然想要他，一直以来，她只想要他一个人。但她不知道怎样才能让他感受到。她拿出别人在新娘送礼会上送给她的紧身连体衣和睡袍，端详了一会儿，又把它们埋进了抽屉里。有一次，她买了奶油和巧克力糖浆，但是不知道该怎么顺利地从床上移动到冰箱前，所以她把它们带到了莫妮克的生日聚会上，就着蛋糕和冰激凌一起吃了。也许她的身体没有任何问题。也许，如果她更性感、更诱人一些，现在可能已经怀上了。

托比医生告诉她不用担心。

"一切看起来都很好，"他说，"你既年轻又健康。放松就好。喝点葡萄酒。"

喝点葡萄酒，好像这样就行了一样。托比医生在医学院学了那么多年，就给出这么个建议？她开车来到谢泼德夫人的办公室，生气自己将时间浪费在了医生那里。谢泼德夫人告诉她要高兴点。毕竟，医生本可能会给她一个不好的检验结果，说她不能生育，可能根本没有机会生孩子。相反，他说她很健康。婆婆将手伸过桌子，握紧她的手。

"亲爱的，别担心，"她说，"一切都有定数。你不能催促上帝。"

那天晚上，卢克回家很晚。奥布里在睡梦中听见他在黑暗中摸索着脱掉衣服。他们刚结婚时，每次听到他在黑暗中移动的声音，她总是会被惊醒。他可能是任何人，蹑手蹑脚地进入她的公寓。不过现在她已经熟悉了他的脚步声，他怎样脱牛仔裤和上衣，然后爬上床在她旁边躺下。她闻着他熟悉的气味，有一些甜，但很温暖，散发着男性的气息。他们的床上布满了他的味道，他们不在一起睡的几个晚上，她总是将他的枕头放在自己的枕头上睡觉。就像他们谈恋爱的时候一样，她总是把毛衣放在厨房的椅子上，因为他的夹克挂在那里，罩在毛衣外面，这样等他离开后，她的毛衣就有了他的味道。

她靠近他，将手搭在他温暖的肚子上。再往下一点，她就能将手伸进他的内裤。她可以亲吻他，趴在他上面，就像多年前她在海滩卫生间里骑在拉塞尔的身上一样。她可以对一个陌生人做这些，却无法主动对自己的丈夫投怀送抱。然而，她还没来得及做任何动作，卢克就将她的手举起，吻了一下掌心，便转身睡着了。

在渐渐昏暗的夜光中，卢克在纳迪娅家的后院大喘着气，用她父亲的杠铃练习卧推。他在打发时间，等纳迪娅热晚饭，等她父亲在电视机前睡着，然后他就可以和她在卧室待上一个小时。他通常不会这么晚过来，但今晚是个意外之喜：他的日程表在最后一刻被调整了，所以早些时候他告诉奥布里会下班晚时，他并没有撒谎，他从没撒过谎。在撒谎这件事上，他比自己想象的更擅长。他有些吃惊，没想到这么轻易就说服了自己，让自己相信现在所做之事并不算错。一切都只是因为纳迪娅在先。她是他的初恋，所以或许，从某种角度来说，她有权占据他的心。这和你在超市排队一样，排队的时候突然跑出去拿面包，然后再回到原来的位置，没有人会因为这个生气。你原来就在队伍中，所以并不算插队。

他呼气，将杠铃推起。他开始锻炼了，每次来时都会用她父亲的杠铃做上几组。他变重了，每次在纳迪娅面前脱衣服时，他都会突然意识到这一点。她上一次见到他的裸体时，他的身材还很完美，体重二百二十磅，体脂百分之五。现在，他肚子上长了赘肉，紧实的小腿肌肉和二头肌都变软了。他变胖了，像过去那些来校友会探访球队练习的校友一样；卢克和队友曾经偷偷嘲笑他们，嘲笑那些不打橄榄球后还按打球时的食量进食的男人。他有一天会变成那样，他早就知道，但他没想过这一天会这么快到来。

自从他和纳迪娅又睡在一起后，他就开始注重饮食，避免吃甜食，并在浴室里做俯卧撑。他很不好意思，像一个没有安全感的青少年，也许这正是她想要的。她爱过他，那时候他年轻、帅气、冷酷。他不想再对她冷酷，但最起码能恢复帅气的模样。

"你想要它们吗？"

他将杠铃放到架子上，坐起来，胳膊在燃烧。纳迪娅站在纱门后面。

"什么？"他说。

"拿走吧。"她说，指着那些杠铃片。

"可这是你爸爸的。"

"他不需要了。它们差点要了他的命。"

她靠在门口，用一只脚挠另一只腿的后面。她穿了一条运动裤，头发盘了起来，她从未像现在这样美丽。他没见过她这一面，这是第一次。那时候，他们每次出去，她都会精心打扮一番，穿超短裙、戴墨镜、涂口红。他喜欢她那么做，为了见他而努力打扮自己，然而，现在面前这个不施粉黛的她更让他有亲切感。这才是真实的她，因为她足够信任他，才让他看到这一面。就像她曾看到真实的他一样。奥布里看到的那一面是他变好的版本。而纳迪娅见过他最糟糕的样子。他以前对她自私、刻薄，即便如此，她还是想要他。他很开心，因为他知道自己也见到了纳迪娅最糟糕的一面。她背叛了最好的朋友，和他在一起。她对他们的事情感到内疚，他看得出来，尽管她不会承认。承认就意味着她不会再见他。装作没有愧疚感则更简单。

所以他也装作没有。那天晚上，他躺在她的床上，用手抚摸她赤裸的肩膀，两个人的汗水交织在一起。

"你有没有想过那年夏天？"他说。

"哪年夏天？"她问。

"你知道，那个夏天。"

有时他觉得自己被困在了那个夏天，在她上大学前，他会想，如果当时没有那么做，事情会不会变得不一样。如果他去诊所接她。如果他一开始就说服她不要去堕胎诊所。他们会不会就像现在这样，躺在床上聊天，唯一不同的是，有一个六岁的孩子在客厅里跑跑跳跳。

"有时会想。"她说。

"你觉得我们……"他停顿了一下，"也许我们应该……"

她在他怀中紧张起来，他知道自己越界了。他现在知道哪些话题是永远不能和她讨论的。奥布里。他们的孩子。他以为她会推开他，她却转过身来面对他。

"嘘。"她亲吻了他的脖子，将手伸进被子。

"纳迪娅……"

"我不想说这个。"她轻声说。

他不应该再去想那些了，不该去想他们一起生活的样子以及他们的家庭。他应该感激她带给他的一切。

宝宝伸手去摸爸爸胡子拉碴的脸庞。宝宝喜欢爸爸粗糙的皮肤。爸爸在车道停好车后，宝宝在窗边开心地手舞足蹈。宝宝扔了拨浪鼓，扔了橡皮奶嘴，扔了球。宝宝长了一双掷球臂，爸爸的朋友说，爸爸却默默希望宝宝有一双接球手。宝宝摇晃儿童棒球，宝宝在橄榄球场跑，宝宝练完篮球后，排队领橙子和水。宝宝第一次听爷爷讲道。宝宝在爸爸腿上看橄榄球。宝宝问爸爸的腿，宝宝听梦想破碎的故事。宝宝缠上绷带，学习疼痛。宝宝被撞时不再哭鼻子。宝宝和爸爸在前院扔橄榄球，爸爸每次都能精准地接到球。宝宝不明白为什么有时球会掉，爸爸告诉他因为他的手太硬。

手要软一些，爸爸说。抚摸女孩跟接球一样。柔软的双手。

在托比医生那里看完病几星期后，奥布里预约了一位生育专家。她第一次看到雅芙瑞是在FertilityFriends.com的网站上，过去几个月里她一直在这个论坛潜水。那些卢克因工作晚归的夜晚，她独自坐在电脑屏幕前吃晚饭，慢慢滚动鼠标，淡紫色的网站顶端写着这样的宣传语：再怎么努力怀孕都不为过。她没对任何人说过这个网站，包括卢克。她不想让他觉得自己疯狂想要孩子到了走投无路的境地。不过，通过读这些信息，值得安慰的一点是，她了解到

其他女人的情况比她更糟糕。那些人包括：网名叫MommytoBe75或
Waiting2Xpect82[1]的人；在网上报告上次月经期或与陌生人分享排
卵日程表的人。她同情这些女人，但不包括那些尝试要第二个或第
三个孩子的人。我们只是想要一个孩子，她总这么想，生气地点击
鼠标。在论坛里，一条关于加利福尼亚生育专家的帖子提到了雅芙
瑞医生，她的办公室在拉霍亚郊区，她以前的病人将她称为"宝宝
制造者"。这个昵称让奥布里感到安慰又有些心神不宁。她不想将
自己的宝宝视为医生创造的产物，像某个科学实验那样，但她很看
重大家对雅芙瑞医生寄予的信心。也许这正是她所需要的，去看专
家。也许雅芙瑞医生可以拯救她，让她不至于沦落为论坛上那些可
怜的女人。她打电话到雅芙瑞医生的办公室预约，卢克说他不能翘
班，于是她打电话给纳迪娅，让她陪自己一起去。

"我去不了。"纳迪娅说。

"为什么？"

"因为，"她顿了一下，"这听起来太私人了。你为什么不让
莫陪你去？"

"她也要工作。再说了，谁在乎私不私人啊？你又不是陌生人。"

她笑笑，纳迪娅在另一头沉默。自从纳迪娅回来后，她们之间
产生了一种无声的距离。她们偶尔还会聊天，但不像奥布里希望的那

----

[1] 中文大意为"将为人母75"和"等待准孕82"。

样频繁。她努力不去介意那些无人接听的电话和未回的短信。纳迪娅要担心她父亲，她最不需要的就是奥布里的情感负担。尽管如此，纳迪娅没有回复的时间越长，就越让她觉得她们之间渐行渐远。

"求你了，"奥布里说，"我只是紧张。如果你在那儿会让我感觉好很多。"

"对不起，"纳迪娅终于开了口，"我太傻了，我当然会陪你去。"

第二天下午，她们开车到雅芙瑞医生的办公室，她的办公室在一个棕色建筑里，楼前种着一排棕榈树。在候诊室里，接待处上方挂着许多抱着孩子的母亲的照片，犹如某种承诺一样。奥布里觉得这些图片很搞笑，尽管她想要的东西就挂在她面前。纳迪娅坐在她旁边玩手机，奥布里试着翻了翻《国家地理》杂志，没过一会儿就将它卷成了一个筒。

"你为什么紧张？"纳迪娅问。

"因为我知道自己有问题。"

她很紧张，等待纳迪娅问她为什么知道。相反，她的后颈却感受到了纳迪娅安抚的手指。

"你什么问题都没有。"她平静地说，有那么一秒钟，奥布里相信了她。

雅芙瑞医生是伊朗人，橄榄色的皮肤，黑色的眼睛，三十几岁，比奥布里想象的要年轻许多。她微笑着将她们迎至办公室，挥手指向角落的椅子。"你姐姐可以坐那儿。"她说。谁也没有纠正她。陌生人经常将她们误认为亲姐妹或表姐妹，甚至是女朋友，这是奥布里想出来的。她惊讶于她们能如此相像，成为一家人，用各自的方式去爱对方。她们是彼此的什么人？也许什么也不是。医生翻阅病历的时候，她坐在一个金属桌上，脚悬在空中晃悠。在屋子的角落里，纳迪娅靠在一个柜台上，上面放的全都是紫色塑料手套，与此同时，雅芙瑞医生正在问奥布里一系列问题：月经多久来一次？颜色是深还是浅？有没有患性传播疾病？是否怀孕过？是否做过人流？

"什么？"奥布里说。

"我必须问，"雅芙瑞医生说，用笔敲着记事板，"我通常会等男士离开后再问——你知道的，那些在大学时发生的，她们从没告诉过丈夫的事。"

"不，"她说，"没有。"不过她很感激雅芙瑞医生的怜悯之心。奥布里可不希望医生将她揣测为那种会向丈夫隐藏秘密的女人。她是会隐瞒，但她不喜欢让医生知道。

检测结束后，雅芙瑞医生为她安排了下次预约。下次会照X光片，确认输卵管没有堵塞，对骨盆进行超声波检查，观察子宫内膜的厚度，检查有没有卵巢囊肿，用验血的方式判断激素分泌情况。医生走后，奥布里穿好衣服，那些衣服刚刚已被纳迪娅叠成了一小堆。

"我无法相信她竟然问你那个。"纳迪娅说。

"问我什么？"

"你知道的。堕胎的事。跟那事有什么关系啊？"

"我不知道。例行公事吧。"

"尽管如此，我还是不敢相信她会那么问你。"

事后，奥布里在想究竟是什么出卖了她。是陈述本身，还是纳
迪娅声音中异常的柔软，或者甚至是日光灯下她脸庞的样子——流
露出丝丝痛苦。就在纳迪娅将针织衫递给她，她接过来的一刹那，
她知道了纳迪娅就是那个女孩。自从卢克几年前向她坦白后，她经
常想起那个没有名字、没有脸、将自己孩子打掉的女孩。他爱过那
个女孩，可是她消失了，像那个孩子一样，永远离开了他。

在回来的路上，她们前面的车子行驶缓慢。车每向前移动一
点，她都将方向盘握得更紧。在她身旁，纳迪娅在调收音机电台，
她调到一首她们都喜欢的坎耶·维斯特的歌，她们曾在屋里无限循
环播放这首歌，在科迪·理查森的派对上随它舞动。她想过那个夜
晚，想起她喝得烂醉如泥，想起她轻松忘记了一切不愿记起的回
忆。那晚，她可以是任何人，穿着紧身裙，和纳迪娅·特纳在拥挤
的派对上尽情跳舞。那晚结束时，纳迪娅将胳膊搂在她的腰上，在
她耳边说："咱们先把你送回家。"她点点头，然后才意识到自己
甚至都没想过怎么回家。不过她心里有数，知道纳迪娅会照顾她。
那晚在床上入睡前，她感到纳迪娅的手碰到了她的后背。那是一个
不经意的动作——像帮某人摘衣服上的线头一样——可是在那一
刻，奥布里感受到了从未有过的安全。

她放下纳迪娅后，将车停在了街角的酒水专卖店。她走进去的时候，站在收银台后面的印度男人向她招手。店里几乎没有人，一个颓废的金发女子将半打康胜啤酒搬到收银台，两个男孩在争一袋辣味奇多。她拿起一瓶意大利黑皮诺葡萄酒，因为她喜欢瓶子上银闪闪的标志。回到家后，她喝了半瓶酒，一边喝一边将抽屉角落里那件黑色连体内衣套了上去。她抚平有褶皱的地方，站在镜子前，鼓捣衣带和蝴蝶结。因为喝了酒，她怎么也解不开它。她想象着自己永远被困在这件连体内衣里，难道需要别人帮她剪开才可以？就像她公公将卢克的贞洁戒指锯下来那样。

她在沙发上喝完了一整瓶酒，听着时钟沉闷枯燥的嘀嗒声。卢克回家时，她已经喝醉，昏昏欲睡。她想穿着连体内衣去应门，她想让他第一眼就看到她，但她动作太慢，他进门时，她还在沙发上。他在她面前呆住了，手里仍然握着钥匙。

"你还好吗？"他说。

她站得太猛，失去了平衡，抓住扶手让自己站稳。

"来这里。"她说。

"你喝醉了吗？"她抓住他的裤带，一把将他拉了过来。她将手伸进他的裤子里，感觉他在用一种从未有过的眼神盯着她，怜惜她的绝望。当他进入她的身体时，她闭紧双眼，在疼痛中找到了愉悦。

第二天，卢克问纳迪娅能不能带她出去约会。他的脸近在咫尺，躺在她的枕头上，看上去有些害羞；她都快忘记他的睫毛是多么卷翘了。午后的阳光透过百叶窗照射进来，她感到慵懒和温暖，在床上伸了个懒腰。

"要不去市中心？"他说，"或者海港那边？我不知道，你想去哪儿都行。"

她正在探寻他的文身轨迹，探寻他左臂上像迷宫一样相连的图。七年前，他们最后一次赤裸相对时，他只有几个文身，而现在他整只胳膊都文满了图案，这让她着迷：肩膀上布满了部落符号；靠近手肘处有一个龇牙的骷髅；恶魔的舌头从尖牙中伸出，变成火焰，舔向卢克的手腕。肱二头肌处有一个箭头，再往上写着"On my own（靠自己）"。卢克左侧的胸大肌上有一头狮子，狮子的鬃毛如烟一般飘散。胸的另一边光滑、干净，没有文身，右边的胳膊也是如此。他的文身在这里戛然而止，仿佛他将另一只胳膊伸进衣服里完全忘了文一样。

"为什么？"她说。

"什么为什么？"

"为什么约会？"

他拉住她的手放到胸口，让她从后面抱住他。她总是听说男人讨厌拥抱，所以当她发现卢克喜欢被她环抱时感到异常惊讶。一开始她差点笑出来，但从某种角度来说，这也合理，每个人可能都想被抱在怀中。她抱住他，亲吻他健硕的后背。

"我不知道，"他说，"我只是想带你去个好点的地方。"

"别人看见我们怎么办？"她说。

"那就让他们看好了，"他说，"我不在乎。"

"你结婚了。"

"如果我没结呢？"

那一刻，她放纵自己想象了一下，他将这件事看得如此简单，他与自由之间只隔着一扇门，仿佛他要做的只是轻轻滑动一下门闩。卢克擅长做这件事，他总是能跑掉。她还记得那天在球场上看他比赛，震惊于他的秒速移动，他的身体仿佛知道什么时候该向左或向右做假动作，总能判断危险出现的方向。他从她身边逃走过，她不能让他对奥布里做同样的事情。奥布里坐在生育医生办公室的金属桌子上时，看上去是那样瘦小。

"你不能这样。"她说。

"为什么？"

"因为她爱你，"她说，"我们只是性，乱搞在一起，但她爱你。"

"不只是性啊，"他说，"别那么说……"

"对我来说是。"她说。

他默不作声，开始穿衣服，穿到一半时顿住，裤子挂在脚踝。他看上去快要哭了，她将头扭向一边。他不爱她。他只是感到内疚。他抛弃过她一次，现在想留住她，不是出于感情，而是羞愧。

她拒绝让他把愧疚之情埋进她的心里。她不再是一个埋葬任何男人情感的地方。

卢克把手表落在了她的床头柜上，所以第二天早晨，她将表带到上室教堂。她将车停到停车场时，修女贝蒂正拖着脚从对面的公交车站走过来。车辆管理局没收了她的驾照，因为她没通过上一轮考试。

"他们把我问住了，"她说，"谁知道那些琐碎的问题啊？我开了六十六年车，从没撞过任何人，现在这帮人说我不能驾驶，就因为他们那些琐碎的问题？"

她看着修女贝蒂缓慢地找出钥匙开门，她的手在颤抖。让她这样上了年纪的女人在黎明时分等待巴士，这可不行。

"我可以送你，"纳迪娅说，她从手提袋里掏出一张纸，"我把电话号码给你，你准备好上班了就打给我。好吗？"

"啊，不行，亲爱的，我不能给你添麻烦。"

"一点也不麻烦，真的，拜托。"

她举着从笔记本上撕下来的纸。修女贝蒂迟疑了一下，然后接受了。

"你有一个善良的灵魂，"她说，"我能感觉到。就像你妈妈一样。"

纳迪娅把卢克的手表放在了修女贝蒂的桌子上。她开车回家，看了一眼后视镜中的自己。她摸摸镜中的影像，没有见到母亲的脸庞，只有脏兮兮的玻璃。

12

多年以后，我们意识到这块表其实说明了一切。一个女人有别人丈夫的手表只有两个原因：

1.她和他睡了。

2.她是修表的。

纳迪娅·特纳看起来并不像钟表匠。我们还没有顿悟事情的真相，但我们对奥布里仍然抱有同情之心。每个礼拜日早晨，我们在教堂大厅里将她围住，我们能感受到她内心积聚的悲伤。阿格尼丝窥视到一个女孩出生在父母互不信任的家庭里。女孩也对这个世界缺乏信任，连她自己都不太清楚原因。她能感受到父母之间的冷漠，这引发了她对一切事物的猜测：如果父母可以假装相爱，还有什么是不能欺骗她的？这世界还对她隐瞒了什么，控制着什么？

　　她可能有一天会听到这个故事，会想这和她有什么关系。一个将恐惧隐藏在美丽外表下的女孩，一个被遗弃的孩子，一个死掉的母亲。这些不是令她心碎的故事。每一颗心破碎的方式都不同，她知道自己的心破碎的方式，她去追寻它们的轨迹，就像掌纹穿越掌心一样。她母亲还活着，除此之外，她从没被遗弃过。甚至总有人为她祈祷。现在她长大了，或者说至少她认为自己长大了。但她还没有学会悲伤的数学原理。失去的重量总是大过留下的。她听祖父讲道时讲过一个好牧羊人丢下九十九只羊去寻找一只迷路的羊的故事。

　　可是他丢下的那一群羊呢？她不禁疑惑。它们现在是不是也不见了？

　　那年秋天，纳迪娅·特纳开始为教堂奉献。一个阴沉沉的清晨，父亲还在睡觉，她拾起门厅桌子上的钥匙，从车道上开走了他的卡车。她摇下窗户，将一只胳膊露在潮湿的空气中，在安静的大街上行驶，她路过正在翻"关门"标牌的咖啡馆，穿着睡衣的女人在公交车站为背着双肩包的孩子整理书包带，穿着潜水服的冲浪者将冲浪板架在卡车上，最后她在一栋庄严的、有蓝色轮廓的白房子前停下来。她开始觉得自己像个仆人，下车扶修女贝蒂登上卡车的高台阶，特别是其他修女也开始让她接送以后。

　　"哦，希望你别介意，"修女贝蒂说，"我跟阿格尼丝说你可以载她去药店。"

不，不，她不介意。她记住了送修女们回家的路线。她以前甚至没想过她们也有自己的家——还以为她们会将铺盖放在唱诗班的壁橱里，晚上直接在教堂的长椅上睡觉。相反，修女阿格尼丝住在市中心一栋灰色公寓里，修女海蒂住在后门附近一栋铁锈红色的房子里。修女弗洛拉住在一个叫费尔温兹的赡养院里，街对面就是一所小学和托儿中心。她被死亡和孩子们围绕。蹒跚学步的小孩从她窗前经过，到托儿中心上学，孩子们在操场奔跑或者从学校骑车回家。修女弗洛拉身材瘦高。她少女时代打过篮球。纳迪娅还了解到其他事情，比如修女克拉丽斯以前是一名特殊教育的老师，朋友都叫她克拉拉。修女海蒂做饭最好吃。修女贝蒂以前长得最美。

纳迪娅不知道修女们的年龄，但她们现在肯定有八十几岁或九十几岁了。难怪车辆管理局不想让她们开车上路。不过她还是为她们感到难过，特别是修女贝蒂，这么多年来，她一直都是第一个起床到上室教堂开门的人，所以她会确保早早接上她。她不再为偷偷溜出家门而感到愧疚。父亲变得越来越强壮。下午的时候，他会绕着后院慢慢走，进行呼吸练习。有时复习律师资格考试时，她会透过玻璃窗观察他。她不想让父亲知道她还担心他，所以他晚上吃药时，她都会在他房里收拾，拂去床头柜上的灰尘，将洗好的衣服收起来，或者呆呆地盯着母亲的香水瓶。她以前总爱玩母亲的香水，特别是黑色那瓶。母亲只会在晚上和父亲约会时在脖子上喷两下。所以当纳迪娅将香水拿到鼻子前闻时，想起她曾期待已久的夜晚，兴奋地目送父母的身影从门口消失，因为她知道他们总会回来的。

她的这种奉献像是一种忏悔，就像用手指滑动念珠一样。每英里都是它的祷告。如果她无私地奉献自己的时间，或许她可以忘记自己做过的错事。如果她不求回报地工作，如果她对一个无法报答她的人友善，或许她的原罪可以洗净。一天下午，在去药店的途中，她提起最近找到了母亲的祈祷书。找到了，她用的是过去式，因为这样叙述更简单，直接删掉卢克的部分。修女们又开始喋喋不休地谈论起来，这是她们固有的谈话模式，插话、打断，帮别人完成句子。

"哦，她以前可珍爱那东西了。总是夹在胳膊底下。"

"她妈妈难道没给她吗？"

"嗯……她是这么告诉我的。她是牧师，你们都知道吗？"

"不是牧师，只是个女传教士。"

"哦，有什么区别？"

"牧师需要有教堂。"

"好吧，那就是女传教士。孩子，你知道吗？你祖母以前在河里为人们施浸礼。"

纳迪娅总是很好奇祖母什么样子，母亲却很少谈起。"哦，她很严格。"纳迪娅每次问起时，她都会这么说，或者说"她当然爱耶稣了"。总是一些泛泛的评论，好像在描述一个她不再追看的电视剧里的人物。从相册中她的少量照片可以看出，祖母似乎是一个严厉的女人，除此之外，她是一个谜。当她告诉修女们时，她们一本正经地点头。

"是啊，她们不是很亲密。"

"这么说算好听的。"

那晚，纳迪娅问父亲，修女们那么说是什么意思，父亲告诉她，母亲怀她的时候，祖母将母亲从家里赶了出来。

"她说，她的孩子不能带着原罪在她家生活，所以我给你妈妈寄了一张灰狗巴士的车票，她就搬来和我一起住了。"他叹了口气，"你祖母不想和我们有任何瓜葛，我无所谓。但我永远也无法理解她为什么不想见你。我们是一回事。可孩子？你自己的孙女？我不懂怎么会有人不想见自己的亲孙女。"

她问父亲祖母是否还活着，他耸耸肩。"据我所知，"他说，"还在得克萨斯州，我确定。"他仿佛早已看穿了她，补充说："如果是我，就不会再纠结。她已经做了自己的选择。去找她没有什么好处。"她在相册里找到一张用宝丽来相机照的旧相片——母亲和母亲的弟弟站在家门口摆姿势。照片背面写着地址和日期。她在网上搜索这栋房子的近期照片，想象母亲小时候的样子，比如在门廊上跳舞的样子。也许她祖母还住在那儿。她看上去不像是那种到处搬家的人。她不知道如果有一天祖母看到她站在门廊上，会说些什么？她会眼泛泪光吗，感恩且高兴，终于见到了外孙女？还是说她会将她赶走，就像当年赶走自己的女儿一样？导致她们关系破裂的根源就站在她面前，她会生气吗？

"妈妈有没有想过……"她迟疑了一下，手指绕着手提包上的金色纽扣打转，"不要我？"

"什么意思？"父亲说。他将一粒白色药丸放在舌头上，仰头咽了进去。

"你知道的。"她的手指一圈一圈地绕着那个纽扣，这样在说出那个词的时候她就不用看父亲，"堕胎。"

"有人跟你这么说过？"

"没，没有。我只是在猜想。"

"没有，"他说，"从没有过。她永远也不会做那种事情，你不会以为……"他停顿了一下，眼神变得柔和，"不是的，宝贝，我们爱你。我们一直都爱你啊。"

她本该高兴才对，但她没有。她希望母亲至少动过那个念头。比如母亲在离开医生办公室时，或想到祖母的脸时，那念头一闪而过。和爱人通话的时候，在沉默的对话中，那念头也一闪而过。她打电话和诊所预约，流着眼泪挂上电话，她坐在等候室里，双手相握。她差一点就可以做了……这都不重要。她讨厌想到母亲不想要她，但是，如果能在镜中看到母亲的脸并知道她们是一样的人，也许会让她好受一些。

　　最近一次见纳迪娅后，已经过去了三个星期，卢克蹲在后院台阶上，正在打一场与栏杆斗争的比赛。这是戴夫的建议。点一根蜡烛，卢克上次拨打咨询热线时，他告诉卢克。戴夫没有说是哪种类型的蜡烛。是卢克母亲摆放在卧室的香薰蜡烛、餐厅里摆放的迷你蜡烛，还是在墨西哥食品架上找到的印有圣母马利亚画像的红蜡烛，或者生日蜡烛、彩虹条纹的细长蜡烛。什么样的都行，戴夫说，所以卢克买了一包细长的白蜡烛。他坐在屋后的台阶上，用手护住火苗。应该能帮他做个了结，戴夫说过。心静。可是只要蜡烛一点燃，卢克就感到紧张。傍晚的清风吹得树叶沙沙作响，他躲在灌木丛后，想要护住小火苗，它是那样脆弱，突然唤起卢克想要保护好它的责任感。

　　戴夫是圣地亚哥市区家庭生活中心的咨询师。卢克在几个星期前从酒吧出来，在风挡玻璃上看到了他们的宣传单。在寻找真正的选择吗？这句话是黄色宣传单上的标语，标语下方是一张图片，一个怀孕的妇女抱着头，一个男人站在一旁，凝视着远方。这还是卢克第一次在怀孕宣传单上看见男人的照片。其他宣传单上都只有悲伤、孤独的女人。大多数孕产中心的宣传单就是现实生活的写照，意外怀孕发生时，缺席的都是男人。就像他当时也不在一样。他拨打了上面的电话，只是想看看都会说些什么东西。他告诉自己挂掉电话。可是值班咨询员戴夫却开始滔滔不绝地讲起那些只有女人在堕胎后才会经历的事情。

"男人会经历一种独特的失去感。"戴夫说，"孩子被堕掉后，男人会挣扎是因为他们没有履行身为人父最基本的职责：保护家庭。"

卢克从来没有从这方面思考过。他和纳迪娅不是一家人，他们只是两个害怕的孩子。可如果他们是一家人呢？如果有那么短暂的一刻，他们是一家人，被他们创造的生命缝合到一起呢？他们现在会变成什么样？卢克每天晚上都会给中心打电话。如果不是戴夫接，他就会挂上电话。他把几年前发生的那件事情告诉了戴夫。戴夫没有对他品头论足。这很正常，他说，经历过堕胎的父亲会感到悲痛。你一旦创造了新生命，就会想要成为父亲，不管那个孩子发生了什么。

卢克从兜里掏出手机，拨通电话，小心翼翼地让蜡烛一直燃烧。

"是你吗，卢克？"戴夫问。

"嗯。"

"怎么样，哥们？"

"还行。"

"只是还行？"

"嗯。"

"好吧，"戴夫清清嗓子，"有没有想好到中心来？"

　　"我去不了。"卢克说。

　　"这会对你有帮助，相信我，面对面的交流比在电话上说更管用。有时候你就是得与人面对面交流，你懂我的意思吗？"

　　"嗯。"

　　"我不咬人。发誓。"戴夫大笑，"如果你过来，我还有一些书可以给你。比如这本……"他的声音绷紧了一下，好像在拿什么东西，"非常棒的一本，叫《父亲的心》，是这个人写的，叫……"

　　"我得挂了。"卢克说。

　　"等等，哥们。别跑。我会帮你留着这本书，直到你做好准备，好吗？"

　　"好。"

　　"那么，你在想什么？"

　　"我买了蜡烛。"卢克说。

　　"太好了！"戴夫说，"点一根蜡烛。闭上眼睛。想象你的孩子在耶稣脚下玩耍。"

　　卢克闭上眼睛，蜡烛很温暖，火苗在他面前摇曳。他努力想象戴夫描绘的场景，但他只能看见纳迪娅，她的笑容、棕色的眼睛，然后他感到一阵灼痛。一滴热蜡油滴落到他手上。他缩了一下，刮掉落到台阶上的蜡，手上沾到碎石和泥土。他应该找个什么东西托着蜡烛。他怎么没想到呢。在他身后，后门打开了，他的妻子靠在门口，皱着眉。

"你在做什么？"奥布里说。

"没什么。"

"蜡烛又是干什么的？你把蜡滴了一地。"

她用脚指向台阶上的白色圆点。卢克向前倾，吹灭蜡烛。这么一弄把这里搞得更乱了。

"你什么时候安定下来，孩子？"一天早晨修女贝蒂问纳迪娅，"你总是到处飞，一会儿这里一会儿那里。你以为生活就是到处流浪，去寻找让你开心的事情吗？那都是白人女孩的梦想和幻想。你得安定下来，找一个好男人。看看奥布里·埃文斯！你什么时候才能像她一样？"

卢克不再来探望父亲，但她有时会在上室教堂里碰到他。他总是看起来羞于讲话，甚至连一句含糊的"你好"都不说，眼睛一直盯着磨旧的地毯。在狭窄的过道上，他们擦肩而过，两人之间的距离闪烁着火花。她告诉自己不能去想他。她需要好好做人。她开始在午休时间和奥布里见面，她们坐在窗前，一起喝咖啡。她想过坦白，可是每次话到嘴边就又咽了回去。说真话会有什么后果？她和卢克已经结束了。奥布里要是知道他们背叛了她，又会怎样呢？

她从不去奥布里家，但每个星期她都会和奥布里在莫和凯茜家吃一次晚餐。重回那栋白色房子让她感觉又回到了十几岁，她想在那里待到晚上，吃冰激凌或懒洋洋地躺在后院里，直到灯光变暗，夜幕降临，等着她的是大好未来，洁白无瑕、自由自在。她和奥布里走到街角的小店买零食，或者坐在她以前的卧室里涂指甲油。她总是把奥布里的脚放到她的大腿上，帮她涂指甲油。似乎这是她能给予的最微不足道的事情。

到了万圣节，纳迪娅已经成为上室教堂的固定成员，牧师会让她帮忙组织儿童万圣节派对。她同意了。上室教堂让她做什么她几乎都答应。起初，她只是给修女们开车，现在，父亲还在康复中，所以她开始借卡车了。她和第二约翰将几十把折叠椅搬到卡车的车斗上；她开车穿过整个小镇为唱诗班取打鼓的设备；她把食物篮从无家可归部送到庇护所。人们以为她长大了，并且找到了上帝，其实她什么也没找到。她在搜寻她的母亲。她没有在这些老地方找到母亲，也许她能在上室教堂找到她，这是她喜爱的地方，也是她临死前去过的地方。如果她无法在母亲最后呼吸过的地方找到她，也许就永远也找不到她了。

万圣节没有太多要拉的东西，除了一些装饰物，不过她还是答应来帮忙。每年，教堂都会发糖果，这个节日的黑暗起源让他们担心，但因为有太多人在庆祝，他们无法忽视这个节日的存在，所以发糖果是庆祝它的最好方式，没有人会受到冒犯。人们可以穿万圣节的服装，但只能扮成正面人物。超级英雄可以，恶棍不可以，死人也不可以。最好是《圣经》里的人物，但谁也不知道《圣经》里的人物是否能避开死亡的规定；每年，都有一个聪明的傻子穿上木乃伊的服装，称自己是拉撒路①。那晚，她几乎认不出教堂里的孩子。灯光全部熄灭，屋顶上布满了闪闪发光的塑料星星。如果说万圣节需要黑暗，那并不意味着漫天的星星无法将它点亮。孩子们挤进屋里，带着满塑料袋的糖果冲进走廊。贴着小胡子的小挪亚们拖着动物毛绒玩具；小亚当们拿着咬了一半的苹果杂耍；小摩西们胳膊下夹着便笺；小马利亚们轻轻摇晃自己的玩具宝宝。

纳迪娅守在门口，坐在一把椅子上，腿中间放了一桶糖果。这其实就是成人的一刻，不是过生日那种成人礼，而是这一刻让她意识到自己变成了那个将糖果倒进孩子们的袋子里的人，变成了那个要给予而非索取的人。奥布里和卢克后来到了。她们发信息时，奥布里没有提会带卢克来，是啊，她为什么要提呢？他是她的丈夫，不就该和她在一起吗？他穿了一件棕色狱袍，每当有孩子问他装扮的是谁时，他都会说自己是参孙②。可他是短头发，所以整晚孩子们都在打他，他一一忍受。

"你扮的谁？"奥布里问。她带来一把剪刀。黛利拉③。

"谁都不是。"纳迪娅说。她不知道穿什么，所以孩子们问她是谁时，她会说自己谁也不是，只是个农民。

---

① 《圣经》中的人物。拉撒路病危时没等到耶稣的救治就死了，但耶稣一口断定他将复活，四天后他果然从山洞里走出来，证明了耶稣的神迹。
② 《圣经》中的人物，是一个天生拥有神力的犹太战士，曾被剪头发，力量全失，被敌人关在监狱里饱受折磨。
③ 《圣经》中参孙的情妇。

整晚，她们都坐在儿童教堂的门口，听着里面的笑声。她注视着这对古老的情人在假的星光下发放糖果，参孙坐在塑料椅子上，他将那条有残疾的腿露出来伸展，因为弯曲的姿势太疼了。他从桶里拿出一大把粉色星爆软糖，抓了一大把给奥布里，因为这是她的最爱。晚些时候，奥布里将头搭在他的肩膀上休息，这简单的接触是那么亲密，纳迪娅扭头望向另一边。

那晚冷得有些刺骨，夜空幽暗，几乎看不到银色的月亮。奥布里去卫生间时，纳迪娅到儿童教堂里面，往桶里补糖。她靠在窗户边，听着远方土狼的叫声，这时卢克向她靠近。

"我一直在跟一个叫戴夫的男人聊天。"他说。

"戴夫是谁？"

"他觉得我们从来不谈论他是错的，"他咽了咽口水，"我们的孩子。"

一群穿着闪闪发光的白裙子的天使从他们身边走过。这是一个奇怪的、倾斜的世界，倾向圣人而非罪人，倾向天使而非恶魔。一个畸形的世界，在这里，女孩们照顾老妇女，背叛最好的朋友。

"我们不应该再难过了。戴夫说他现在在天堂。"卢克露出微笑，去拉她的手，"你妈妈正抱着他呢。"

卢克望向窗外，在朦胧的月光下，他几乎可以平静地谈论他们的孩子，就像他们的爱情一样不可思议，快速流逝。她握紧卢克的手。如果这是他所需要的，那么她希望他相信它。她想让他相信一切。

那个礼拜日的早晨，奥布里在队列中看见一名海军。她在帮忙欢迎教堂会众时，一般都不会注意人们的脸，那些聚在一起等待同牧师一家握手的人还是会让她倍感压力，她现在也是这个家庭的一员了，她机械地晃动，重复同样的问候，拥抱，答应和他们喝咖啡，但她很快就会忘记。如果他没有穿制服，她根本不会注意到那名海军：蓝色制服，胳膊下夹着帽子，金色的纽扣在灯光下闪闪发亮。他走上前时，她抬头看了一眼他的脸，将手抽回。

"哎呀。"她说。

拉塞尔·米勒笑笑，还是那种她几年前在海边看到的坚定、沉稳的笑容，那是一个男人懂得悲伤并用努力将它驱散的笑容。她懂得那笑容，因为那是她一直喜欢并练习的笑容。她隐藏在那笑容后面，没有人看得到，不像她从拉塞尔脸上看到的那样。他越过她，和牧师谢泼德握手。

"很棒的讲话，教士。"他说。

她突然觉得暴露了，好像整个教堂的人都能注意到她站在拉塞尔边上并且知道他们的事。知道什么？曾几何时，在婚礼前几天，她在海边的卫生间里吻了他？她结婚后还在给他写信，尽管拉塞尔本该从她记忆中消失？

"咱们到外面说话。"她说。

几个月前，拉塞尔给她发邮件，宣布他在海外的征程要结束了。"很快会回美国，要吃午饭吗？"她讨厌这种装出来的随意感，好像他只是一个想叙旧的高中同学一样。她当然想见他了，但他们都知道她不能见他。她结婚了。她被一个男人宠爱着，再奢求其他都是错误的、贪婪的。

"你来这儿做什么？"他们刚走到教堂后面，她就说。

拉塞尔耸耸肩："你没回我邮件，所以我就过来了。"

"也许我不回复是有理由的。"

"什么理由？"

"我结婚了。"

"已婚妇女不能吃午饭？"

"不能和陌生男人吃。"

"我是陌生人？"

她叹了口气："你知道我的意思。"

"我不知道，"他说，"我跨越了半个地球回来，只是想和你吃顿饭。我没有其他的意思。我不在的时候，你一直鼓励我，我只是想谢谢你。如果你丈夫愿意，他也可以来。"

她对拉塞尔说会把邀请的事情告诉卢克，但是在他们回家的路上，她一言不发，一直盯着窗外，回忆起卫生间里拉塞尔在她身下的情景，他的大手搂住她的腰。

"你在想什么？"卢克说。

"我？"

他笑笑："当然是你了。"

"我不知道。什么也没想。"

他踩下刹车，在交通灯前停下来。然后拉起她放在大腿上的手，放到嘴边，咬了一口她的手指。

"你在干吗？"她说。

他咧嘴笑笑，又咬了一口。

"疼，"她说，大笑，"别咬了，傻瓜。"

卢克亲吻了她的手，然后便一直握在手里，一路上，她都在遐想自己的人生，相信他不会再咬她。

两天后，她和拉塞尔在码头边鲁比的餐厅里见面。他穿了一件蓝格纹衬衫，系了一条领带，当她走进隔间时他站了起来，尽管如此，她还是提醒自己这不是约会。在码头吃午饭一点也不亲密或浪漫，这里充斥着海鸥的叫声和猛扑。拉塞尔点了一杯啤酒配鱼和薯条。她点了一杯可乐和一份鸡肉沙拉，后来又点了一块柠檬蛋白派和他一起吃，不是因为她没吃饱，而是她想让这顿饭吃得长一些。一开始她还担心和他在一起会很尴尬，令她惊讶的是，那感觉如此自然，他们聊着一些日常琐事，比如教堂野餐或者她姐姐。然后拉塞尔问她和生育专家的预约怎么样了。

"还行。"她说。几个星期前，她收到了雅芙瑞医生办公室发来的确认后续预约的短信。她直接删掉了信息。再回去有什么意义？她在这边咨询医生怎么怀孕，而卢克那边甚至不想要孩子？难怪他从来都不在乎，她却一直为不能怀孕的事所困扰。他只在乎几年前失去的那个孩子。他只在乎他和纳迪娅的孩子。

"你觉得你丈夫会想要男孩吗？"拉塞尔问。

"我不知道。他从没说过。"他们的孩子是男孩还是女孩重要吗？反正卢克或许只想要那个孩子。

"人们总认为男人想要男孩，"拉塞尔说，"好像我们就不能想象去爱一个并非和自己完全一样的事物似的。"

"你不想要儿子？"

"太危险了，"他说，"黑人男孩只能练习射击。至少黑人女孩还有机会。"

"我觉得不是这样。"

"怎么不是？你以为我为什么入伍？我爸爸告诉我，你最好在这帮白人对你开枪前先学会射击，于是我学会了。虽然我去过伊拉克，但走在这里的街上却可以让我脑袋开花。你不知道那是什么感受。"

她笑了笑。"我一直都处于恐惧中，"她说，"从未有过安全感。"

"不过，你丈夫可以保护你。"

"我丈夫正是那个伤害我的人，"她说，"他以为我不知道他爱的是别人。"

　　她以前从未将这个想法大声说出来过。承认你得到的爱没有那么多，多少是一种释放。她也可能一辈子都不知道这个事实，以为自己在享受盛宴，其实却在为别人做嫁衣。桌子对面，拉塞尔将手放到她手上。她直勾勾地盯着他粗糙的皮肤，这时服务员将账单递了过来，她用力将手抽回。

　　第一约翰把这件事情告诉了卢克：他的妻子和另一个男人在码头边的餐厅共享一块柠檬蛋白派。第一约翰提起这个话题时，他们正在将折叠椅搬进会议室，稍后会有男士《圣经》学习会，他有点难为情，说话时眼睛扫向地板。第一约翰的妻子在那个星期和女性朋友吃午饭，恰巧看到奥布里和一个男人共进午餐。她一开始以为是教堂会众的成员，但她从未在教堂见过他。那个男人看起来充满了渴望。他的眼睛从没离开过奥布里的脸蛋。

　　"我不是想挑事，"第一约翰说，"不过如果是我的妻子，我会想知道。"

　　那个派是最让卢克生气的。午餐也许只是一顿饭，而共享一份甜点可是很亲密的举动。他的妻子和陌生男人将叉子插入奶油里——她的叉子，然后是他的，然后再是她的——陷入一种轻松的节奏。这个男人肯定会看着她拿起叉子，看着她将叉子放入嘴里，他饥渴的眼神一直跟随着她。也许后来，在停车场的角落里，他还吮吸了她舌头上的蛋白糖霜。

奥布里坐在沙发上叠衣服。她穿了一件棕色短袖，一件垂落在腰部的灰色宽松针织衫，这身打扮让卢克在那一刻觉得，也许他们两人都比自己的实际年龄老。

"那不是约会。"她说。

"那是什么？"

"午餐。"

"那你为什么没告诉我？"

"我没必要把我吃的每顿午餐都告诉你吧。"

"如果你和一个不认识的老黑吃饭，就得告诉我，你他妈必须说！"

他从未吼过她。有时如果语气过重，他总会在事后感到懊恼，因为他一提高声音，她就会往后退缩，这让他很内疚，仿佛自己真的打了她一样。他永远也不会打她，但是他能感觉到，她总觉得有这个可能，所以他强迫自己在她面前控制脾气，平缓自己的声音，控制身体，从不打墙或者摔杯子，尽管他非常想这么做。他从来都没想过让她害怕自己，像她在大多数男人身边时感受到恐惧一样。但和她吃午饭的男人并没有让她感到害怕。如果卢克娶的是别人，他可能会觉得这就是一顿午餐而已。可是他了解奥布里。她没有能单独相处的男性朋友。如果她去见这个男人，午餐就不只是午餐了。

她平静地看着他。"我从不过问你去哪儿，"她说，"你偷着去见纳迪娅时，我也从没问过。"

他咽了一口口水。"那不一样。"他说。

"为什么？因为你爱她？"她笑笑，摇摇头，"我虽然没去法学院，但我不傻。"

"拜托。"他说。

"别再说了。你不需要再对我撒谎了。你一直都爱她……"

"别说了。"

"她才是你想要的那个人。"

"别说了。"他说。

她的冷静吓到了他。如果她叫嚷、哭泣或骂脏话，他都能理解。他都做好了准备，然而她却出奇地冷静，也正因如此，他知道她会离开他。也许不是现在，但某一天，他回到家时会发现浴室架子上她的东西不见了，衣橱里她的那一半也清空了。她曾带着精心包装好的甜甜圈去康复中心看他，那是一个他不曾想过会收到的小礼物，在那之前，他一个人在康复中心孤独地生活，可是现在，她的离开只会让他更加孤独。他站在门口，她在胸前为他叠毛衣，她的胳膊挽着他的"胳膊"，将它们放进心里。

13

"我就是不明白那孩子有什么问题。"贝蒂说。

我们透过百叶窗，观察纳迪娅·特纳将车停到停车场。几个星期了，她一直沉默不语而且粗鲁无礼；她将车停在我们的房前，几乎什么话也不说，当我们试图示好时，她也只是回应一个字。那样相处还不如叫出租车。她来教堂接我们时，也总是在卡车外面踱步，好像什么事要迟到了一样。她能去哪儿？除了她爸爸以外，她还能等谁，而且她爸爸又没别的地方可去。

"也许她担心朋友。"弗洛拉说。

"她有什么可担心的？他们结婚了。已婚的人总会有问题。"

"你们都听说没？奥布里搬出去了。"

"哦，这种事谁还没干过一两次？"阿格尼丝说。

"你们都知道我收拾过多少次行李离开欧内斯特？"贝蒂说，

"跑去我妈妈家住，然后没过几天，我就回家了。这都不叫事。夫妻就这样。"

"我听说谢泼德那小子朝三暮四来着。"

"他是个男的，不是吗？"海蒂说，"姑娘们在期待些什么？"

阿格尼丝说："看看，这就是现在这些有色人种姑娘的问题所在。她们太强硬。太软会被欺负。但你只要稍稍强硬一点，感情就会四分五裂。在爱情中，你得温柔。强硬的爱不会长久。"

"我还是不明白这些跟纳迪娅·特纳有什么关系。"贝蒂摇摇头，回头望向窗外，"不跟任何人打招呼，什么话都不说。她为什么总是来回踱步，好像有很多地方要去似的？"

我们那时不知道的是，纳迪娅将我们送到上室教堂后，她站在爸爸的卡车前来回踱步，其实是因为她在观察路上来往的车辆。有时，她会在教堂前面的台阶上坐一两个小时，就是希望在停车场看见一辆绿色吉普车。她从没见到。所有人都有好几个星期没见过奥布里·埃文斯了。

有好几个月的时间，纳迪娅都在脑中回放她说谎的那天，一切都被一一瓦解。那本是稀松平常的一天，一个平淡无奇的日子，她的生活依旧完好无损，直到几个星期后，它的威力才真正显现。平静的时间快速流逝，一天晚上，她从浴室出来，用浴巾擦干头发，看见屋外闪过一束光。她走到门口，打开手电筒，踮着脚从门镜往外看，她发现奥布里正坐在门廊上。

"外面这么黑，你怎么在这儿坐着？"她问，走出门外，"怎么不按门铃？"

她没有奇怪奥布里为什么突然到访，因为她们早就过了去彼此家前先打电话的阶段，可让她不解的是，奥布里为什么坐在她们家门口，没有打招呼。要是纳迪娅没有从浴室窗户里注意到她的前车灯呢？她会不会一直坐在那里，不告诉纳迪娅她来了？奥布里没有转过身，有好几个星期，每当纳迪娅想到她，就记起当时盯着她的后背、她脖子纤细的曲线。如果奥布里没有转过身，她们可能会永远停留在那一刻，一根针在知与不知间徘徊，最后穿过友谊的缝合处，拉紧。

"怎么会？"奥布里说。

她知道是什么事，也能猜到原因。可是在所有回答中，只有"怎么会"让她无所适从。所有背叛的方式都是难以辩解的，谎言最初是怎么形成、积累、维持的，直到最终盖过真相。纳迪娅愣住了，思绪麻木、缓慢，好像在用另一种语言组织要说的话一样。奥布里从台阶上站起来，开始往车道走，纳迪娅跌跌撞撞地追她。

"奥布里，"她说，"我真他妈对不起你……"

"你们俩现在知道抱歉了，真搞笑……"

"我对天发誓，刚发生的那一刻我就觉得对不起你了……"

"呵呵，你可真好啊。"

"求求你。求求你。跟我说句话。"

她猛拍奥布里的车门，去拉门把手。她就快惊动周围的邻居了，她父亲从窗户偷看，不明白她为什么哭着恳求，为什么奥布里发动引擎后她还扒着门不放。

"走开。"奥布里说。她的声音冷酷、生硬。"我不想从你脚上轧过去。"

几个月里，凡是能想到的办法，纳迪娅都试过了。发信息、发电子邮件、留语音，还有打电话，使用的层层科技越发原始，直到最后，她终于寄出了一封纸质信件。整整三页手写的恳求，每一个请求都在一步步退让，好像在做一种无言的谈判：先是乞求她的原谅；再是恳求让她解释；最后，她只奢求奥布里能看一眼她的邮件或听听她的语音，即便她永远都不想跟她说话。她开始在下午开车到莫妮克家，在街上盯着她们家的窗户伺机而动，但她从没见过奥布里进出。她知道她该停下来，也许已经有人注意到她的车总是在附近绕圈然后报警了吧，可她还是每天都在那里绕，连续三个星期。她走投无路，绝望万分，终于，一天晚上，她停好车，按响门铃。

"你不能再来这里了，"凯茜说，"你知道的。"

她双手交叉抱在胸前，靠在门框上。她的样子不是生气，而是厌恶，好像在盯着一只反复被她扔出后门又爬回去的猫一样。

"奥布里在吗？"纳迪娅弱弱地问，盯着地上的门垫。

"你难道不明白她不想跟你说话吗？天哪，你跟他之间……"

纳迪娅用脚趾蹍着松散的沙粒，用力眨眼不让眼泪流下来。这些天，她的眼泪会突然涌出来，像流鼻血那样。她知道奥布里肯定将背叛的事告诉了她们，莫妮克和凯茜一定无比惊讶，是啊，谁不会呢？一个就住在她们家的女孩，一个她们像家人一般对待的女孩，一个晚餐时太过安静而让她们担心的女孩——深夜，她们会悄声嘀咕、猜想：吃饭时她是不是太安静？你有没有觉得她不对劲？她母亲自杀了，怎么可能会没事？可是你觉得她今天看起来不高兴吗？

凯茜叹了口气，走到门廊。"别以为这就意味着我们又是朋友了，"她说，"我只是受不了看你哭。"

在门廊的台阶上，纳迪娅正在擦干眼泪，凯茜摸了摸她的后背。

"老天，"凯茜说，"你怎么想的？"

"我搞砸了。"

"呵呵，谁说不是呢。"

"她不让我道歉……"

"你还指望怎样？她还在受伤，宝贝。"

"可是我能做些什么？我应该怎么做？"

"只是需要时间。你得先放一放。"

可是她做不到。她忍不住打电话或写信，或开车路过那栋房子。爱一个人就是这样，对吗？你离不开他们，即使他们恨你。你无法放手。有那么一两次，她试着给她们家打电话，直到一天晚上，莫妮克接了电话。

"你的胆子可真大啊。"她说。

"求求你了。"纳迪娅说。现在，她好像只会说这句话。"我只是想和她说两句话。求求你。"

"我认为你想要的东西已经不重要了。"莫妮克说。

很快，一个月过去了，两个月过去了。早上，她为父亲煮咖啡，按照他喜欢的方式，一半普通咖啡，一半脱因咖啡。她开车将修女们送到上室教堂，晚上为父亲做晚餐。她想过离开——但之后假期来临，棕榈树上挂着闪烁的灯泡，草地上铺满雪一样的厚棉花，它们宣告着圣诞节的到来。自从母亲死后，她没在家里过过一次圣诞节。没有传统的八年，充斥着孤独的八年。没有人挂圣诞袜，没有人将饼干模具按在面团上，也没有人将装饰拉花绕在壁炉上。没有人翻遍车库去找母亲认真标记的写着包装纸或门廊装饰的箱子。这就是加利福尼亚的圣诞节，没有那些装饰，仅仅是个普通的艳阳天。这个圣诞节，她跪在车库里，拿着剪刀，小心翼翼地打开封存已久的箱子。她挂了两只圣诞袜，不是三只，然后沿着步行道将红红绿绿的灯泡挂在柱灯上。她在沃尔玛超市买了一棵假树，这棵假树和父亲从前放在门前那棵两米高的花旗松不具任何可比性。她将假树放在客厅，缠好金属装饰线。她握紧她指间郁郁葱葱的绿色圣诞树裙，用力闻了一下，希望抓住一丝母亲的气味，却只闻到尘土和松木的味道。

圣诞节过后，她又想离开——这一次，她甚至在浏览器上保存了航班页面——可是每一次，她都感觉到有什么东西牵绊着她。还不是时候。她不能再离开父亲，还不是时候。晚上，她将厨房椅拉到衣柜前，为了拿父亲放在架子最顶端的相册。她将相册放在膝盖上，慢慢翻看每一页，凝视着刚出生时的自己——柔弱无力的样子，皱皱的皮肤，迷离的小眼睛，被裹在一个黄色的毯子里。母亲在医院的床上抱着她，头发贴在满是汗水的前额上。她看起来疲惫不堪，却微笑着。她的身体刚刚开了一道口子却还在微笑。纳迪娅翻过那一页。现在她是个婴儿了，在不知道是谁的脚附近爬行；她是个胖嘟嘟的正在学走路的小孩，在公园里追赶鸭子；她是小学生了，缺了一颗牙，无忧无虑地笑着。她翻到一张自己蜷缩在父亲腿上的照片，他出国时，她曾仔细观察过这张照片，那种距离感与陌生感如同战争本身一样。他对着相机露出微笑，和母亲脸上疲惫的笑容一样，不过他看起来还是那样满足，甚至是幸福。

有时，在慢慢走向后院的途中，父亲会在沙发旁倾身，翻看那本相册。她翻到记录她一岁生日的那页，照片中，她坐在高脚椅上，头顶的派对帽歪向一侧。一天晚上，她翻到相册的最后一页，上面有母亲小时候的照片，照片中，母亲穿着裙子，套着带花边的袜子，站在一栋房子前，背景是得克萨斯州。在另一张照片中，母亲是一个小婴儿，将小拳头埋在生日蛋糕里，脸上沾着红红绿绿的糖霜。一个个子高一点的男孩抱着她，咧着嘴冲相机笑。为了配合她，他也在脸上抹了糖霜。

父亲探过身来的时候，她差点合上相册。他的手指正好落在那张微笑的婴儿照片旁，那个婴儿后来成了她的母亲，他未来的妻子。

"这是谁？"她问，指向那个男孩。

"那个是你叔叔，克拉伦斯，"他说，"疯狂的家伙。真希望你能认识他。那些毒品要了他的命。"他摇摇头，"我一直以为杀死我们的会是那场战争。我们从战场回来后，克拉伦斯却了结了自己的生命。他将你的母亲介绍给我，而现在，只剩下我自己。留我孤身一人。"

她和父亲是幸存者，被所有人抛弃，但没有抛弃彼此。晚餐后，她陪父亲看电视；每个礼拜日早晨，她开车带父亲去教堂。他现在可以自己开车了，但还是坐在副驾驶的座位上，她在想他是不是担心她一旦觉得自己不被需要了就会离开。一个礼拜日，她跟着他走进大厅，环顾四周，抱着希望，兴许能见到奥布里。然而，谢泼德夫人却将她拉到一边。

"你有没有奥布里的消息？"她问。

"最近没有。"纳迪娅说。

谢泼德夫人稍向一侧昂着头，不确定是否该相信她。然后，她双手交叉抱在胸前。

"她不肯跟我说话，"谢泼德夫人说，"我不能理解。有一天，我去她家按门铃，她却假装不在家。那个白人女子竟然告诉我奥布里不见任何访客。我什么时候成访客了？"

她心里涌起一股似曾相识的嫉妒。"很遗憾。"她说。

"她怀孕了，你知道。"

纳迪娅倒吸了一口气："真的吗？"

"她怀着我的第一个孙儿，却不愿意跟我说话。"谢泼德夫人挺直肩膀，"卢克不告诉我出了什么事，但我知道肯定和你有关。我提醒过她。我提醒过她让她离你远点，女孩从来不听母亲的话，从来不听。"

那个礼拜日的早晨，作为邀请，牧师用方巾轻拍额头，召唤所有希望耶稣进入心里的人走上前来。她看着人们跪在圣坛前，朝天空的方向举起手掌。他们脸上散发着光芒，头向后仰，双手举起，摇摆着身体唱着圣歌。在祈祷的时候，纳迪娅总是偷看其他人，他们低下头，闭上眼，高举双手朝房梁的方向摆动，而她一动不动地站着，双臂紧贴在身体两侧。于是她感受到了，每次在赞美上帝的时候，她的目光扫过满屋信徒的时候，她都感受到了自己赤裸裸的孤独。

唱诗班唱到"我奉献所有"时，她弓着背趴在教堂长椅上，眼泪不住地往下掉。父亲换到她身旁的座位，一只手放到她的后背上。另一只手握着她的手，父亲粗厚的手掌贴着她滑嫩的皮肤。

"要我和你一起祈祷吗？"他轻声说。

他为祈祷、布道以及她无法理解的《圣经》片段而生，尽管这些总让她觉得自己与父亲的距离如此遥远，她还是点点头。她闭上双眼，低下头。

产生回家念头的那个早晨，奥布里躺在床上，手摸着产前维生素的盖子。她本该起床——闹钟在半小时前就响了——但怀孕比她想象的更让人嗜睡。她刚搬回姐姐家时，总是无休止地睡觉，时间长到让莫妮克以为她患上了抑郁症。她觉得好笑——为什么不能只是难过？难道就不能是一些非物理、化学的解释？为什么不能只是伤心欲绝？但她去看托比医生时，他问她有没有可能是怀孕了。她在脑中计算了一下日子，瞬间涨红了脸，记起那晚在客厅沙发上的狼狈。医生说得没错。她只需要一杯葡萄酒，哦，或者是四杯。

"我觉得你有权知道。"她告诉卢克。

电话另一头突然安静，她看了一眼屏幕，确认没掉线。卢克终于开口说话，他听上去有些激动，抛开一切暂且不说，她的眼睛湿润了。

"我能见你吗？"他说。

"现在不行。"

"我不过去。我可以不过去，但医生那边呢，我能去医院吗？"

"我还没准备好。"她说。

他没有问她什么时候。他已经放弃急切地说服她回家。现在他从远处迂回；她感觉得到，他在伺机而动。她没有邀请他参与任何预约，但她会把一些重要的消息告诉他，比如当她得知孩子是个女孩时。"女孩，哇。"卢克一直重复这句话，她想起拉塞尔问她卢克是否想要个男孩。他每重复一次"女孩，哇"，她都能从声音里感觉出他的惊叹。性别让这个孩子变得真实，不再是一个念想。她脑中浮现出卢克将孩子举过头顶的情景，宝宝遗传了妈妈的小鬈发或是爸爸的厚鬈发，总之是蓬蓬的。她不会不停地搬家，不会害怕门厅传来的男人的脚步声，她什么也不会怕，她张开双臂被卢克举过头顶，永远知道自己会安全落回父亲的怀抱。

"敲敲门。"莫妮克靠在门框上，打了个哈欠，手里拿着一杯水。

"我正要起来。"奥布里说。

"我知道，我已经起床了。"

"你不用特意来看我。"

"没人特意来看你。我刚好起床。"

姐姐总是来检查她的状态，唯一比这更烦的是，她总是假装没在特意看她。莫妮克迈过扔在地毯上的运动鞋，将水放到床头柜上；尽管奥布里已经搬回来好几个月了，她还没有取出行李。随后，莫妮克贴近奥布里的肚子，说："早上好，小宝贝。"她总告诉奥布里要多跟宝宝说话。宝宝到了二十周就能听见了。到了二十周，宝宝就能识别母亲的声音了。可是奥布里和宝宝说话的方式和她与上帝说话的方式一样，从不大声说出来，只放在自己心里。她吞下维生素片，抱着自己的肚子。好了。我讨厌吃那些东西，我这么做可是为了你。为你做任何事都可以。

"凯茜在哪儿呢？"她问。

"在睡觉。"莫妮克说，然后笑笑，"嘿，咱们去锻炼怎么样？跑跑步。"

"我不想锻炼。"

"为什么？"

"你跑得太快。"

"那我慢慢跑。走，一起到外面去。对你有好处。"

莫妮克弯腰捡起地上的运动鞋——她总忍不住想去收拾。

"我今天可能会回家里，"奥布里说，"只是下班后去取点东西。"

莫妮克跪在衣柜前愣了一下。"你确定这是个好主意吗？"她问。

"那是我的房子，是你说的。"

"可你还是不肯把他踢出去。"

"让他到哪儿去？"

"我不知道。他做那事前就该他妈的想过。"

"没什么大不了的，莫，"她说，"他今天下班晚。"

"要我陪你去吗？"

"没事，"她说，"我很快就出来。"

那晚，她打开前门，然后慢慢推开，仿佛正走进一个陌生人的家。她没有将钥匙挂在钩子上；那是她和卢克一起钉到墙上的，因为卢克总是记不住把钥匙放哪儿了。她没有将夹克挂在衣柜里的衣架上，她甚至没有脱鞋。她在放信的小桌子前停了下来：上面放着一摞纳迪娅寄来的信。她没有打开，因为她知道里面的内容；她将它们翻过来看了看，确保没有被拆开过。卢克也没有拆开它们。她脑子里浮现出他们在床上小声谈论她的场景，她经常会想到这一幕。停，她告诉自己。脐带将她和宝宝连在一起，但有时她会想，抛开食物和营养不说，她是不是还在为她的宝宝输送其他东西。宝宝会不会吸收她的悲伤。或许那条脐带永远也不会断。或许她还在依靠自己的母亲获取营养。

她打开客房的灯，她和卢克想过把这间房变成婴儿房。还没有不孕困扰的那几年，他们刚刚结婚，怀抱希望，指着空出的地方，想象婴儿床的位置、悬吊星球玩具，还有刷成梦境一般颜色柔和的墙。姐姐买了涂料样品让她研究，她盯着柠檬黄和蜡绿色，这与她和卢克想象的大相径庭。她听见门锁打开的声音，闭上双眼。早些时候她对姐姐说了谎，她知道卢克星期四会早回家，但她羞于承认自己对他的思念。她不该是那种如此轻易就原谅这种事的女人，可是她感觉自己已经不再只是女人。她的身体里怀着一个女孩，是她和卢克的结合体，她现在变成了三合一，奇怪的三位一体。

"哇。"她转过身时卢克说。

自从她打电话告诉他怀孕的消息后，他就没再见过她。她能感觉到他的眼睛在打量她的身体，鼓起来的肚子，难看的孕妇裤，而且他似乎对眼前的一幕感到惊异。也许她不如纳迪娅美丽、勇敢、聪明，但她是他孩子的母亲。她和纳迪娅永远站在一块倾斜的地板上，在爱与嫉妒之间，现在她能站稳了，现在她终于感觉那地板向她这边倾斜了。她即将生下这个孩子。她做了纳迪娅永远也做不到的事情，这是第一次，她感觉自己击败了纳迪娅·特纳。

"你还见她吗？"她说。

"没有，"他说，"再也不会了。奥布里，我只是……"

"或者跟她说话？"

他摇摇头。她没有问他是否还爱她，因为她害怕听到答案。

"我回来不是为了见你，"她说，"我一直在考虑婴儿房的事，而且我姐姐的房子太小了……"

"当然，"他说，"咱们把婴儿房设在这儿吧。你想要什么？我去弄。"

　　她想象着他们俩将婴儿房一点一点地布置起来，就像她刚搬来时和姐姐重新装饰客房那样。她们按照奥布里的幻想打造了那间卧室；一个当她睡在滚轮矮床上、沙发上、汽车旅馆的吊床上时想象出来的房间，一个她无处躲藏时在脑中拼凑的房间。母亲的男朋友摸了她，她挂起相框，在床上铺厚厚的床单，指尖拂过花壁纸的图案。

　　她和卢克可以为他们的女儿创造一个美丽的世界，她不知道有什么不同。

　　"我需要再想想。"她说。

　　"好的，"他说，"好的。慢慢想。"他从兜里伸出手，向她迈近一步，"我能……她开始踢你了吗？"

　　"没有，"她说，"还没。如果踢了，我会告诉你。"

　　她走向门口，路过挂钥匙的钩子、衣柜、放信的小桌子。她站住，拿起那沓纳迪娅寄来的信件。日期最近的一封没有回信地址，信封上只有原谅我几个字，蓝色的字迹已变得模糊。

　　到了二月，晚上的时候，纳迪娅的父亲已经开始在家附近慢慢散步了。他穿了一件海军蓝的防风夹克，拉链一直拉到脖子处；她坐在前门的台阶上，看着父亲一圈一圈地慢慢走路。他不再需要她的帮助，不过她还是会帮他做一些小事，比如做晚饭和洗衣服。每两个星期，她都会用母亲的理发器帮他剪头发。不知道母亲看到

他们现在的样子会说什么；看到他们的生活如此交融，她会不会惊
讶；在她将小女儿推向前，催促她亲吻爸爸的一刻，有没有预见这
一幕呢。二月份的法律考试来了又去，纳迪娅开始考虑七月份的考
试。她可以去参加加利福尼亚州的考试，而不是伊利诺伊州的考
试，然后彻底搬回家，在附近找个工作，也许在圣地亚哥市中心，
开车只要四十分钟，这样她在礼拜日还可以送父亲去教堂。她可以
和欧申赛德的其他女孩一样：嫁给一名海军，从此心无旁骛。这个
地方既无冬天也无大雪，有什么理由不爱它呢？她可以找一个好男
人，永远生活在夏天。

一天晚上，她看着父亲的身影刚刚消失在街角，卢克的卡车便
停在了门口。她的心提了起来，看到他朝车道走来，她站起身。

"嘿，"他说，"我能进去吗？"

她默不作声，开始往屋里走，卢克跟在后面。她突然感觉自己
最真实的一面在他面前暴露了——她穿了一条瘦腿运动裤，一件宽
松的密歇根夹克，头发松散地盘着——她扫了一眼客厅，地板还没
有扫，一摞书堆在茶几上。可是，又有什么关系呢？那些想要给他
留下好印象的日子早就过去了，不是吗？另外，他了解她。她的人
生还有哪一部分是他没见过的？他们两个都只站在门口，仿佛再往
里走就打破了那层彼此默认的界限。她开始走向厨房，一个安全的
空间，他慢慢跟在后面，双手插在兜里。

"有奥布里的消息没？"他说。

"没。"她说。

"她拿走了你的信。"

"真的吗？"

"就是你寄到家里的那些。我不知道她有没有看，但她把它们拿走了。"

几个月以来，她第一次感觉胸口轻松了一些。奥布里也许永远不会原谅她，但最起码她可能知道纳迪娅有多么抱歉。她倒了一杯水，递给卢克。

"我听说孩子的事了，"她说，"恭喜。"

他喝了一大口水，然后将水杯放到桌上："我妈说的？"

"你妈说的。"

"现在感觉还不真实，"他说，"我不知道是不是每个男人都这样，还是只是……我是说，她把超声波图用邮件发给了我。或许我一直觉得我应该在场亲眼看看。"

纳迪娅想到自己的超声波图，黑暗中有一个没有脸的小污点。她从没告诉过卢克。如果卢克知道她见过他们的孩子而他没有，他一定会受伤。他靠在墙上，又将手插进兜里。

"我想拜托你件事。"他说。

"什么事？"

"你能跟奥布里聊聊吗？"

"我跟你说过，她不肯跟我说话……"

"也许现在不一样了，"他说，"她拿了那些信。你可以告诉她发生了什么——当时你因为你爸的事情有多难过；还有之前发生的种种是怎样把事情搞得如此复杂的——"

"你是想让我一个人背负骂名吗？"她说。

"别那么说。"

"你就是这个意思……"

"我想见我的女儿，"他说，"我想了解她。"

所以他们怀的是女孩。从某种程度来说，她松了一口气。她希望他们的孩子是个女孩。曾经那个孩子是个男孩，如果这个孩子也是男孩，那感觉就好像将他替代了一样，一切都被覆盖了。不过这个想法很愚蠢。她根本不知道那个孩子是不是男孩，又怎会在乎他是否会被取代。她一开始就没想过要他啊，根本不同于卢克想要这个女孩的心情。她可以为他做这件事，成为他的代罪羔羊。她可以讲述这个版本的故事，这个他母亲早就坚信不疑的版本。那就是她勾引了卢克，是她引诱了这个只想帮她照顾生病的父亲的好男人。奥布里会相信吗？有哪个女人会真的相信，此外，有谁需要相信她？

"我希望她原谅你，"她说，"我希望你能陪着她。你从没陪过我。你把我一个人留在了诊所。我不得不自己处理一切……"

"纳迪娅……"

"对不起，"她说，"但我不会为你撒谎。我再也不会骗她了。"

　　卢克默不作声地离开。她跟着他走到门口，父亲正站在那里，解开夹克。卢克从他身边走过时，他皱了一下眉。

　　"发生了什么？"他问。

　　"没什么，"她说，"卢克·谢泼德只是过来打个招呼。"

　　纳迪娅的抽屉里躺着童年时收到的所有糟糕的圣诞礼物。一天下午，父亲在找她的东西时发现了所有礼物。他不擅长选礼物，妻子在这方面永远胜过他，可是每年圣诞节，他还是会在百货公司花上好几个小时挑选礼物，比如呈旋涡形的项链、挂着吊坠的手镯以及任何带粉红水钻的东西。他以为女孩想要的好看的、有很多装饰的东西是那种印有男明星脸的睡衣、笨重的首饰、薰衣草色手机壳。他在找东西时，发现大多数礼物仍然放在她床头柜的抽屉里。他更愿意这样想：她留着这些礼物是因为珍视它们。不过他心里比谁都清楚，他女儿不是那种多愁善感的人，至少对他不会。爱与感伤不是一回事。她多半是懒得扔掉它们。在抽屉最底层，他发现了最让他引以为豪的礼物，一个用薰衣草花包裹的陶瓷盒。这个盒子让他想起他母亲曾经拥有的一个首饰盒；当时他还是个小男孩，他用手指抚摸那些雕刻的花朵，惊叹于女人竟能拥有这种物件，以美之名拥有的美丽。

　　他不知道自己在找什么。收据？病历本？一些证据表明，他在无意中听到她和卢克·谢泼德争吵时提到的诊所并不是市中心那家。女儿将车停到车道时，他已经翻空了她床头柜的抽屉，所有东西都散落在她的床单上，有金属质感的钱包、毛茸茸的袜子和未拆封的亮闪闪的耳环。她走进来，发现他坐在床边，腿上放着那个陶瓷盒。握在他手中的，是那双金色的婴儿小脚。

14

清晨时分，上室教堂笼罩在一片寂静中，纳迪娅之所以知道，是因为许多年前的夏天，她每天早晨都会到这里来。那个时候，她十七岁，伤痕累累却急于证明自己不会辜负所有人的关心，她独自走过寂静的走廊，端着一杯咖啡，从牧师办公室送到牧师夫人的办公室。每天早晨，她都走这条路，在修女贝蒂警惕的注视下将热气腾腾的咖啡倒进杯中，这个时候她会抬头看一眼牧师紧闭的房门，猜想他正在里面做什么。他的工作似乎很神秘，不像他妻子的工作那样忙碌、实际。有时他会让她先进去，再微笑着从她身旁匆匆走过，手臂下夹着一本厚厚的《圣经》。有时她进去时，他正在打电话，虽然背对着门，她还是可以看到他正在摆弄卷曲的电话线的手。有一次，她看见他将一对夫妻领进办公室做咨询，她不知道牧师会以何种方式开展工作——建言献策的时候，他会靠在皮椅上，皮椅时不时发出咯吱咯吱的声音，他发表看法时身体向后靠，聆听时身体前倾，他看起来既睿智又善解人意。那年夏天，她想不明白究竟什么样的人会一大早来见牧师。也许他们是受伤最深的人，最需要帮助的人，最担心其他教堂会众发现他们秘密的人。她永远也想不到，多年过后，她和父亲会变成那些人——阳光刚刚照亮天边，他们就来到了牧师办公室。

他们进来的时候，牧师一惊。他的桌子上扣着一本打开的《圣经》，旁边是一摞便笺本，他正坐在桌子前写布道，这让他们的突然到访显得更加不合时宜。那天早晨，父亲走进她的房间，说："我们去见牧师。"语气坚定，让她无法反驳。前一天晚上，她无法入睡，脑海中不断闪现父亲坐在她床边的情景：他手里握着那对婴儿脚，身边堆满了从她抽屉里翻出来的东西。他眼里噙着泪水。

"你翻我东西了？"她怯懦地说。

"这是你干的？"他说，"你背着我干了这种事？"

他拒绝说出她的罪孽，这让她更羞愧。所以她把事情的真相告诉了他：她和卢克秘密约会，然后发现自己怀孕了，谢泼德一家给她钱去堕胎。父亲听着，默不作声，低着头，攥紧拳头，她交代完，他坐在那里缓了许久，最后才起身走出她的房间。他很震惊，她不明白为什么。难道他现在还不知道，你永远也不可能真正了解别人吗？难道不是母亲教会他们的吗？现在，她和父亲站在牧师办公室的门口，牧师抬头望向他们二人。随后，他清清嗓子，示意他们坐在桌子另一边的深紫色椅子上。

"怎么不坐下？"他镇定地说。

"不用，"父亲说，"你无权对我发号施令。她只是个孩子，你个狗娘养的，而且你知道你儿子对她做的好事……"

"已经处理好了，罗伯特……"

"处理好了？怎么处理的？你处理的？是你逼她这么做的？还是你儿子？"

"有话好好说。"牧师说，从椅子上站起来，"愤怒解决不了任何事……"

"我当然他妈的愤怒了！你是不会愤怒，牧师，这要是你女儿呢？"

父亲想找人出气，将这个错误归咎于他是多么容易。她是那个无辜的女孩，被一个自私的男孩还有他伪善的父亲欺负，去做那违背人道的手术。在桌子另一边，牧师揉揉眼睛，仿佛真相让他突然感到力竭。

"我知道，"他说，"我知道我们不该给你那笔钱。那是目中无人的做法，擅自阻碍了主对生命的创造。"

"不，"她说，"没人逼我做任何事。我不能……我不想要那个孩子。"

"所以是你杀了孩子？"父亲说。

她让他感到厌恶，这比愤怒更糟糕。不管怎样，他和她母亲不

是也没有做好怀孕的准备吗？他们不也一样把她拉扯大了？她脑子
是不是进水了？她为什么不能坚强一点？

"没人逼我做任何事。"她又说了一遍。她的母亲死了，早就
不在了，但是，如果她知道女儿没有将自己的选择怪罪于任何人，
她一定会自豪。至少从这个方面看，她是坚强的。

在加利福尼亚的最后一晚，在去机场的路上，纳迪娅让出租
车司机在莫妮克和凯茜家门前停一下。出租车在路边足足停了五分
钟，她坐在里面看着计时器跳动，直到那个身体强壮的菲律宾司机
摇下车窗，点燃一根香烟。

"你进还是……"他说。

"给我点时间。"她说。

他耸耸肩，将烟灰掸到窗外。她靠在玻璃上，看着缭绕升起的
烟。父亲站在她的卧室门口，看着她收拾行李。"你不用走的。"
他不停地重复，也许是想让她留下，也许只是出于礼貌，她无法分
辨。现在他应该正坐在扶手椅上，重新适应屋里的寂静。他可能会
打开电视机，让家里有一点声音。也许他早已怀念没有她在身边的
简单生活和作息。他可能得重新找一个教堂了——他们离开牧师办
公室的时候，他甚至没有看他的眼睛——可是还会有教堂需要一个
孤独的男人和他的卡车吗？她想象父亲从一个教堂到另一个教堂的
样子，他永远都在帮别人运货，毫无保留地奉献。

她终于下车，按响门铃。按到第二声的时候，奥布里打开了门。她的肚子鼓得像一只沙滩球。她怀孕的样子正是纳迪娅曾经害怕变成的样子；做完孕检后的那些日子，她总是在镜子前撩起上衣，盯着平坦的小腹，看着它一天天胀大，直到严严实实地贴合在牛仔裤上。她给诊所打电话预约时，接电话的男人告诉她，定下日期前她必须听一段录音，以了解其他选择。"对不起，"他说，"按照规定，诊所必须这么做。"他听起来确实很不好意思，电话另一头，当她陷入沉默时，他告诉她，反正他也不会知道她是否真的在听。所以开始放录音后，她默默地将电话放到桌子上。她不需要听，不需要别人提醒她：她不想背负起另一个生命的责任。

奥布里看上去一点也不害怕。她似乎很享受穿着宽大的运动衣、将手放在肚子上的感觉——这么做像是在提醒自己孩子还在里面。她想要这个孩子，这是最大的不同：你想要的美好是奇迹，你不想要的美好就是噩梦。

"恭喜你。"纳迪娅说。

她努力挤出一个笑容，这是最难的部分，不是吗？当轻松自在的友谊开始被艰难的伪装取代时；当你站在欢迎门垫上寒暄，而不是直冲进门时。她在奥布里的脸上寻找友善或愤怒，可是什么也没有，只有无动于衷。奥布里低下头，裹紧毛衣。

"你骗了我。"她说。

"我知道。"

"骗了很多年。你们两个都是。"

"真的对不起。我只是不知道该怎么……"

"那是你的出租车吗？"

她感到奥布里的眼睛越过她的肩膀，望向那个在路边抽烟的出租车司机。"我坐今天晚上的飞机回去。"她说。

"回去多久？"

"不知道。"

"所以这就是你的计划。对我做了这些事，然后一走了之。"

"我能进去待一会儿吗？"

奥布里犹豫了一下。等了很长时间，纳迪娅以为她会拒绝，随后她让到一边，纳迪娅走进那个对她来说曾经是家的白色房子，走过散落在地上的纸箱子，来到厨房，看到冰箱上贴了一张超声波图。她凑上前观察。这个就是她，小女孩。二十周大，健康，十个手指，十个脚趾。二十周大的胎儿已经成人形了。

"我爸爸发现了，"纳迪娅说，"我堕胎的事。"

"啊。"奥布里声音柔和，"他很生气吗？"

纳迪娅耸耸肩。她不想聊父亲，现在不想。她转身继续看冰箱上的超声波图，想象自己也在那个房间，握着奥布里的手，看着医生用检测棒在她肚子上滑动。医生挤进房间的时候会被逗笑，因为通常没有哪个病人会把全家人都带来。没有人会纠正他纳迪娅不是家人。她们围着奥布里站成一圈，莫妮克拉着她的另一只手，凯茜摸着她的肩膀，四个女人一起观察宝宝。她们在屏幕上看她的时候，她能感觉到她们的惊叹吗？她能感受到自己被爱包围着吗？或者，如果母亲不想要她了，孩子是否感觉得到？

"那是什么感觉？"纳迪娅问，"怀孕。"

"很奇怪。"奥布里说，"身体不再是你自己的了。陌生人会摸着你的肚子问还有多久生产。他们凭什么觉得自己能这么做？但你不再只是自己了。有时候有点可怕，因为我不再是一个人。有时候感觉还不错，因为以后多了一个身份。"她靠在墙上，"但有时候我会想，我要是不爱这个孩子怎么办？"

"你当然会爱她了。怎么可能不爱呢？"

"我不知道。我们不就是这样吗？"

有时候，纳迪娅希望这是真的。她更容易接受母亲不爱她这个事实。恨她比失去她更容易接受。可是她记起母亲在海边给她拾贝壳；记起她生病时，母亲整晚坐在她身旁守护，用手去抚摸她滚烫的额头，然后亲吻她，好像母亲的吻能比温度计更好地测出体温一样。关于母亲的一切从来都不简单——她的生或死——还有她的记忆。

"也许她们已经，"纳迪娅说，"尽一切可能去爱我们了。"

"那更可怕了。"奥布里说。

她抱抱她的肚子。她的身体里有一个全新的生命，神奇与可怕并存。当你不再只是自己时，你变成了谁？

"给孩子起名字了吗？"纳迪娅问。

奥布里愣了一下，摇摇头。她在说谎。自从祈祷怀孕的那一刻起，她可能就已经想出一长串名字了。但她不想告诉纳迪娅，而且纳迪娅没有权利知道。尽管如此，在和奥布里拥抱道别后，在回到出租车里后，在她靠在飞机的窗户上看着圣地亚哥在她下方缩小后，她还是禁不住去想象那个画面，想象某天早晨接到电话、来到医院的情景。她迫不及待地来到婴儿房外，目光扫过一排排戴着粉色和蓝色帽子的新生儿，然后发现了她。她一眼就能认出她，她被包在了小粉毯子里。这个孩子是两个她深爱的人的结晶。她永远也没有机会认识这个宝宝，但冥冥之中她早已与她相识。

太初有道，也终结于道。

消息只用了两天就传开了，这要归功于贝蒂。她后来告诉我们，她本意并不想造成任何伤害。是的，她泄露了一个私密信息，不过只是因为她没有意识到这个信息的个人性和私密性。一天早晨，她像往常一样打开教堂的门，就在这时，她听到牧师办公室传来很大的声音。她当然要去查看发生了什么。这不就是她的职责所在吗？万一牧师需要帮助呢？曾经发生过更疯狂的事。她在《今日美国》上看过一条新闻，田纳西州的一名牧师被疯狂的教堂会众刺伤。她在《60分钟》上看到过另一条新闻，克利夫兰市的一所教堂遭遇一群流氓抢劫，可疑的是，他们知道教堂存放十一奉献①的确切位置。当我们问到如果牧师真的在办公室被刀尖指着，她打算怎么做时，她挥挥手让我们打住，坚持让我们听完她讲的故事。所以她决定一探究竟，她顺着声音过去，站在角落透过牧师的门缝往里偷看，猜猜谁在里面？

"罗伯特·特纳，"她在玩宾果游戏的桌子上悄声说，"在里面大嚷大叫。他叫牧师'狗娘养的'——你能相信吗？"

我们当然不敢信了，这也是贝蒂如此开心地告诉我们的原因。我们甚至想象不出罗伯特生气的样子，更别提在牧师办公室里骂牧师了。

"为什么？"海蒂问。

"我不知道，"贝蒂说，但她脸上缓慢出现的笑容告诉我们她大概猜到了，"不过他女儿也在那儿，罗伯特不停地说'她只是个孩子'，然后牧师说他只是在帮这个女孩，罗伯特又说她是他的孩子，那不是真正在帮她。"她迟疑了一下，"你们知道我怎么想的吗？我觉得应该是有个孩子，然后现在没了。"

我们觉得恶心，但并不震惊。你每天都能在报纸上看到这种新闻，女孩打掉自己的孩子。又不是第一次听说。我们都有过这样的

---

① 欧洲封建社会用来指教会向成年教徒征收的宗教税，基督教徒将收入的十分之一交给教会。

女性朋友、表姐妹或亲姐妹，一旦女孩的母亲发现她们做了让家里蒙羞的事情，就会把她们送走与阿姨同住。我们有些人的母亲就接收过这些女孩，我们会透过门缝偷看她们换衣服。我们以前见过怀孕的女人，但小女孩怀孕却完全不同，圆圆的肚皮被罩在绣着粉色蝴蝶结的棉质内裤里。有好多年，只要男孩一碰我们，我们就会往后退，生怕一只手放在我们的大腿上都有可能招致那东西。如果我们变成了被送走的女孩，我们会像她们那样生孩子，再回家时已为人母。白人女孩和我们有色人种的女孩一样，也经常惹上麻烦。但最起码我们敢于留下自己的麻烦。

"你们都在想……"

"当然了。"

"仁慈的主啊。"

"你们都在想拉特里丝？"

"有她不知道的事情吗？"

那个特纳女孩和被遗弃的孩子。有好几日，我们脑子里想的全是这件事，尽管我们发誓不对任何人说这个秘密，真相还是慢慢浮出了水面。后来，我们都互相指责，尽管无法判断是谁先说漏了嘴。是贝蒂吗？她讲故事时是那么喜欢吸引听众的注意力，她能忍住不再给别人演一遍吗？或者是海蒂？也许吧，她和威利斯一起回过家，正如我们所有人知道的那样，威利斯什么秘密都守不住。或许是玩宾果游戏时有人不小心听到了我们的谈话，故事就是从那儿散播开的。我们都有罪，换个角度来看，我们又都是无罪的；出乎所有人意料的是，在接下来的礼拜日，玛格达莱娜·普赖斯在牧师布道到一半的时候，直接离席了。牧师抬起头，看着她走出去，竟然结巴了，仿佛那一刻失去了地位似的。他在讲克服恐惧，这些内容我们已经听过几十遍了。什么会冒犯到她呢？然后是那个星期三的周中《圣经》学习，我们听到第二约翰告诉教友温斯顿，牧师给了纳迪娅·特纳五千美元，让她去打掉那孩子，否则她哪儿来的钱去上那么有名的学校？在上室教堂的人的猜测中，女孩的年纪更小，支票的数额更大，牧师的动机更黑暗——他付钱让她杀死自己的孩子，是因为他害怕怀孕这件事会影响他的职位，或许他只是不想让他家与特纳家的血统混在一起。还记得她妈妈有多疯狂吗？记得啊，就像大家能忘记似的。

然后，记者来了。一个大学毕业不久的白人男孩，穿了一条西瓜红的裤子，梳着一个金发马尾辫。我们一开始没把他当回事，因为他的穿着，后来他告诉我们，他听说我们的牧师付钱收买一个怀孕的女孩，在他的版本里女孩也未成年，他问我们是否愿意发表意见。他叉着腿站在教堂前面的台阶上，手里拿着笔和记事本，像警察一贯的姿势那样——一只手放在手枪皮套附近，仿佛在提醒你，他们随时都可以要了你的性命。我们告诉他我们什么都不知道。他叹了口气，合上记事本。

"我认为像你们这样聪慧的女性应该了解一下你们牧师的近

况。"他说。

我们差点拿起扫帚追着他打。滚！从我们这儿滚出去！他有什么资格在这里指指点点，来掀我们的老底？他要对谁讲我们的故事？但不管怎样，他还是写了报道。一个摄影师的姑妈总来上室教堂，她愿意讲两句。有些人会说点什么只是为了看见自己的名字印在上面，从那一点来看，他的故事是否真实并不重要。大地震来了，我们期待多年的地震。新成员枯竭。老成员不再来。这座城市里的其他牧师拒绝了来这里拜访的邀请，也不再邀请我们的牧师去他们的教堂。有时候，贝蒂说，她坐在牧师办公室里什么事也没有，没有需要填写的日程，没有需要安排的预约。

多年过后，当上室教堂终于关门时，我们去拜访了拉特里丝·谢泼德。她邀请我们进屋，为我们倒茶，准备饼干，但就是不道歉。

"我做了任何一个母亲都会做的事，"她说，"那女孩应该感谢我。我给了她人生。"

但我们谁都不知道纳迪娅·特纳现在过着什么样的生活。我们有好几年没见过她了。海蒂说她会在东海岸那些大城市定居，比如纽约或波士顿。她现在成为大律师了，住的地方有守卫，外面下着雪，她匆忙回来时，守卫会脱帽与她打招呼。贝蒂说她仍然在世界各地到处跑，从巴黎到罗马再到开普敦，从不在任何地方定居。弗洛拉说她在CNN上看到一个女人企图在千禧公园自杀。她没听清名字，但照片和特纳家的姑娘特别像，同样的琥珀色皮肤、浅色的眼睛。有可能是她吗？阿格尼丝说她不知道，但她感觉得到那女孩在人生晚些时候会想到自杀，也许不止一次，但每一次她都活了下来。母亲在她身上附体，拿着刀，她们的灵魂每撞击一次，都会迸发出火花。她的整个人生，就是一团火花。

我们最后一次见到了她。

或许是一年前吧，在一个礼拜日的早晨，同上室教堂关闭后的每一个礼拜日的早晨一样，我们聚在一起。我们太老了，没办法去找新的教堂，所以每个礼拜日，我们都聚在一起读《圣经》并祈祷。没有人再给我们留请愿卡，但我们还是会代为祈求，想象教堂会众可能会需要什么。特蕾西·罗宾森是否还会喝酒；罗伯特·特纳是否还在悼念他的亡妻；我们为奥布里·埃文斯和卢克·谢泼德祈祷，在上室教堂濒临终结的时候，我们看见他们带着孩了——一起，但不是真的一起，那感觉就像你可以缝补一条有破洞的旧裤子，但它永远也不会崭新如初。礼拜日的早晨，我们想到谁就会为谁祈祷，然后，我们会坐在弗洛拉房间外的阳台上吃午餐。可是那个礼拜日，我们望向窗外，看见罗伯特·特纳的卡车从街上驶过。我们很高兴能看一眼他，然而，我们却看到他女儿在开车。她更成熟了，三十几岁，还是老样子，头发披在肩上，墨镜遮住眼睛，在太阳下闪烁。她的左手露在窗外，没有戴戒指，但我们猜想她一定有男人，一个只要她想就可以抛弃的男人，因为她永远也不会让自己处在被抛弃的位置。她为什么回来？弗洛拉以为罗伯特又生病了，但海蒂指着卡车后面压扁的箱子。也许她来帮爸爸搬家。也许她来接他一起住，无论她的家在哪儿。或许这也是为什么她看起来如此平静，因为这是她最后一次踏入亡母的家。阿格尼丝发誓她看见副驾驶座位上有一个粉色的芭比袋子——或许是礼物，给奥布里女儿的礼物。我们想象她带着礼物走上台阶，在女孩面前蹲下来。如果她的孩子还在，这个女孩也许根本不会存在。

然后，她便消失在了街角，在我们看到她的一刹那消失了。我们永远无法知晓她为什么回来，但我们还是会想起她。我们看到她生命的轨迹变成一丝丝缤纷多彩的线，不断地涌出，我们追逐它，将它缠绕在手上。她现在是她母亲昔日的年纪。年龄翻了一倍。我们的年龄。你是我们的母亲。我们爬进你的身体。

图书在版编目（CIP）数据

好女孩 /（美）布莉·贝内特（Brit Bennett）著；
李晨译 . —长沙：湖南文艺出版社，2019.6
书名原文：The Mothers
ISBN 978-7-5404-9069-0

Ⅰ.①好… Ⅱ.①布… ②李… Ⅲ.①长篇小说—美
国—现代 Ⅳ.①I712.45

中国版本图书馆 CIP 数据核字（2019）第 017951 号

著作权合同登记号：图字 18-2017-082

THE MOTHERS by Brit Bennett
Copyright © 2016 by Brit Bennett
Published by arrangement with Mary Evans Inc., through The Grayhawk Agency.

上架建议：外国文学·女性成长

HAO NÜHAI
好女孩

作　　者：[美]布莉·贝内特
译　　者：李　晨
出 版 人：曾赛丰
责任编辑：薛　健　刘诗哲
监　　制：吴文娟
策划编辑：董　卉
特约编辑：陈晓梦　刘艳君
版权支持：辛　艳
营销支持：徐　燧
封面插画：沈　娜
装帧设计：梁秋晨
出版发行：湖南文艺出版社
　　　　　（长沙市雨花区东二环一段 508 号　邮编：410014）
网　　址：www.hnwy.net
印　　刷：北京天宇万达印刷有限公司
经　　销：新华书店
开　　本：880mm×1230mm　1/32
字　　数：185 千字
印　　张：9.5
版　　次：2019 年 6 月第 1 版
印　　次：2019 年 6 月第 1 次印刷
书　　号：ISBN 978-7-5404-9069-0
定　　价：39.80 元

若有质量问题，请致电质量监督电话：010-59096394
团购电话：010-59320018